KB117335

집

1

베르나르 베르베르 장편소설
전미연 옮김

LE SIXIÈME SOMMEIL
by BERNARD WERBER

Copyright (C) Éditions Albin Michel et Bernard Werber – Paris 2015
Korean Translation Copyright (C) The Open Books Co., 2017, 2024

아멜리를 위해

20년 전으로 돌아가 젊었을 적의 자신을 꿈에서 다시 만날 수 있다고 상상해 보세요. 꿈속의 당신에게 말을 걸 수 있다고 상상해 보세요. 무슨 말을 하시겠어요?

제1막 **잠에 입문하다**

1

「잠은 잘 자요?」

극히 사적인 영역을 건드리는 이런 질문은 듣는 사람의 입장에서는 무례하게 느껴져 당혹스럽다.

「맞아요, 지금, 여기, 내 앞에 있는 바로 당신 말이에요. 잠은 쉽게 드는지, 일어나면 몸은 개운한지 묻는 거예요.」

똑 부러진 대답이 없자 카롤린 클라인이 빙긋이 웃으며 금색 필터가 붙은 시가릴로[1]에 불을 붙인다. 그녀가 담배 연기를 길게 내뿜어 공중에서 동그라미를 만들어 보이고 나서 덧붙인다.

「내 얘기 들어 봐요. 우린 일생의 3분의 1을 자면서 보내요. 3분의 1이나. 게다가 12분의 1은 꿈을 꾸면서 보내죠. 하지만 사람들 대부분은 관심이 없어요. 잠자는 시간을 단순히 몸을 회복하는 시간으로 보거든요. 깨는 순간 꿈은 거의 자동적으로 잊혀요. 밤마다 매지근하고 축축한 침대 시트 밑에서 벌어지는 일이 나한테는 신비롭기만 한데 말이에요. 잠의 세계는 우리가 탐험해야 할 신대륙이에요. 캐내서 쓸 수 있는 소중한 보물이 가득 들어 있는 평행 세계죠. 앞으로 학교에서 아이들에게 단잠 자는 법을 가르치는 날이 올 거예요. 대학에서는 꿈꾸는 방법을 가르치게 될 거예요. 대형 스크린

---

1 미니 시가라고도 불리는 담배 모양의 얇은 시가. 이하 모든 주는 옮긴이의 주이다.

으로 누구나 꿈을 예술 작품처럼 감상하는 날이 올 거예요. 무익하다고 오해를 받는 이 3분의 1의 시간이 마침내 쓸모를 발휘해 우리의 신체적, 정신적 가능성을 극대화하게 될 거예요. 내 〈비밀 프로젝트〉가 성공하면 잠의 세계에 신기원을 열게 될 거예요. 그야말로 혁명적인 변화를 불러오는 거죠.」

이어지는 긴 침묵. 선언문을 낭독하듯 말을 쏟아 낸 카롤린 클라인이 시가릴로를 깊숙이 빨아들인다. 반짝이는 입술 사이로 파르스름한 빛을 띤 연회색 연기가 빠져나와 빙글빙글 돌며 공중에서 꼿꼿한 8자를 그린다. 연기는 뫼비우스의 띠처럼 퍼지며 전등을 휘돌아 천장 밑으로 흩어진다.

스물일곱 살인 아들 자크와 오늘 처음 만난 (이름이 아마 샤를로트라지) 아들의 새 여자 친구에게 강렬한 인상을 준 게 흐뭇한 듯 여성 과학자가 머리를 턴다.

두 젊은이는 넋이 나간 듯 이 비범한 여성에게서 눈을 떼지 못한다.

카롤린 클라인, 59세. 장난기 서린 까만 눈에 풍만한 몸집. 그녀는 평소 즐겨 입는 빨간 원피스에 나무 모양의 빨간 장식이 달린 목걸이를 걸치고 있다. 목소리는 우렁차고 몸짓에서는 힘과 자신감이 느껴진다.

「말씀하신 〈비밀 프로젝트〉라는 게 뭐예요?」

샤를로트가 묻는다.

아들 자크의 여자 친구가 소유한 퐁텐블로의 현대식 빌라는 말소리가 크게 울린다. 카롤린은 못 들은 척하며 태연히 말을 이어 간다.

「많은 사람들에게 밤은 고통으로 다가오죠. 불편한 매트리스에서 자고 수면 무호흡증과 불면증을 겪어요. 자고 나도 온몸이 뻐근한 만성 피로에 시달리죠. 최근 연구 결과에 의하면 열 사람 중 여섯이 잠을 잘 못 잔다고 해요. 열에 넷은 주기적으로 수면제를 복용하고, 열에 둘은 만성 수면 질환에 시달린다는군요. 수면 장애는 면역 체계에 이상을 일으키고 심혈관 질환을 유발하죠. 자살 충동을 부르고 비만의 원인이 되기도 해요. 배우자의 코골이가 심하거나 잠버릇이 나빠서 이혼하는 부부가 어디 한둘인가요. 자동차 사고, 부진한 학교 성적, 직장 생활에서의 실패 등도 원인을 따져 보면 모두…… 수면 문제죠.」

자크가 잔에 포도주를 채워 주자 카롤린은 얘기를 계속하라는 격려로 받아들인다.

「남들 앞에서는 잠이 적다고 말했지만 사실 나폴레옹은 불면증 환자였어요. 극도로 예민하고, 걸핏하면 화를 내고, 이웃 나라를 수없이 침략한 게 불면증과 관련이 있을지도 몰라요. 유명인 중에 잠 때문에 고생했다고 알려진 사람은 빈센트 반 고흐, 아이작 뉴턴, 토머스 에디슨, 매릴린 먼로, 셰익스피어, 마거릿 대처가 있어요. 다들 불면증 환자였죠.」

「대신 불면의 밤은 이들에게 영감을 주었죠. 제가 알기로 적어도 뉴턴이나 셰익스피어에게는요.」

샤를로트가 끼어든다.

「어쨌든 당사자들에겐 불행한 일이죠. 하얗게 밤을 새우는 동안 창작에 매달리는 (미치지 않으려면 어쩔 수 없었겠죠) 소수의 몇 사람 말고 흐트러진 눈길로 우두커니 자명종을 바라보며 정상적으로 잠들기만을 바라는…… 이 하나만 간절히 바라는 창작과 무관한 평범한 사람들이 또 얼마나 많

15

겠어요?」

「불면증은 불공평한 벌이군요.」

「아니, 그 반대예요. 그거야말로 우리 모두에게 평등하죠. 부자나 가난한 사람, 성공한 사람이나 실패한 사람, 잘생긴 사람이나 못생긴 사람, 서양인이나 동양인, 기혼자나 미혼자나 똑같이 잠과 힘겹게 씨름하니까요.」

카롤린 클라인이 효과를 노려 잠시 뜸을 들인다.

「불면은 이 세기가 맞닥뜨린 심각한 재앙이에요. 그런데도 언급조차 되지 않고 있죠. 무턱대고 수면제를 복용하는 것 외에 오늘날까지 뾰족한 해결책을 찾지 못했어요. 원인을 고치기보다 증상을 억제하는 수준이죠. 게다가 벤조디아제핀을 주성분으로 하는 지금의 수면제는 심각한 부작용을 초래해요. 첫째, 꿈을 없애요. 둘째, 중독성이 강해요. 셋째, 최근에는 알츠하이머 발병 위험을 높일 수 있다는 사실이 밝혀졌어요.」

「아까 말씀하신 〈비밀 프로젝트〉라는 게 대체 뭐예요?」

샤를로트가 재차 집요하게 묻는다.

카롤린은 샤를로트가 자신과 닮은 구석이 많다는 사실이 여간 재밌지 않다. 같은 금발에 까만 눈, 심지어 통통한 몸매까지. 아들이 이 아가씨와 사귀는 것은 결국 엄마인 자신을 사랑한다는 무의식적인 증거라 여기는 카롤린이 흐뭇한 미소를 지으며 버릇처럼 살짝 금빛 머리를 턴다.

그녀가 시가릴로를 비벼 끈다.

「마드무아젤, 초면에 약간의 비밀은 남겨 둬야 앞으로 만나면서 신비를 벗겨 가는 기쁨을 맛볼 수 있지 않을까요? 익히 알겠지만 오늘 나한테 좀 힘든 일도 있었고…… 그래서 말인데…… 그만 식탁으로 옮겨 앉을까요?」

셋은 거실에서 일어나 널찍한 식당에 자리를 잡는다. 샤를로트가 급히 준비한 요리를 주방에서 내온다. 치즈를 잔뜩 갈아 뿌린 볼로네제 스파게티.

「글루텐 프리 재료로 요리해서 살짝 뻑뻑하지만 건강에는 좋아요. 저녁 식사 후의 소화도 수면과 분명히 관계가 있을 것 같은데, 그런가요?」

샤를로트가 은근슬쩍 모두의 관심사인 잠으로 다시 화제를 돌린다.

「잠에 영향을 주는 게 어디 한두 가진가요. 음식, 기후, 취침 시간, 스트레스, 마시는 음료, 다 관계가 있죠.」

자크가 잔 세 개에 검붉은 포도주를 채운다.

「이런 감미로운 술이 있으면 평안한 밤은 보장받는 거죠.」

자크가 분위기를 누그러뜨리기 위해 한마디 보탠다.

「어떻게 하면 잠을 잘 잘 수 있을까요?」

여전히 궁금증이 풀리지 않은 얼굴로 샤를로트가 묻는다.

「좋은 음식을 먹고, (한 달에 최소한 여덟 번은) 만족스러운 성관계를 갖고, 규칙적인 시간에 자고, 잠들기 전에 심호흡을 크게 몇 번 하고, 책을 조금 읽어 봐요. 흥미로운 소설만 한 수면제가 없죠. 소설을 읽는 동안 꿈에 나타날 첫 장면이 만들어져요. 자세한 얘기는 자크한테 들어요. 내가 비결을 알려 줬으니까.」

셋은 호박색 그랑 마르니에를 입힌 일 플로탕트를 디저트로 먹는다. 카롤린이 시계를 내려다보더니 벌써 12시 반이나 됐다며 놀라는 표정을 짓는다. 피곤하니 그만 자리를 파하고 싶다는 뜻이다.

「오늘 마음고생이 이만저만이 아니셨으니 당연히 피곤하시겠죠, 클라인 교수님. 괜찮으면 여기서 주무시고 가세요. 2층에 손님용 방이 하나 있어요.」

「마음은 고맙지만 사양할게요, 샤를로트. 집에 가는 게 낫겠어요. 이 시간이면 아무리 날 괴롭히고 싶은 적들이라도 기진맥진해 있을 거예요. 더군다나 난 내 침대가 아니면 잠을 못 자요. 밤에 하는 나만의 오붓한 의식도 있고. 오늘 일어났던 소란은 걱정하지 말아요. 밤사이 잠이 대사 작용을 해 줄 테니까. 나라는 사람은 꿈을 이용해서 낮 동안 겪은 힘든 일들을 씹고 으깨고 소화하죠.」

카롤린이 호두를 한 알 집더니 힘주어 으스러뜨린다.

「우리가 자유로운 건 잠자는 시간뿐이에요. 잠자는 동안만 모든 게 가능해지죠.」

그녀가 연갈색 대뇌 반구 두 개를 축소해 놓은 듯한 호두 속살 두 쪽을 입속에 쏙 넣는다.

「이만 갈게요. 따뜻하게 맞아 주고 예정에 없던 저녁까지 대접해 줘서 고마워요. 조만간 꼭 다시 만나요.」

자신이 타고 온 빨간색 스포츠카에 오른 카롤린 클라인이 빌라 현관까지 배웅을 나온 아들과 아들의 여자 친구를 향해 마지막으로 손을 들어 인사하면서 가속기를 힘껏 밟는다.

그녀는 더운 밤공기를 가르며 질주한다. 호기심이 지나쳐 보이던 낯선 아가씨에게 〈비밀 프로젝트〉에 관해 입을 다물길 잘했다고 속으로 생각한다.

밤하늘에 둥그런 달이 휘영청 밝게 떠 있다. 최악의 사태를 예감한 듯 얄궂게 일그러진 표정을 한 달이다.

2

거울 속에 그녀의 고리눈이 비친다. 속눈썹이 파르르 떨린다.

새벽 2시가 돼서야 카롤린 클라인은 집에 도착했다. 그녀는 백합 향이 나는 클렌징 티슈로 화장을 지우고 나서 파란색 치약으로 이를 닦는다.

밤늦은 시각에도 몽마르트르의 밤공기는 후덥지근하다. 카롤린은 6층에 위치한 아파트의 창문을 열어젖혀 환기를 시킨다.

그녀는 입고 있던 빨간 원피스와 속옷을 벗고 실크 시트 속으로 몸을 밀어 넣는다.

새벽 2시 30분, 잠이 든다.

새벽 3시 30분, 슬그머니 몸을 일으킨다. 눈은 떴지만 초점 없는 동공으로 허공을 응시한 채 알몸으로 주방을 향해 걸어간다. 냉동고에서 스테이크를 꺼내 접시에 담고 나서 포크를 들고 의자에 앉는다. 포크를 잡고 한참을 씨름하다 서랍에서 큰 칼을 꺼내 냉동된 고기에 찔러 넣는다. 번쩍이는 칼을 손에 쥔 채 다시 자리에서 일어난다. 돌덩이처럼 딱딱해 도무지 말을 듣지 않는 음식에 뿌릴 기적의 소스라도 찾으려는 듯 찬장 문을 연다. 찬장 안을 더듬다 유리잔 하나를 넘어뜨리고 만다. 깨진 유리 조각을 밟은 발에서 피가 흐른다.

그녀가 부엌 창문을 열더니 여전히 넋이 나간 얼굴을 하고 찬장 위로 기어오른다. 냉동 스테이크와 완벽하게 어울리는 소스를 찾아 지붕으로 나선다.

그녀가 슬레이트 지붕 위로 한 발, 또 다른 발을 내디딘다. 몇 발짝 천천히 걸음을 뗀다. 피 묻은 발이 기와에서 미끄러져 내리지만 아슬아슬하게 균형을 유지한다.

까막까막하는 반딧불 같은 불빛들이 점점이 떠 있는 파리의 야경도 그녀의 시선을 붙들지 못한다. 휘둥그렇게 뜬 눈은 아직도 무한을 향해 고정돼 있다.

다시 몇 걸음.

지상 20미터 높이에서 자칫 추락이라도 하면 생명이 위태로울 판이지만 그녀는 아무 생각 없이 큰 칼을 손에 꼭 쥐고 앞으로 나아간다. 교교한 보름달과 별들이 건물 지붕을 걸어가는 알몸의 그녀를 비추고 있다.

새벽 3시 37분. 밑에 주차된 자동차에 새똥이 떨어졌는지 귀를 찢을 듯한 경보음이 공중으로 울려 퍼진다.

카롤린 클라인이 몸을 소스라뜨린다. 동공이 급격히 작아진다. 주변의 지붕들이 시야에 또렷이 들어온다. 발가벗은 몸으로 큰 칼을 들고 서 있다는 사실을 인식하는 순간 그녀는 비명을 내지른다.

집들에 불이 켜지고 내려진 커튼들 뒤에서 못마땅한 표정의 얼굴들이 등장한다. 이게 무슨 일인가 싶은 모양이다. 순간 그녀가 손에 쥐고 있던 칼을 떨어뜨린다. 칼이 여섯 층 아래 보도로 떨어지며 둔탁한 소리를 낸다. 카롤린 클라인은 손으로 황급히 몸을 가린다.

돌연 아찔한 현기증이 느껴진다. 그녀는 추락하지 않으려고 지붕 위를 설설 기기 시작한다.

　새벽 3시 39분. 그녀는 부엌 창문을 넘어 들어와 커튼을 내리고 나서야 이웃들의 시선에서 벗어난다. 냉동 스테이크를 쓰레기통에 처넣고 찬장 문을 닫는다. 발바닥에 붕대를 감고 나서 실내화를 신고 깨진 유리 조각을 주워 담는다. 그녀는 가운을 걸치고 냉수를 목으로 넘긴다.

　새벽 3시 50분. 그녀는 망연자실한 얼굴로 서서 거울에 비친 자신을 바라보고 있다. 치미는 분노를 억누르기 위해 크게 심호흡을 한다. 오만 가지 생각이 머릿속에서 뒤엉킨다. 긴장감이 몸을 옥죈다. 그녀는 소스라치듯 몸을 떤다. 얼굴에 히물히물 경련이 인다.

　그녀가 거울 속의 모습에 다가간다. 공포에 질린 얼굴을 한다.

　주먹이 거울로 날아간다.

　새벽 3시 57분. 이런 장면이 다시는 반복되지 않게 그녀는 극단적인 결정을 내린다. 고통스럽더라도 그녀가 모든 책임을 져야 하는 무거운 결정을.

3

 부드러운 손길이 그의 목덜미에 와 닿는다. 손끝이 그의 목을 휘감듯 더듬다 턱에 이른다.

 「그 〈비밀 프로젝트〉라는 게 대체 뭐야? 수면과 꿈에 관련된 건데, 자긴 당연히 알겠지.」

 「엄마가 아무한테도 얘기하지 말라고 당부했어. 미안해.」

 그녀가 실망한 얼굴로 어깨를 으쓱 추어올리더니 더는 캐묻지 않고 욕실로 들어가 화장을 지운다.

 방에 혼자 남은 자크 클라인은 창문을 열어 후덥지근한 바깥공기를 마신다. 그가 만면에 미소를 띤다. 흐뭇하고 여유로운 표정이다.

 그는 달빛이 환한 하늘에 깨알같이 박힌 별들을 올려다보며 감정이 요동쳤던 힘든 하루를 다시 떠올린다.

 엄마는 대단히 용감한 사람이다. 오늘같이 힘든 일에 대처하는 엄마의 모습은 그저 경이로울 뿐이다. 침착함, 강인함, 냉정함. 단호함과 과단성. 어떠한 경우에도 동요하지 않는 느긋함. 엄마는 흔들리지 않는 바위 같은 사람이다.

 퐁텐블로에서 엄마와 함께 예정에 없던 저녁을 먹으면서 낮에 벌어졌던 위기 상황의 해법을 찾은 것 같아 그는 가슴이 뿌듯하다. 엄마가 샤를로트를 마음에 들어 하는 눈치인

것도 큰 소득이다. 그는 엄마가 잠에 대한 견해를 열정적으로 피력하던 순간을 흐뭇하게 다시 떠올린다.

〈우린 일생의 3분의 1을 자면서 보내요.〉
사람이 90년을 산다고 가정하면 30년을 자는 셈이다. 쓸모없다고 치부돼 잊히는 시간, 우리가 잃어버리는 시간이 장장 30년이다.
30년……. 지금의 내 나이보다 많은 시간.
〈게다가 12분의 1은 꿈을 꾸면서 보내죠.〉

그동안 엄마한테서 숱하게 들었지만 한 번도 지겹다고 느낀 적이 없다. 도리어 들을 때마다 의미가 깊고 새롭게 다가온다.
잠을 향한 그녀의 관심과 열정은 전염성이 강해, 개척해야 할 신대륙에 대해 얘기하며 엄마가 목청을 높일 때마다 그는 짜릿한 전율을 느낀다.

엄마는 현대의 탐험가야.

그는 눈을 지그시 감고 아주 어릴 적 자신이 잠과 맺었던 독특한 인연을 떠올린다. 태어나는 그 순간부터 잠과 그의 인연은 각별했다…….

4

그는 27년 전 어느 토요일 자정에 태어났다. 제왕 절개를 통한 무통 분만이었기 때문에 산통도 긴 기다림도 없었다. 분만 겸자가 필요하지도 않았고 자궁의 수축과 이완, 회음부 절개도 없었다. 전 과정이 고통 없이 신속하고 부드럽게 진행됐다. 사람들이 마치 오븐에서 따뜻한 과자를 꺼내듯 태아를 꺼내 살살 흔들며 주변에 대한 관심을 유도했다. 하지만 신생아는 자신에게 벌어진 일에 통 무관심해 보였다.

태어나는 게 〈뭐 그리 대수로운 일이라고〉.

아기는 오히려 풍경의 변화를 혼란스럽게 받아들였다.

느닷없는 소음과 빛, 추위에 얼떨떨한 기분이었다. 세상으로 나온 아기가 가장 먼저 한 생각은 분명 이런 것이었으리라. **배 속 세상 너머에 이렇게 전혀 다른 세계가 나를 기다리고 있었구나. 정말 뜻밖이야.**

아기는 짜증을 부리며 발길질을 했다. 붉고 어둡고 축축하고 매지근한 보금자리에서 계속 잠이나 자고 싶다는 의사 표시였다.

이때만 해도 아기는 삶이 결국 끊임없는 배경의 변화에 불과하다는 것을 깨닫지 못했다.

어머니 배 속에서 출발해 땅속 관에 이르는 여정.

장소가 바뀔 때마다 우리에게는 일거리처럼 새롭게 해결해야 할 문제가 주어진다.

울음소리를 내면 더 이상 성가시게 하지 않을지도 모른다는 막연한 기대에 아기가 신음처럼 조그맣게 응애응애 소리를 냈다. 그러자 기다렸다는 듯이 누군가 그를 번쩍 들어 올려 주변의 커플들에게 내밀었고, 끈적끈적한 입술들이 그의 이마와 뺨을 덮쳤다.

팔들이 그를 라벤더 향기와 더운 열기가 느껴지는 폭신한 인큐베이터 속에 내려놓았다. 그제야 휴식으로 되돌아갈 수 있었다.

자크 클라인은 유전적으로 잠에 흥미를 보일 수밖에 없었다.

항해사인 아빠 프랑시스 클라인은 파란 눈동자에 붉은 머리칼, 주근깨가 드문드문 박힌 말간 피부, 굳은살투성이 큰 손을 지닌 장골이었다. 이미 단독 요트 항해 부문에서 화려한 우승 경력을 보유하고 있던 아빠의 우승 비결은 쪽잠이었다. 그에게 오대양을 누비는 여객선들과 충돌하지 않고 항해할 수 있게 효과적이고 〈과학적인〉 수면법을 가르쳐 준 사람은 다름 아닌 아내 카롤린이었다. 유명 신경 생리학자인 그녀는 파리 시립 병원의 의사로 일하면서 수면과 꿈에 대한 첨단 연구를 진행하고 있었다.

아내의 지원에 힘입어 프랑시스 클라인은 모노코크식 요트를 타고 5일 1시간 13분 만에 대서양을 횡단하는 기록을 세웠다. 우승한 날 밤에 부부는 사랑을 나눴고, 마치 프랑시스의 위업을 축하하듯 자크가 잉태됐다.

신생아 자크는 인큐베이터에서 아직은 소음으로만 인식되는 부모의 대화를 들었다.

〈애를 뛰어난 탐험가로 만듭시다.〉 프랑시스가 말했다.

〈꿈의 개척자로 만들어요.〉 카롤린은 다른 소망을 피력했다.

성인이 되어 자크는 이 대화를 아련히 떠올린다.

5

 침이 지르르한 아기의 오른뺨에 고무젖꼭지가 달라붙어 있다. 입은 헤벌어졌고, 손은 고양이 모양 봉제 인형을 움켜쥐었고, 속눈썹은 들렸다 내려앉기를 반복한다.

 두 살배기 자크 클라인은 한밤중에 깨 바동거리면서 빽빽 보채 부모의 인내심을 시험하는 밉살스러운 또래 아기들과는 달랐다.

 카롤린과 프랑시스는 이런 자크를 이따금 유심히 관찰했다.

「눈꺼풀 밑에서 안구가 저렇게 움직이는 게 정상이야?」

 아빠 프랑시스가 물었다.

「그럼. 꿈을 꾸니까 그렇지.」

 전문가인 엄마 카롤린이 대답했다.

「아직 세상 구경도 못 한 두 살짜리가 무슨 꿈을 꾼단 말이야?」

「전생의 기억이나 내생에 예정된 운명이겠지.」

「농담이지?」

「그야말로 불가사의인데, 태아도 꿈을 많이 꾸는 것 같아. 적어도 자기 방과 유모차, 장난감 인형 같은 꿈만 꾸는 건 아니야.」

 자크 클라인은 밤 9시에 재우면 다음 날 아침 8시까지 내처 자고 일어나서는 〈엄마, 아빠, 자크 코 잤어〉 하고 기분 좋게 옹알거렸다.

　검은 머리털이 탐스러운 아기는 귀엽고 붙임성이 좋았다. 아기 자크는 학습 능력이 뛰어나고 호기심이 왕성했으며, 수영을 잘해 시립 수영장의 〈유아 풀장〉을 휘젓고 다녔다.

　자크의 두 번째 생일날, 카롤린은 깊이 잠이 든 아들 곁에서 우연히 에드거 앨런 포의 글을 접했다. 〈낮에 꿈꾸는 사람은 밤에만 꿈꾸는 사람에게는 찾아오지 않는 많은 것을 알게 된다. 흐릿한 시야에서 영원의 틈들을 포착한 그는 깨어나는 순간 위대한 비밀의 문턱에 잠시 머물다 왔다는 사실을 깨달으며 전율한다.〉 이 순간, 그녀는 지금까지 알려진 잠의 세계를 확장하겠다는 원대한 계획을 세웠다.

　아들을 내려다보며 그녀는 글귀를 곱씹어 읽었다. 의미를 새기며 또박또박 소리 내어 읽어 내려가던 그녀는 불현듯 암호 같은 메시지를 담은 이 글이 자신을 손짓해 부르고 있다는 느낌을 받았다. 에드거 앨런 포가 할 일을 일러 주기 위해 시간을 뛰어넘어 그녀에게 말을 걸어오고 있었다.

6

날카로운 이빨이 두 줄로 나란히 박힌 아가리가 물속에서
튀어나와 아직은 천으로 덮여 있는 살을 물어뜯는다. 희어멀
뚱한 눈을 크게 뜨면서 몸을 버둥대 보지만 굳게 맞물린 아
가리의 위력은 커질 뿐이다. 순식간에 피가 튀고 비명이 터
지는 사이 교향곡이 울려 퍼지며 벽을 뒤흔든다.

부모가 거실에서 스티븐 스필버그가 감독한 공포 영화
「조스」를 보는 사이 잠이 깨 거실로 나온 자크는 소파 뒤에
서 몰래 영화를 보다가 이 장면을 목격했다. 네 살배기 아이
는 마지막으로 남은 주인공 남자가 기울어진 배에서 미끄러
져 내려가 수중 괴물의 거대한 입속으로 떨어지는 장면에서
꺅 하고 괴성을 질렀다.

비명 소리에 놀란 부모가 자크를 다시 침대에 데려다 눕혔
지만, 이 할리우드 영화는 아이의 무의식 깊은 곳을 건드려
상처를 남겼다. 이 사건 후로 아이는 절대 수영을 하지 않겠
다고 고집을 부렸다. 물이 무서워 호수나 강가, 바닷가 근처
에만 가자고 해도 막무가내로 싫다고 했다. 무시무시한 아가
리가 바닥에 웅크리고 있다 튀어 올라 사지를 갈가리 찢어
놓을 것이라는 상상을 하며 벌벌 떨었다.

자크는 수시로 악몽을 꾸다 깨곤 했다.

「꿈에서 어마어마하게 크고 나쁜 상어가 쫓아와 내 다리
를 뜯어 먹어요.」

겁에 질린 자크가 자신을 달래러 들어온 아빠를 붙잡고 말했다.

엄마는 밤늦도록 직장에 있었다.

「〈méchant(나쁘다)〉란 말은 〈mèche(머리채)〉에서 나온 말이야. 〈머리카락을 잡아당겨서 혼을 내줘야 한다〉는 뜻이 되는 셈이지. 그런데 물고기는 털이 없으니까 나쁠 수가 없지…….」

아이가 어원에 담긴 함축적인 의미를 이해하지 못하자 아빠는 더 쉬운 설명 방법을 찾았다.

「나쁜 동물은 없어. 단지 배고픈 동물과 이미 먹이를 먹어 배가 부른 동물이 있을 뿐이야. 네가 닭을 먹는다고 나쁜 사람이 되니?」

「닭은 착해요. 사람을 잡아먹지 않잖아요.」

「사실은 상어도 사람을 잡아먹지 않아. 사람을 물고기나 물개로 착각해서 실수로 공격하는 것뿐이야. 사람 살을 삼켰다가도 맛을 보고는 금방 뱉어 버려. 네가 음식이 싫으면 뱉는 것처럼.」

「우리가 〈착하지〉 않다고 생각해서요?」

「사람을 먹는 동물은 딱 하나, 범고래밖에 없어. 아주 커다란 돌고래지.」

「보통 돌고래는요?」

「보통 돌고래는 사람을 공격하지 않아. 그럴 수 있을 만큼 턱과 이빨이 세지 않거든. 그러니까 돌고래는 착한 게 아니라 〈장비〉가 없는 거야. 상어는 나쁜 게 아니라 그냥 〈근시〉라서 그런 거고.」

아이는 아빠의 반어법을 이해하지 못했다.

「어쨌든 난 상어한테 잡아먹히기 싫어요.」

자크는 불퉁한 얼굴로 고집을 부렸다.

「상어가 5백 종이나 되는데 사람한테 위험한 건 딱 다섯 종뿐이야. 매년 1천만 마리의 상어가 사람 손에 죽는데, 사람이 상어한테 공격을 받아 죽는 사고는 열 건에 불과해. 먹이 사슬의 꼭짓점에 있는 상어를 없애면 해양 생태계의 균형이 깨지게 될 거야. 그러면 해파리 같은 다른 수중 생물들이 번식할지도 몰라.」

「난 상어가 싫어요.」

「해마다 상어의 공격으로 죽는 사람보다 떨어진 야자열매에 맞아서 죽는 사람이 더 많다는 걸 아니?」

프랑시스는 어린애한테 지나치게 진지한 얘기를 했다고 반성하며 아들의 덥수룩한 검은 머리를 쓰다듬었다.

「아빠 얘기 들어 봐.」

그가 말했다.

「너랑 아빠랑 배에, 큰 범선에 타고 있다고 상상해 봐. 그걸 타고 같이 멋진 섬에 도착하는 거야. 상어도 범고래도 없는 섬에 말이야. 아주 특별한 섬이야. 〈네〉 섬이거든. 모래 빛깔이 희지도 노랗지도 않고 붉은색이라서 한눈에 알 수 있어. 정말로 특이해.」

「섬에 야자나무가 있어요?」

「그럼. 사람이 지나가길 기다렸다가 묵직한 열매를 툭 떨어뜨리지.」

「먹어도 돼요?」

「자, 어서 먹어 보자! 입에서 살살 녹네! 다른 보물도 아주 많아. 특히 갖가지 색깔의 예쁜 조개가 널려 있지. 유난히 특

31

이하게 생긴 조개가 하나 있는데, 이 조개는 네 고민을 뭐든 해결해 줄 수 있어.」

자크는 얘기를 듣다가 스르르 잠이 들었다.

이날 이후 프랑시스 클라인은 원정 경기를 다녀올 때마다 잊지 않고 오색영롱한 조개들을 아들에게 갖다주었다. 큰 총알고둥, 가리비, 무늬무륵, 굵은실꾸리 고둥, 거거. 자크의 침대 머리맡 선반에 보석처럼 조개가 하나둘씩 늘어났다.

붉은 모래섬과 신비로운 조개들 얘기를 듣다 보면 자크는 어느새 눈이 감기고 긴장이 풀어졌다.

당시에는 엄마가 〈비밀 프로젝트〉에 몰두하느라 집에 머무는 시간이 적었다. 하지만 아무리 귀가가 늦어도 그녀는 꼭 아들 곁에 와서 입면(入眠) 과정을 마무리해 주곤 했다.

그녀는 자크의 이마에 뽀뽀를 해주고 남편이 시작한 얘기를 끝마쳤다.

「예쁜 조개껍질을 갖고 놀던 어린 소년이 붉은 모래섬 한가운데서 숲을 발견해. 거기 가보니까 특이하게 생긴 붉은색 나무가 한 그루 있어. 소년은 이 나무 그늘에 앉았다 잠이 들어. 그리고 멋진 꿈을 꾸게 되지.」

자크의 아빠는 조개를 수집하고 엄마는 아래쪽 선반에 분재를 하나둘 갖다 놓았다.

「조개껍질은 아빠고 나무는 엄마야.」

어느 날 그녀가 아들에게 말했다.

두 가지 상징에 마음이 든든해진 꼬마 자크는 미소를 지으며 오른쪽 모로 누워 눈을 감았다. 비몽사몽간에 아이는 곁에서 어른들이 하는 얘기를 들었다.

아빠의 목소리가 들렸다.

「잠든 모습이 이렇게 편안해 보일 수가 없어. 긴장이 완전히 풀린 것 같아.」

자크가 깊은숨을 내쉬면서 돌아눕더니 가속기를 밟는 자동차처럼 숨소리를 달리 내기 시작했다.

과학자인 엄마가 아빠에게 설명하는 소리가 들렸다.

「지금 아이가 입면에서 1단계 얕은 잠으로 넘어갔어. 궤도에 진입한 거야. 조용히 놔두는 게 좋겠어.」

두 사람은 살그머니 방에서 나와 문을 닫았다.

7

여덟 살 자크의 침대 머리맡 선반에는 이상야릇한 조개들과 비틀리고 휜 분재들이 빼곡했다. 자크의 아빠는 미니 해양 조각품들을 아들에게 선물하면서 자연의 이치를 설명해 주는 것도 잊지 않았다.

「바닷조개만큼 기하학적으로 완벽한 건 없어. 꼬였다 풀렸다 하면서 이어지는 이 곡선을 보렴. 이 구불구불한 무늬와 색깔은 어떻고. 세상 모든 게 바닷조개를 닮으면 얼마나 좋겠니. 이렇게 미끈하고 미학적인 형태는 더 없을 거야.」

카롤린 역시 나무에 관한 자신의 지식을 아들에게 알려 주었다.

「나뭇잎은 빛을 에너지로 바꾸는 일종의 기계라고 할 수 있어. 나무는 가지마다, 잎사귀마다 더 나은 미래를 향한 희망을 펼쳐 놓지. 꼭 필요하지 않은 묵은 이파리들은 버리면서 자라. 높이높이 자라야 햇빛을 더 많이 받을 수 있으니까.」

「작은 화분에서는 나무의 뿌리가 자랄 수 없죠?」

「어떠한 생명이든 그것을 담는 그릇이 반드시 있어. 제한된 공간 말이야. 그런데 생명은 모두 여기서 벗어나 자신을 확장하고 그 너머에 있는 것을 발견하려고 하지. 한 체계를 이해하기 위해선 그 체계 밖으로 나오지 않으면 안 되거든.」

자크는 부모님이 이렇게 세상의 이치를 설명해 주는 시간이 좋았다.

그런데 아홉 살이 되면서 아침에 일어나기가 점점 힘들었다. 가까스로 이불 밖으로 나와도 온종일 피곤했다. 당연히 학교 성적도 시원찮았다. 또래 아이들만큼 키가 쑥쑥 자라지도 않았고 툭하면 병이 났다. 아침에 일어나면 늘 가래가 끓고 기침이 끊이지 않았으며, 저녁이 되면 코가 막혔다.

교사들은 자크가 머리에 돌덩이를 얹은 것처럼 수업 시간마다 꾸벅꾸벅 졸고, 체육이라면 질색을 한다고 이구동성으로 말했다. 결국 교장이 자크의 부모를 학교로 불러 걱정스러운 표정으로 말했다.

「아드님한테 문제가 있는 것 같습니다. 항상 딴생각을 해요. 가끔 질문을 받으면 어리벙벙한 표정을 하죠. 항상 컨디션이 나쁘고 암송을 힘들어해요. 아이의 발육을 위해 성장호르몬이 필요할 것 같아요. 면역력 강화를 위해 마그네슘도 먹이고 기억력에 도움이 되게 간유도 먹여 보시죠. 비타민도요. 어떤 의사를 찾아가도 쉽게 처방해 줄 거예요. 분명히 아이에게 도움이 될 겁니다.」

집에 돌아와 카롤린이 남편에게 말했다.

「자크가 자는 모습을 관찰해 보니까 안구가 움직이는 시간이 길지 않아. 애가 2단계 얕은 잠에서 3단계 깊은 잠으로 잠깐씩 들어가기만 하지 4단계인 아주 깊은 잠으로 넘어가지 못해서 그래. 깊은 잠에 빠지는 이 단계에서 기억이 저장되고 면역 체계가 강화되고 성장 호르몬이 생성되는데 말이야.」

「교장 선생님 말이 맞아. 치료가 필요해. 지금처럼 아픈 상태로 계속 놔둘 순 없어.」

35

프랑시스가 의견을 밝혔다.

「〈병〉이라는 단어는 〈말하지 못하는 고통〉에서 온 거야.[2] 애한테 상황을 설명하고 잠자는 동안 실제로 어떤 일이 벌어지는지 가르쳐 줘야겠어.」

「아홉 살짜리한테?」

「밑져야 본전이지. 이해할지도 몰라. 아니, 분명히 그럴 거야.」

이날 밤은 범선을 타고 붉은 모래섬에 다녀오는 얘기를 들려주던 아빠 대신 엄마가 나섰다. 그녀는 잠자리에 드는 아들에게 그림을 그려 수면의 기초적인 원리를 설명해 주었다.

「엄마 말 잘 들어. 자, 눈을 감아. 뭐가 보이지?」

「아무것도 안 보여요.」

「틀렸어. 다른 세계가 조금 보일 거야.」

아이가 갑자기 눈을 크게 떴다.

「〈다른 세계〉요?」

「밤마다 네가 깊이 빠져드는 세계지.」

아이가 다시 눈을 잠깐 감았다 뜨자 카롤린이 설명을 계속했다.

「물속에 들어가서는 수면에서 멀어져야 해.」

그녀가 백지 한 장과 연필을 집어 들더니 종이에다 선을 그어 수면을 표시했다.

「잠을 가상의 수영이라고 보는 거야. 네가 눈을 감는 순간 시작되는 입면 과정을 입수에 비유하는 거지. 이게 5분에서 10분이 걸려. 이러고 나서 첫 번째 강하가 일어나. 머리가 물

---

2 〈병〉을 뜻하는 프랑스어 단어는 maladie, 〈말하지 못하는 고통〉을 뜻하는 프랑스어 표현은 mal à dire이다.

속으로 들어가는 거지. 이게 1단계야. 느리고 아주 얕은 잠이지. 몸의 긴장이 풀어지고 회복되기 시작해. 옆에서 누가 말을 하면 다 들리고 이해도 되지만 대답하기는 싫어져.」

귀 기울여 듣던 자크가 고개를 끄덕였다.

「이다음이 2단계, 느리고 얕은 수면이야. 여전히 말소리는 들리지만 의미는 이해가 안 돼. 단어들이 시끄러운 소리로 변하거든.」

엄마는 숫자 〈2〉가 적힌 또 다른 수층(水層)으로 내려가는 소년을 종이에 그렸다.

「이제 세 번째 단계야. 느리지만 깊은 잠이지. 밖에서 벌어지는 일을 전혀 듣지 못하는 상태에서 온몸이 이완되고 호흡이 느려져.」

그녀는 다시 한 칸을 더 만들어 〈3〉이라고 썼다.

「밑에 한 층이 더 있어. 4단계. 느리고 아주 깊은 수면이야. 우리 몸이 온전한 휴식을 취하는 단계지. 이때 질병에 대항하는 저항력이 생기고 성장을 돕는 물질이 생성돼. 낮에 배운 것을 기억에 저장하는 것도 이 단계야. 그래서 공부를 잘하려면 중요하지. 이때부터 꿈을 꾸기 시작해.」

그녀는 숫자 〈4〉를 적고 바다 밑에서 웃는 얼굴로 헤엄치는 소년을 그려 넣었다.

그녀는 그림 옆에 시간의 경과를 보여 주는 선을 하나 세로로 그은 다음 〈90분〉이라고 썼다.

「다 내려오면 한 번의 수면 주기가 끝나는 거야. 대략 90분이 걸려. 이때부터는 다시 위로 올라가는데, 언제든지 잠에서 깰 수 있는 상태가 돼. 만약 잠이 깨지 않으면 네 개의 수층을 차례로 내려가는 잠수가 다시 시작되는 거지.」

자크는 호기심이 당긴 눈치였다.

「밤에 일곱 시간 반을 자는 동안 이 강하 과정이 다섯 번 일어나게 돼. 90분짜리 주기가 다섯 차례 반복된다는 의미야. 문제없이 차례로 단계를 밟아 내려가면 4단계에 도달해. 그렇게 돼야 건강해지고 기억력도 좋아지고 키도 크고 병도 이겨 낼 수 있어. 4단계까지 가는 게 얼마나 중요한지 이제 알겠지?」

자크가 고개를 끄덕였다.

「어떻게 해야 거기까지 가요?」

「아침에 일어나서 수면 곡선을 스마트폰으로 확인할 수 있게 엄마가 수면 감지 밴드를 손목에 채워 줄게.」

「〈수면 곡선〉이 뭔데요?」

「네 수면 주기를 전체적으로 보여 주는 그래프야. 자, 엄마 얘기를 들으면서 꿈나라까지 같이 가보자……. 숨을 크게 쉬면서 긴장을 풀어. 눈을 감고 붉은 모래섬 앞바다로 잠수하는 거야.」

아이는 숨을 참으려는 듯이 깊이 숨을 들이마셨다. 그녀가 아이의 머리를 쓰다듬었다. 그러고는 아이의 눈을 살며시 내리쓸었다.

「물속으로 들어가는 상상을 해보는 거야.」

처음에는 흠칫 몸을 움츠러뜨리던 자크가 시간이 지나자 서서히 경계심을 풀었다. 여러 번 자세를 바꾼 끝에야 겨우 몸이 이완되었다.

카롤린은 아들에게 첫 번째 수층, 즉 수면 1단계를 지나가는 모습을 떠올리게 했다. 그러자 자크의 호흡이 달라지기 시작했다. 그는 천천히 2단계, 3단계를 넘어 4단계에 도달했다. 드디어 눈꺼풀 밑에서 안구가 좌우로 움직이기 시작했다. 아주 깊은 잠을 자면서 꿈을 꾸고 있다는 증거였다. 아이의 목이 뻣뻣해지면서 고개가 뒤로 꺾였다.

　궁금한 얼굴을 한 프랑시스가 문턱에 나타났다. 카롤린이 목소리를 낮추며 말했다.

　「됐어. 자크가 제대로 잠들었어. 솔방울샘이 세로토닌으로부터 멜라토닌을 만들어 분비하고 있어. 몸의 자연적인 유기 화학 작용도 일어나는 중이야. 꿈을 꾸고 몸이 회복되고 있어.」

　베개를 움켜잡았던 아이의 손가락에서 서서히 힘이 빠졌다.

8

시간이 흘렀다. 해와 달이 지평선에 완벽한 아치를 그리며 숨바꼭질을 했다. 새벽 여명과 함께 떠진 눈은 종일을 깜빡이다 황혼 녘에 다시 감겼다. 근육은 긴장과 이완을 되풀이했다.

자크 클라인은 차차 숙면을 취하게 되었다.

낮에는 몸과 정신을 고루 사용했고, 밤에는 몸이 편안한 휴식에 든 상태에서 정신의 뼈대를 보강했다.

자크의 뇌에서는 뉴런들이 뒤얽혀 붉은 섬유 그물망을 만들고, 이 뉴런 다발들이 다시 숲을 이루었다. 미세한 전류가 흘러 망막과 고막, 후각 기관과 촉각 기관을 통해 들어오는 신호들이 생각으로 바뀌었다. 생각이 사고가, 사고가 기억이 되면 기억은 대뇌피질의 측두엽에 저장되었다.

이렇게 자크의 기억이 형성되었다.

자크는 교과서에서 배운 내용을 훨씬 잘 기억했다. 역사와 지리, 수학 공식과 새로운 어휘가 속속 뇌에 저장되고, 연관 짓기와 연상 작용이 활발하게 일어났다. 그러자 여태까지 습관처럼 교실 구석 라디에이터 옆자리를 지키던 그가 앞으로 자리를 옮겨 앉았다.

(비좁은 화분에 들어 있던 분재를 밖에 꺼내 놓은 효과와 똑같다는 의사의 말처럼) 자크는 키가 우쭉우쭉 자랐다. 면역 체계가 강화된 덕에 코를 찔찔거리는 동급생들한테서 전

염병을 옮지도 않았다. 예전처럼 아침에 일어나 기침을 하지도 저녁마다 코를 풀지도 않았다.

성적이 오르자 교사들은 당연히 성장 호르몬과 비타민 복용이 비결이라고 생각했다. 그동안 하위권을 맴돌던 자크의 성적은 중위권으로 도약했다.

아들의 학교 성적이 오르자 프랑시스는 이참에 물 공포증을 없애 줄 생각으로 자크를 시립 수영장에 데려갔다. 선뜻 따라나서긴 했지만 막상 청록색 빛을 반짝이는 물이 눈앞에 나타나자 아이는 사시나무처럼 몸을 떨었다. 자크는 숨을 참고 발가락을 물에 담갔다.

「무서워할 필요 없어. 이 수영장엔 상어가 없어.」

아빠가 놀리듯 한마디 했다.

「바닥이 안 보여요! 바닥이 보여야 확실히 발을 딛는 느낌이 난단 말이에요.」

자크의 목소리가 불안하게 떨렸다.

「아빠가 옆에 있잖아. 물에 빠지지 않게 붙잡아 줄게.」

아이의 장딴지, 무릎, 허벅지가 차례로 물에 잠겼다. 빙초산에 몸을 넣기라도 하듯 아이가 죽상을 했다.

「그대로 버텨, 아들. 걱정 마, 아무 일 없을 거야. 마음만 먹으면 얼마든지 할 수 있어. 지금 반드시 하겠다고 마음먹으면 돼. 결심이 중요해. 언젠가 꼭 수영을 해야 할 때가 생길 거야. 지금의 선택이 그때 네 목숨을 구해 줄 거야. 〈할 수 있을 때 하지 않으면 정작 하고 싶을 때는 할 수 없을 것이다〉라는 말을 한번 생각해 봐.」

차가운 물이 수영복에 닿는 순간은 섬뜩했지만 자크는 어금니를 앙다물고 주먹을 꽉 쥐었다. 저 나이에도 수영을 무서워하는 건 정상이 아니라고 아이들이 숙덕대는 소리가 들렸다.

아빠의 마음에 들고 싶다는 생각과 적대적인 액체 원소 속에 위협이 도사리고 있을지도 모른다는 마음의 확신이 자크의 머릿속에서 부딪치며 충돌했다.

가슴 높이까지 물에 잠기자 자크가 참았던 비명을 내질렀다. 수영장 안의 시선이 일제히 그에게 쏠렸다.

「싫어요! 절대 안 들어가요. 물이 싫다니까요! 바닥에 상어가 숨어 있으면 어떡해요!」

프랑시스가 아들의 상반신을 힘껏 눌러 목이 물에 잠기게 했다.

「사람 살려요! 사람이 물에 빠져요!」

한 남자가 프랑시스에게 소리를 지르며 다가왔다.

「애한테 너무 심한 거 아니에요? 싫다는 걸 왜 억지로 해요.」

「내가 애 아빠예요. 내 일은 내가 알아서 할 테니 신경 쓰지 말아요.」

「어! 낯이 익은 양반이네. 가만, 항해사 클라인 씨네요! 그런데 대체 왜…….」

「선생이 참견할 일이 아니에요.」

남자가 입을 비쭉거리며 어찌할 바를 몰라 쩔쩔맸다. 기가 산 자크가 얼씨구나 하며 소리를 질러 댔다.

「사람 살려! 아빠가 날 물에 빠뜨려요!」

수영복 차림의 성인 남자들이 우르르 부자를 에워쌌고, 못마땅한 표정을 지으며 사태가 악화하면 당장 개입할 태세로 부자를 주시했다.

결국 프랑시스 클라인이 고집을 꺾었다. 그는 의기양양한 아들의 시선을 애써 외면하며 아들을 탈의실로 데려갔다.

수영장을 나서며 자크는 속으로 다짐했다.

꿈에서는 얼마든지 수영을 해도 현실에서는 싫어.

9

하루 중 가장 묘한 순간은 당신이 막 잠에서 깨 눈을 뜨는 몇 초간, 당신이 누군지, (당신 자신과 세계의) 존재의 어느 시점에 당신이 등장하는지 분간이 되지 않는 바로 그 순간이다.

이 순간 당신은 남은 하루를 보내게 될 당신의 육체, 기억과 욕망, 정해진 단기 일정 같은 당신의 의식에 새롭게 익숙해져야 한다.

깊은 잠에서 깰수록 눈꺼풀 너머에서 복귀하는 이 몇 초가 힘들어진다.

자크는 침을 삼켰다. 그리고 서서히 다시 자신의 육체와 자신의 세계, 하루 일과에 익숙해졌다.

그는 이제 11살, 중학생이다. 늘 중위권 이상의 성적을 유지하고 학교생활도 원만했다. 그런데 학년 초에 주임 교사가 자크의 부모를 학교로 불렀다.

「자크는 기억력이 아주 좋아요. 그런데, 죄송한 말씀이지만…… 창의력이 전혀 없어요. 배운 걸 앵무새처럼 반복하기만 하죠. 암기력이 뛰어나서 암송에 능하고 날짜나 강 이름 같은 건 척척 외워요. 그런데 주관식 서술형 문제를 내면 지난 시간에 배운 걸 기억해서 말할 뿐 의견을 덧붙이지 않아요. 자기 생각을 밝히기 싫은 것처럼 말이죠. 기억력에만 의존하지 지능을 적극 활용하지 않아요.」

카롤린은 아들에게 〈꿈속 여행〉을 더 가르칠 필요가 있다고 판단하고 이날 밤 당장 실행에 옮겼다. 그녀는 아들의 침대에 앉아 습관처럼 아들의 검은 머리를 쓰다듬었다.

「엄마가 할 얘기가 있어. 혹시 예전에 수면 주기에 대해 설명해 줬던 거 기억하니?」

「내가 잠이 들고 꿈을 꾸는 과정을 마치 바다로 잠수하는 것처럼 단계별로 설명했던 거 말이에요?」

그가 자신의 스마트폰을 내밀었다. 강하 과정이 뚜렷이 표시된 전날 밤 수면 곡선이 화면에 나타났다.

「엄마가 그때는 얘기하지 않았는데, 이 감지기에는 나타나지 않는 수면의 5단계가 있어.」

「4단계보다 더 깊은 잠이겠네요?」

「그게 말이야……. 4단계까지 강하하고 나면 5단계가 나오는데, 어떻게 생겼냐면…….」

「밑에 한 층이 더 있는 거예요?」

「아니, 정반대로 가파른 봉우리가 불쑥 솟아오르면서 나타나. 모양이 그렇듯 전체 수면 과정에서 아주 기이한 단계지. 몸이 극도로 이완되고, 바깥 소리는 전혀 못 듣고, 심장 박동은 느리고, 체온은 떨어지는데, 특이하게도 뇌는 가장 빠르고 활발하게 움직이거든. 멋지고 환상적인 꿈도 이때 꾸지. 그래서 이 다섯 번째 단계를 〈역설수면〉이라고 불러.」

「〈역설수면.〉」

아이는 한 글자 한 글자 머리에 새기듯 따라 말했다.

「1959년에 프랑스 과학자인 미셸 주베 교수가 이걸 발견했어. 그전에는 이 신기한 수면 단계에서 어떤 일이 벌어지는지 몰랐지.」

「역설수면 중에는 꾸는 꿈이 달라져요?」

「4단계에서는 흔히 발가벗고 있거나 적에게 쫓기거나 이빨이 빠지거나 하는 꿈을 꾸는데…….」

「맞아요. 자주 그런 꿈을 꿔요.」

자크가 놀라워했다.

「상당히 괴로운 장면들이잖아……. 그런데 역설수면 중에는 말이야, 하늘을 날고, 사랑을 나누고, 적을 물리치는 꿈을 꾸게 돼.」

「4단계에서는 지고 5단계에서는 이기는 거네요?」

「4단계에서는 위험에 처하고 5단계에서는 해결책을 찾는 거지. 이 역설수면 동안 우리는 더 건강해지고 낮에 벌어진 일을 여과하게 돼. 거짓은 잊고 중요한 것을 선별해 기억해 내지. 미셸 주베는 이 역설수면을 통해 우리가 모든 영향이나 거짓, 외부의 조작에서 벗어나 정말로 누구인지를 기억하게 된다고 믿었어. 우리의 진정한 정체성을 형성하는 〈소스 프로그램〉으로 되돌아간다는 거야.」

「컴퓨터가 재부팅될 때 모든 파일이 자동으로 초기화되는 것과 비슷하네요?」

「그래. 이 과정이 5단계인데 10분에서 20분 정도 걸려.」

자크 클라인은 수면 곡선을 유심히 들여다보았다.

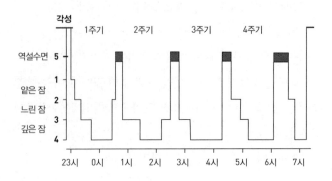

한참 만에 자크가 엄마에게 스마트폰 화면에 표시되지 않는 5단계를 그림으로 그려 달라고 했다.

카롤린이 물속 강하 과정을 1단계, 2단계, 3단계, 4단계로 나타낸 다음, 바다 밑에서 치솟아 각성 상태인 수면과 맞닿아 있는 역설수면 봉우리를 그렸다.

자크는 급우들은 모르고 자신만 아는 게 생겼다는 사실을 뿌듯하게 여겼다.

이때부터 그는 잠들 때마다 무호흡 잠수에 도전하는 사람처럼 더 깊이 내려가 반드시 역설수면 봉우리를 오르겠다는 결의를 다졌다.

그는 여러 번 성공했다, 아니, 보다 정확히 말하면, 성공했다고 느꼈다.

「너한테서 잠과 꿈의 세계를 향해 멀리 나아가겠다는 의지가 읽혀서 엄마가 주는 거야.」

그녀가 펜 클립에 만년필이 한 자루 꽂혀 있는 가죽 공책을 아들에게 내밀었다.

「꿈 일기장이야, 너의 꿈 일기장. 아침에 깨면 역설수면 단계에 들어가서 새로 꾼 꿈들이 기억날 거야. 잊어버리지 않게 이 일기장에 적어.」

「꿈은 하나도 기억이 안 나요. 눈뜨는 순간 싹 잊어버리는걸요.」

「기억하려고 〈마음만 먹으면〉 돼. 꿈은 새랑 비슷해. 날아가기 전에 붙잡아야 하지. 한번 성공하면 다음부터는 쉬워져. 첫 번째 고비를 넘는 게 가장 어렵지.」

자크가 고개를 갸웃하자 엄마인 카롤린이 〈살바도르 달리의 방법〉이라고 스스로 이름 붙인 방법을 설명해 주었다.

「바닥에 오목한 접시를 하나 놓고 팔걸이가 두 개 달린 의자에 앉아서 엄지와 검지로 티스푼을 잡은 자세에서 눈을 감고 잠을 청하는 거야. 잠이 깊이 들면 손에 힘이 빠져서 스푼을 놓게 돼. 스푼이 접시에 떨어지면서 소리가 나면 잠이 깰 거야. 한창 꿈을 꾸다가 갑자기 현실로 돌아오는 방법이지.」

그날 밤, 자크는 엄마가 지켜보는 가운데 여러 차례 시도한 끝에 결국 성공했다. 티스푼이 접시를 때리는 순간 그는 몸을 움찔했다. 눈꺼풀이 파르르 떨렸다. 새를 잡았다.

「잡았어요!」

그가 뛸 듯이 좋아했다.

「됐어요. 기억나요! 줄거리가 완벽히 기억나요. 꿈을 내 기억의 새장에 가뒀어요.」

「어서 얘기해 보렴!」

「있잖아요……. 8자 모양으로 끝이 없이 빙글빙글 올라가는 계단이 있었어요. 발을 올리면 에스컬레이터처럼 움직이는데, 이상하게 아래로만 가는 거예요. 계단 꼭대기에는 절대 못 올라갈 것 같았어요.」

「잘했는데, 조금 더 분발해 봐. 마지막 장면만 말고 꿈 전체를, 영화 한 편을 기억해 내려고 애써 보는 거야. 드디어 엄마가 5단계 역설수면을 감지할 수 있는 스마트폰 앱을 찾았어. 네 휴대 전화에 앱을 깔고 꿈이 끝날 때쯤에 알람이 울리게 프로그램을 맞춰 놓을게. 그러면 이야기 전체를 처음부터 끝까지 훨씬 쉽게 기억할 수 있을 거야.」

자크는 당장 실험에 들어갔다. 알람 장치가 내는 하프 선율에 잠이 깨는 순간 그의 기억에 영화 한 편이 고스란히 떠올랐다. 자크는 귀한 선물이라도 받은 사람처럼 황급히 꿈을 노트에 옮겨 적었다.

「됐어요! 처음부터 끝까지 꿈을 전부 기억해 냈어요!」

그는 걸작을 선보이는 예술가처럼 감격에 젖어 역설수면에서 건져 올린 꿈 얘기를 들려주었다.

「학교에 불이 났는데, 건물 안에 있던 영어 선생님이 창가에 서서 〈도와줘요!〉 하고 소리를 쳤어요. 조금 있으니까 우리 학교 건물보다 더 큰 거인이 나타나 선생님을 손으로 집어 올려서 구해 줬어요. 나중에 영어 선생님이 거인한테 〈자, 20점 만점에 12점을 드리죠. 다음엔 좀 더 잘하세요〉 하고 말했어요. 색깔이 많고 액션도 많은 꿈이었어요. 영화처럼 음악도 흘렀어요.」

「그래…… 음…… 처음 꾼 완결된 꿈치고는 좋은 편이야.」

물에 빠지거나 상어가 출현하는 꿈보다는 불이 나는 꿈을 꾼 게 낫다고 여기면서 카롤린 클라인이 짧게 감상을 말했다.

「꿈 일기장에 최대한 상세히 줄거리를 적어 봐.」

자크가 꿈의 내용과 주제를 메모하기 시작했다.

「참! 한 가지 더 유념할 게 있어. 꿈 얘기를 들려줄 때 사람들은 으레 논리적인 내용 전개와 등장인물들의 일관성을 의식해서 꿈을 합리적으로 그럴듯하게 만들고 싶어 해. 그런데 꿈은 어수선한 그대로 존중해야 해. 이따금 주인공들의 얼굴이 바뀌어 있기도 하고 뜬금없이 배경이 변하기도 하는 게 꿈이야.」

「말이 나왔으니까 하는 얘긴데, 처음에는 거인이 우리 옆집 아저씨 얼굴을 하고 있다가 어느 순간 느닷없이 개로 변했어요. 그러더니 나중에는 또 내 얼굴이 됐어요.」

49

「방금 말한 그대로 적어. 꿈 앞에서는 정직해야 해.」

「〈강하〉할 때는 4단계에서 멈추지 말고 재빨리 5단계로 가서 가능한 한 오래 머무르려고 애쓰는 게 좋아요?」

「우리 뇌는 우리가 하라는 대로 해.」

꿈을 기억해 내는 데 재미가 붙은 자크는 역설수면이 끝나는 시점에 맞춰 알람이 울리게 설정해 놓고 잠이 깨는 즉시 일기장에 꿈을 기록했다.

「더 효과적으로 꿈을 꿀 수 있는 다른 비결을 엄마가 알려 줄게.」

그녀가 등 뒤에 감추고 있던 책을 내밀었다. 『이상한 나라의 앨리스』.

「환상 문학이라는 건데, 강렬한 시각적 인상을 남기는 이런 책을 잠들기 전에 읽으면 더 멋진 꿈을 꿀 수 있어.」

자크는 표지 그림을 자세히 들여다보았다. 금발 소녀, 눈을 휘둥그레 뜬 고양이, 버섯 위에 앉아 있는 안경 쓴 애벌레, 성난 얼굴의 하트 여왕.

「〈책의 세계는 인간이 자연으로부터 받지 않고 스스로의 정신에서 얻은 가장 위대한 세계이다〉라고 헤르만 헤세라는 작가가 말했어. 엄마는 여기에 〈책의 세계는 이것보다 더 거대한 꿈의 세계에 자양분을 공급한다〉라고 덧붙이고 싶어.」

이렇게 『이상한 나라의 앨리스』를 읽고 나서 자크는 신기하게도 이야기 속 배경과 비슷한 꿈을 꾸었다.

루이스 캐럴(『스나크 사냥』, 「재버워키」, 『거울 나라의 앨리스』)과 조너선 스위프트(『걸리버 여행기』)에 이어 라블레의 세계(『가르강튀아와 팡타그뤼엘』)를 접한 자크의 꿈에 거인 대식가들이 등장했다. 샤를 보들레르가 번역한 에드거 앨런 포(『기이한 이야기들』)를 읽자 까마귀와 묘지, 성, 유령들이 그의 꿈을 점령했다. 쥘 베른(『신비의 섬』, 『지구 속 여행』, 『해저 2만 리』)과 아이작 아시모프(『파운데이션』, 『아이, 로봇』), 필립 K. 딕(『유빅』, 『높은 성의 사내』)의 작품은 자크의 꿈에 환상미를 더해 주었다. 그는 시의 세계와도 만났다. 빅토르 위고, 샤를 보들레르, 아르튀르 랭보, 보리스 비앙, 자크 프레베르, 조르주 페렉······.

소설과 시에 이어 자크는 엄마의 권유대로 꿈속 배경을 풍성하게 만들어 줄 그림의 세계에도 입문했다. 히로니뮈스 보스, 프란시스코 고야, 렘브란트, 루벤스, 페르메이르, 윌리엄 터너, 존 마틴,[3] 살바도르 달리, 르네 마그리트.

자연스레 음악도 그에게 다가왔다. 비발디, 모차르트, 베토벤, 그리그, 포레, 드뷔시.

「소설과 시, 그림, 그리고 음악은 너 자신만의 꿈을 요리하기 위해 필요한 최상의 재료들이야. 〈신선한〉 식재료들이지.」

카롤린이 아들에게 설명했다.

「하지만 TV는 정반대라서 보면 안 돼. 패스트푸드와 똑같아서 〈씹을 필요도 없는〉, 지나치게 인공적인 맛이 가미된 꿈밖에 꿀 수 없게 해. 너의 창의력이나 미학적 감각을 자극하는 게 아니라 원초적 감정만 일깨울 뿐이지. 네 꿈속에서는 너 자신만의 영화를 만들어야지 절대 남의 것을 베끼면 안 돼. 이것을 네 꿈의 기본 원칙으로 삼아야 해.」

---

3 John Martin(1789~1854). 영국의 낭만파 화가로 〈광기의 존〉이란 별명이 있다. 종교적인 주제로 환상적인 풍경을 그렸다. 프랑스 낭만파의 화가들에게 영향을 끼쳤다.

자크는 잠들기 전에 책을 읽는 습관이 몸에 배었다. 저녁을 먹고 나면 다른 아이들이 TV를 보는 시간에 책을 읽곤 했다. 그는 〈꿈의 연료〉가 되는 얘기들에 빠져들었다. 책 속의 세계가 독창적이고 시각적으로 강렬할수록 밤이 신진대사를 통해 멋진 장면들로 만들어 그의 꿈속으로 보내 주리라 기대하며 짜릿한 전율을 느꼈다.

학교에서도 창의적인 과목들에서 자크의 성적이 눈에 띄게 향상했다. 수면 3단계는 그의 몸을 회복시켰고 4단계는 그의 기억력을 향상시켰으며 5단계는 그의 상상력과 환상에 날개를 달아 주었다.

드디어 자크가 반에서 1등을 했다.

아내의 특이하고 난해한 가르침 덕에 아들의 성적이 오르는 것을 보고 프랑시스 클라인은 놀라움을 금치 못했다. 그역시 2008년에 프랑시스 주아이용이 3동선을 타고 수립한 57일 13시간 34분의 세계 일주 기록을 깨기 위한 단독 요트 항해를 앞두고 수면 조절 훈련을 시작했다.

그는 아내가 일러 주는 대로 이상적인 항로를 머릿속에 그리고 키를 조작하는 장면을 상상했다. 꿈속에서 최적의 기술적 해법을 찾았고, 최상의 시나리오와 최악의 시나리오를 테스트했다. 그는 불필요한 수면 시간을 줄여 회복력이 뛰어나고 효과적인 역설수면 단계에 곧장 도달하게 되었다.

어느 날 밤, 프랑시스 클라인이 잠든 아들의 침대 머리맡에서 수면 곡선을 살펴보는 중이었다.

「그러다 애 깨겠어.」

아내인 카롤린이 옆으로 다가왔다.

「어, 당신, 오늘은 빨리 들어왔네. 프로젝트가 척척 진척되

나 봐?」

「아니야. 힘들어 죽겠어! 이러다 그만둘지도 몰라. 도저히 넘지 못할 장벽 앞에 서 있는 느낌이야.」

「난 당신이 고비를 넘기리라 믿어.」

「목표를 너무 높게 잡았나 봐.」

카롤린이 아들의 침대에서 스마트폰을 집어 수면 곡선을 확인했다.

「벌써 5단계에 가 있네. 절대 깨우면 안 돼.」

「이것 말고 아이가 역설수면 상태인지 아닌지 확인할 다른 방법은 없어?」

「눈꺼풀 밑에서 안구가 빠르게 움직이고 관자놀이가 오르내리고 목덜미가 뻣뻣해지면서 고개가 뒤로 꺾여. 그리고…… 아주 확실한 징후가 하나 있지.」

그녀가 천천히 시트를 들어 올렸다.

「역설수면 상태인 남자들은〈육안〉으로 확인이 가능해.」

열한 살짜리 어린 자크의 성기가 딱딱하게 발기되어 있었다.

「이렇게…… 육체적인 현상이 어떻게 수면 5단계에서 가능하지?」

프랑시스가 의아한 표정을 지었다.

「이 순간 꿈을 꾸면서 쾌락을 느끼다 보니 몸에서는 이걸 온전한…… 사랑의 행위로 받아들이는 거지.」

10

전기 칼이 바람 소리를 내며 프랑시스의 얼굴을 스쳐 지나
갔다.

소란에 잠이 깬 자크는 눈을 비비며 부엌으로 달려갔다.
아빠와 엄마가 싸우는 중이었다. 베이비돌 란제리를 걸친 엄
마가 전기 칼을 휘두르고 있었다. 부모가 다투는 줄로 알았
던 자크는 엄마가 파자마 차림의 아빠를 향해 알 수 없는 말
을 중얼거리는 소리를 들었다.

「토스트를 먹을 거야. 야, 너, 식빵이 왜 그래? 도망치지
마. 내가 잘라서 구울 거란 말이야. 배고파. 토스트가 먹고 싶
어. 버터랑 잼이랑 발라서.」

카롤린이 다시 전기 칼을 들이대는 순간 프랑시스가 재빨
리 얼굴을 팔로 감쌌다. 비스듬한 톱니가 달린 양날 칼이 피
부 속으로 쓱 들어갔다. 붉은 피가 흘러내렸다.

「와! 됐어! 라즈베리 잼이다!」

그녀가 의기양양한 얼굴로 탄성을 질렀다.

동공이 확대된 그녀의 눈은 여전히 허공을 더듬고 있지만,
얼굴에는 음식을 눈앞에 둔 허기진 사람의 흥분과 만족감이
역력했다. 피 묻은 전기 양날 칼이 위협적인 기계음을 내며
쉬지 않고 공중을 왔다 갔다 했다.

「그만해, 카롤린, 잠을 좀 깨!」

목소리는 의연했지만 아빠의 초췌한 얼굴은 겁에 질려 있

었다.

엄마가 검처럼 전기 칼을 휘두르고 아빠가 냄비 뚜껑을 방패로 삼아 몸을 보호하려고 안간힘을 쓰는 모습은 마치 슬로모션으로 벌어지는 결투의 한 장면을 연상시켰다.

한참 만에 아빠가 겨우 무기를 빼앗아 엄마를 제압하는 데 성공했지만, 엄마의 얼굴에는 여전히 충족되지 않은 식욕이 드러났다.

「잠 깨, 제발, 잠을 좀 깨라고!」

프랑시스가 토하듯 고함을 질렀다.

「이게…… 대체 무슨 일이야?」

카롤린이 고개를 흔들면서 어리둥절한 표정으로 두 눈을 끔뻑거렸다.

「또 발작을 일으켰어. 별일 아니야.」

그가 팔에 난 상처를 감추면서 전기 칼을 껐다.

「내가 무슨 짓을 한 거야?」

그녀가 상황을 파악하기 위해 주변을 두리번거렸다.

「아무 일도 없었어. 가서 다시 침대에 누워.」

그제야 남편의 상처와 전기 칼을 발견한 그녀가 목 놓아 울기 시작했다.

「내가 당신을 이렇게 만들었지? 어떡해, 여보!」

「당신 잘못이 아니야. 그냥…….」

「내 깊숙한 곳에 있는 내가 통제할 수 없는 무언가가 자는 동안 이렇게 끔찍한 짓을 저지르게 해.」

「오늘처럼 발작을 일으키는 동안 벌어지는 일은 당신 책임이 아니야. 당신은 깨어 있는 상태로 꿈을 꾸는 거야. 많은 사람이 비슷한 일을 겪지만 얘기를 안 할 뿐이야.」

그가 그녀를 꼭 안아 주었다. 그들은 어깨를 들썩이며 울었다.

「난 정상이 아니야. 치료가 필요해.」

「당신은 정상이야. 마음을 편안히 먹고 휴식을 취하면 괜찮아져. 과로 때문에 심리적 탈진 상태가 와서 이런 사고가 일어나는 거야.」

자크는 싸우던 부모가 갑자기 얼싸안고 우는 장면을 도저히 납득할 수가 없었다. 어른들의 세계를 이해하는 데 필요한 퍼즐 몇 조각이 빠져 있는 게 분명했다. 하지만 지금으로선 이것들에 접근하기가 불가능해 보였다.

「끝까지 가볼 거야.」

그녀가 결연하게 말했다.

「이 과정을 멈추려면 더 밑으로, 훨씬 더 밑으로 내려가는 수밖에 없어. 난 알아. 이 저주를 없앨 방법을 찾을 곳은 바로 내 무의식의 제일 밑바닥, 내가 요즘 연구 중인 바로 그 지점이야.」

「쉬엄쉬엄해.」

「오히려 지금보다 더 열심히 해야지.」

「그런 중압감에서 벗어나. 그것 때문에 발작이 일어나잖아.」

「이런 상태로 내가 무슨 짓을 하는지 당신은 잘 알잖아. 그동안 벌어진 일도 당신은 다 알잖아. 법원에서 나한테 책임이 없다는 판결을 내렸다고 해서 나 스스로 면죄부를 줄 순 없어…….」

「자신한테 너무 가혹하게 굴지 마.」

「한밤중에 나한테 당했던 사람들한테 가서 감히 그런 소리를 해봐! 귀신이 된 내 남동생한테 가서 그런 소릴 해보라고!」

그녀가 다시 오열하기 시작했다.

어린 자크는 발뒤꿈치를 들고 까치걸음으로 침대에 돌아왔다. 그는 멀뚱멀뚱 천장을 쳐다보며 잠을 이루지 못했다.

아무 일도 없었어. 나는 아무것도 못 봤고, 아무것도 못 들었어. 분명히 꿈이었어. 엄마와 아빠는 훌륭한 분들이야(……새벽 2시에 주방에서 전기 칼을 휘두르며 싸우지만……). 날 사랑해. 엄마는 뛰어난 과학자야(……아빠를 식빵이라고 착각해서 조각을 내려고 했지만……). 일에 지쳐서 그런 거야. 다 괜찮아질 거야(엄마가 〈저주〉라는 말을 했지만). 어쨌든 아무 일 없었잖아(하마터면 엄마가 아빠를 죽일 뻔했지만!). 아무 일도(내 두 눈으로 그 장면을 똑똑히 봤지만!). 나는 벌써 다 잊어버렸어(과연 그럴 수 있을까?). 자야지. 생각을 멈추자. 이제 그만 생각하자. 싹 잊자. 자자. 자자…….

11

악몽에 시달리는 밤들이 이어졌다. 침대가 헝클어졌다 정리되고, 구겨진 시트가 세탁되어 말려지고 다림질되었다. 베개가 납작해졌다 다시 부풀어 오르기를 반복했다.

서서히 모든 것이 정상을 되찾아 갔다.

낮과 밤이 달음질치듯 하루하루가 지나갔다.

효율적인 밤잠 덕에 자크는 1등을 놓치지 않았고, 여전히 왕성한 호기심과 집중력, 창의력을 보였다.

교사들이야 학구적이면서도 느긋한 우등생 자크에게 칭찬을 아끼지 않았지만, 급우들은 잘난 척하고 나댄다고 눈꼴셔했다. 친구들의 눈에는 수영 시간마다 자크가 보이는 우스꽝스러운 태도도 거슬렸다.

자크한테는 수영 시간이 악몽 같았다. 체육 선생님은 수영복 차림으로 물을 바라보면서 벌벌 떠는 그에게 〈무릎까지라도 물에 담가 보렴〉 하고 되풀이해서 말했고, 그는 인상을 찡그리다가 끝내 석고상처럼 몸이 굳어 버렸다.

하루는 체육 선생님이 화장실에 가느라 잠깐 자리를 비웠다. 그러자 급우인 월프리드가 친구들에게 자크를 급습하라는 신호를 보냈다. 자크는 순식간에 팔목과 발목을 붙잡혀 옴짝달싹할 수 없었다.

「야, 알랑방귀 클라인! 우린 너 같은 알랑방귀는 딱 질색이야. 잘난 척해 봤자 넌 땅꼬마야. 네 성씨가 말해 주잖아.

58

클라인은 독일어로 〈작다〉라는 뜻이거든. 우리 가족이 독일 계라서 내가 잘 알지! 땅꼬마 클라인! 땅꼬마 클라인! 아기처럼 물까지 무서워해, 나 참! 클라인, 겁쟁이 땅꼬마 아기야! 어디 물에 들어가서 아스피린처럼 녹는지 좀 보자!」

자크가 벗어나려고 몸을 버둥댔지만 윌프리드와 공범들의 힘이 훨씬 셌다. 아이들은 선생님이 아직 돌아오지 않은 틈을 타서 자크를 번쩍 들어 수영장 가장자리로 옮겼다. 지켜보는 아이들은 자크가 당하는 수모가 1등을 도맡아 하는 아이로서 응당 치러야 하는 대가라 여기며 응원의 함성을 질렀다.

「물 공포증을 이기게 우리가 도와주지 뭐! 자, 땅꼬마 클라인을 던지자. 부글부글 거품이 나면서 녹는지 한번 보자고! 하나, 둘…….」

공포에 휩싸인 자크가 필사적으로 몸부림을 친 끝에 간신히 한쪽 발을 빼서 다른 쪽 발목을 붙잡고 있는 아이를 걷어찼다. 투하 작전은 결국 실패로 돌아갔다. 자크는 간신히 위기를 모면했지만 수영장 사다리에 이마를 부딪쳐 피를 철철 흘렸다.

자크가 비틀거리며 채 몸을 일으키기도 전에 윌프리드가 목을 조르며 겁박했다.

「미끄러졌다고 말하는 거다. 그리고 경고하는데, 선생이나 너희 부모한테 이르기만 해봐. 물에 확 빠트려 버릴 테니까.」

체육 선생님이 돌아와서 아이들에게 자크를 양호실로 데려가 상처를 치료해 주라고 시켰다.

많이 아팠지만 물에 빠져 허우적대는 시늉을 하고 있는 윌프리드의 위협적인 시선에 주눅이 든 자크는 범인이 누구라고 밝히지 못했다.

아들의 상처를 보고 놀란 프랑시스가 무슨 일이냐고 물었다.

「별일 아니에요.」

자크가 짧게 대답했다.

프랑시스가 캐묻자 자크가 서럽게 울면서 낮에 수모를 당했던 일을 얘기했다.

「우리 성이 독일어로〈작다〉라는 뜻이라는데, 맞아요?」

「그래. 하지만 그 뜻만 있는 건 아니야.〈클라인〉은 숫자 8의 입체처럼 생긴 멋진 기하학적 형태를 가리키기도 하지. 내부와 외부가 없는 아주 특이한 입체를〈클라인의 병〉이라고 불러. 우리 조상인 수학자 펠릭스 클라인이 상상해 낸 거야.」

항해사는 잠의 바다로 잠수하는 과정을 설명하기 위해 아내가 아들에게 그림을 그려 주었던 공책에다 주둥이가 옆구리로 들어가 박혀 바닥과 만나는 통통한 용기를 하나 그렸다.

「어때, 멋지지 않니?」

하지만 위해의 충격에서 아직 벗어나지 못한 어린 아들은 기하학에 관심을 가질 마음의 여유가 없었다.

「윌프리드라는 아이, 너희 반이니?」

카롤린이 가세했다.

「가만히 계세요. 걔가 물에 빠뜨린다고 했어요.」

「두려움은 악순환을 불러. 네가 먹이가 되는 순간 걔들이 널 잡고 놔주지 않을 거야.」

「정말 무서운 앤걸요. 다른 애들도 다 개 편이에요.」

「잘 유도하기만 하면 두려움은 얼마든지 없앨 수 있어. 엄마가 물 공포증이 당장 사라지게 해주지는 못해도 개와 당당히 맞서게는 해줄 수 있어. 자, 눈을 감아 봐.」

그녀가 자크에게 유도몽(誘導夢)을 한번 꾸어 보자고 제안했다.

아주 어릴 적부터 아빠가 들려준 붉은 모래섬을 머릿속에 떠올린다. 그러고 나서 윌프리드를 상상 속으로 불러낸다. 엄마가 하라는 대로 거인이 된 자크가 난쟁이로 변한 윌프리드와 대결하는 모습을 머리에 그린다. 〈내가 아직도 작아 보여?〉 자크가 꿈속에서 윌프리드에게 묻는다. 망신과 수모를 당한 윌프리드가 잘못을 빌며 자크에게 제발 그만하라고 빈다.

잠시 후 카롤린이 아이를 살살 흔들어 깨웠다.

「봤지? 걔가 틀린 거야. 네 성이 얼마나 멋있는데. 이제 겁내지 말고 교장 선생님을 찾아가서 무슨 일이 있었는지 알려드려.」

다음 날, 자크는 용기를 내어 가혹 행위를 한 사람이 누군지, 어떤 일이 벌어졌는지 소상히 얘기했다. 그의 이마에 난 Y 자 모양의 상처가 증거였다.

윌프리드는 즉시 교장실로 불려 가 한 번만 더 이런 짓을 하면 퇴학시키겠다는 경고를 받았다. 학교가 끝나자 윌프리드가 교문을 나서는 자크를 따라왔다. 뒤쫓아 오는 그를 발견하고도 자크는 걸음을 재우치기는커녕 마음속으로 의연히 되뇌었다. 〈도망치지 말자. 꿈속 붉은 모래섬에서처럼 강해지는 거야.〉

윌프리드가 그의 어깨를 잡아 젖혔다.

「계집애 같은 땅꼬마 클라인 녀석, 제 몸 하나 못 지켜서 부모랑 선생들한테 손이나 벌리고. 불쌍하다 불쌍해, 쯧쯧. 고자질한 대가를 치르게 해주마! 내가 경고했지? 이번에는 네 부모도 알아보지 못하게 묵사발을 만들어 주지!」

윌프리드가 주머니칼을 꺼내 들었지만 자크는 눈도 깜짝 하지 않았다.

「날 찌르고 느끼는 만족감이 퇴학을 감수할 만큼 클지 생각해 봤어? 너희 부모님이 뭐라고 하실지 걱정이다.」

예상치 못한 자크의 담담한 반응에 윌프리드는 멈칫했다. 자크의 눈빛에는 두려움의 기미조차 없었다.

「까불어 봐, 내가 찢어발겨 줄 테니까!」

자크가 얼굴에 희미한 미소까지 띄워 올려 속을 긁는데도 윌프리드는 찌르고 싶은 충동과 뒷감당에 대한 걱정 사이에서 갈팡질팡했다.

「부모님 생각도 좀 해라,〈껑다리〉윌프리드.」

자크가 깐죽거렸다.

「너처럼 무지막지한 녀석들이 다니는 문제아 학교로 아들을 전학시켜야 하는 부모님 심정이 어떻겠니?」

무거운 침묵. 그리고 칼날이 접혔다.

「운 좋은 줄 알아, 땅꼬마 클라인. 너, 운이 좋은 거야.」

「나도 알아. 운이 좋아지는 방법을〈터득〉했거든.」

「당장은 운이 좋을지 모르지만 언젠가 운이 바닥날 때 보자. 죽을 맛일 테니까.」

이 뒤로 학기가 끝날 때까지 별다른 사고는 일어나지 않았다. 자크는 공식적으로 수영 수업을 면제받았다.

철저히 그를 피해 다니는 윌프리드를 보면서 자크는 조금이라도 두려움을 극복한 것은 잠의 세계에서 엄마와 함께 한 심리 훈련 덕이라고 여겼다.

자신감을 회복한 아들에게 카롤린은 감정 조절의 중요성을 가르쳤다.

「약한 사람은 복수를 하고 강한 사람은 용서를 하지만 더 강한 사람은 무시를 하지. 이 사건은 이제 네 서랍 깊숙이 묻어 두렴. 그리고 윌프리드는 네 의식 속 감정의 영역을 더 이상 오염시키지 못하게 아예 꺼내 버리렴. 너는 성공하고 자기는 실패하리라는 것을 걔는 알고 있는 거야. 그래서 균형을 잡겠다고 발버둥 치는 거지. 하지만 그건 그 아이 문제지 네 문제는 아니잖아.」

「엄마는 두려울 때가 없어요?」

「내가 제일 두려운 건 바로 나 자신이야. 내가 가장 무서워하는 적에 대해선 누구보다 내가 잘 알지. 이따금 아침에 거울 속에서 마주치니까……. 하지만 이것도, 다른 어떤 두려움도 나를 압도하진 못해. 요즘 하고 있는 과학 프로젝트 때문에 엄마는 네가 상상도 못 하는 힘든 일들을 겪고 있어. 실패할지 모른다는 공포와 다른 사람들을 파국으로 끌어들이고 있다는 불안감에 늘 시달리지. 매일 아침 실험실로 향하는 마음이 조마조마하지만, 한편으로는 거기서 하는 일이 내게 안도감을 주기도 해.」

자크는 전사이자 자신의 보호자인 엄마를 향해 경외심을 느꼈다. 엄마가 곁에 있는 한 (그리고 바다나 수영장 근처에 가지 않는 한) 나쁜 일은 일어나지 않을 것이라고 확신하는 순간 안도감이 밀려들었다.

12

눈을 떠 하루를 시작한 게 후회되는 날이 있다.

자크의 나이 열세 살, 어느 13일의 금요일. 아직 미신을 믿지는 않았지만 자크로서는 어쨌든 지우고 싶은 날이었다. 미국인들이 엘리베이터에서 13층을 없애듯 그도 달력에서 이 날을 빼버리고 싶었다.

새벽 6시에 길게 울린 전화 한 통이 발단이었다. 엄마가 수화기를 드는 소리가 멀리서 귀에 들렸다. 한창 꿈을 꾸다가 잠이 깬 자크는 침대에서 일어나 부모님 방 쪽으로 걸어갔다. 무슨 일인지 궁금했다.

「확실해요? 언제? 어디서요? 어딘지 알고 계세요?」

그가 방문 앞으로 바짝 다가갔다.

「자크, 거기 서 있는 줄 아니까 들어오렴. 너도 알 권리가 있어.」

들킨 걸 쑥스러워하며 그가 방으로 들어섰다. 엄마가 나이트가운을 걸친 채 침대에 앉아 있었다. 전화기를 든 손이 떨렸다.

「혹시…… 아빠?」

자크가 물었다.

그녀가 긴 한숨을 내뱉으며 얼굴을 살짝 찡그렸다. 그러고 나서는 냉정을 되찾으려는 듯 금발을 뒤로 넘겼다.

「무슨 일인데요?」

「아빠가 〈최후의 도전〉호를 타고 단독 요트 항해 세계 일주 신기록에 도전하기 위해 17일째 집을 떠나 있잖아?」

엄마의 목소리에서 억눌린 감정을 감지하고 불안해진 소년이 천천히 고개를 끄덕였다.

「······아빠의 GPS 신호가 잡히지 않는대.」

빈손이 어색한 듯 그녀가 재빨리 시가릴로를 찾아 입에 물고 불을 붙였다.

「아무래도 아빠한테 사고가 생긴 것 같아.」

그녀가 말끝을 이었다.

「조금 기다려 봐야 알 수 있어. 당장 큰일이 난 건 아니니까 놀라지 말고 상황이 파악될 때까지 기다려 보자. 너무 걱정하지 마. 요즘이 중세도 아니잖니. 먼바다에서도 사람을 얼마든지 찾을 수 있어. 배에 장착된 전자 장비가 고장을 일으킨 것 같아.」

모자는 거실에 있는 전화기 옆에 나란히 앉아서 기다렸다. 재떨이에는 담배꽁초가 쌓여 갔다.

수시로 전화벨이 울렸고, 통화가 이어졌다.

카롤린 클라인이 TV를 켰다. 뉴스 채널에서 유명 항해사 프랑시스 클라인의 실종 소식을 전하고 있었다.

그녀는 한 손에는 커피 잔을 들고 눈으로는 TV 속 단신을 좇으면서 멀리 있는 사람들과 안절부절 통화를 했다.

아침 8시 12분, 비보가 날아들었다. 해군 드론이 전복된 요트의 선체를 발견했다는 소식이었다.

8시 30분, 현장에 도착한 해군 함정이 레이더 장비와 열 감지기를 동원해 사고 해역을 수색하기 시작했다. 상어가 달려들어 물어뜯기 시작한 퉁퉁 붇은 프랑시스 클라인의 시신이 발견되었다.

이후 진행된 조사에서 사고 경위가 상세히 밝혀졌다. 〈최후의 도전〉에 실린 블랙박스에 저장된 정보(소리, 영상, 위치)를 통해 사고 순간이 재현되었다. 요트가 빙산에 부딪히며 선체가 두 동강이 났다는 결론이 내려졌다.

사고 당시에 아빠는 자고 있었다.

잠에서 깼을 때는 이미 키를 조작해 빙산을 피하기에 늦은 상황이었다.

카롤린 클라인은 오열했다. 소금기를 머금은 눈물이 그녀의 양 볼을 타고 줄기줄기 흘러내렸다.

이날, 자크는 잠을 제어하지 못하면 결국 죽음에 이를 수 있다는 교훈을 새롭게 얻었다.

13

축축한 느낌.

고약한 냄새.

그리고 자신에 대한 〈혐오감〉.

비극 이후 열세 살 어린 자크한테는 의학 용어로는 야뇨
증, 다시 말해 〈이불에 오줌을 싸는〉 버릇이 생겼다.

물이 아빠를 죽였다.

물이 엄마의 눈에서 흘러나왔다.

물이 이제 아들의 몸에서 새 나오고 있었다.

카롤린 클라인이 아들의 젖은 파자마를 빨래 바구니에 넣
었다. 그러고 나서 자크를 안심시키면서 머리를 쓰다듬어 주
었다.

「괜찮아. 별일 아니야.」

「하지만 내가 믿기에는…….」

「나쁜 거라고? 아니, 그렇지 않아. 다른 일도 마찬가지야.
무조건 믿으면 안 돼. 엄마가 널 어른이라 생각하고 얘기할
테니까 지금부터 잘 들어. 믿음은 꿈의 반대야. 믿음은 닫고,
꿈은 열어 줘. 밤마다 꿈이 믿음을 무너뜨려 주니까 다행이
지, 아니면 너는 늘 다른 사람들의 관점으로 이루어진 세계
에 지배당할 거야.」

「〈믿음〉이란 건 대체 뭐예요?」

「우리가 갖는 최초의 믿음은, 〈으앙〉 하기만 하면 모유가

가득 든 젖꼭지가 입에 척 물린다고 생각하는 거야.」

그녀가 아들의 얼굴을 다정히 쓰다듬었다.

「그다음에는, 뭐든 너무 심각하다고 믿는 거야. 가령 오줌을 싸는 것 말이야. 그런데 시간이 흐르면 이게 그다지 심각한 게 아니라는 걸 깨닫게 돼.」

그녀가 아들의 이마에 나 있는 Y 자 모양의 상처에 서늘한 손끝을 갖다 댔다.

「우리는 노동의 절대적 중요성을 믿지. 광고를 믿고, 신문 기사를 믿고, 정치인들의 약속을 믿어. 짓밟힌 조국을 믿고, 직접 한 번 만나 보지도 않고 신을 대신해 얘기하는 사제복 차림의 사람도 믿어. 인쇄된 종잇장에 불과한 돈을 믿지. 자유를 믿고, 사랑을 믿어. 가족을 믿고, 자식은 부모를, 부모는 자식을 믿지. 우리는 불멸을 믿어. 마지막에 가서는 〈괜찮을 겁니다〉 하고 말하는 의사를 믿지. 그런데 이 순간, 아주 뒤늦게, 우리가 애초부터 〈아무 얘기나 믿는 사람〉 취급을 당하며 살아온 게 아닌가 하고 고개를 갸웃거리게 되지.」

「아빠한테는 괜찮을 거라는 믿음을 준 의사가 없었잖아요.」

자크는 저도 모르게 아빠가 수집한 귀한 조개들에 손이 갔다. 카롤린이 생각에 잠기며 눈을 깜빡였다.

「아빠는 자신의 열정을 위해 살다가 돌아가셨어. 자다가 고통 없이. 아빠한테는…… 최선의 죽음이었지.」

「상어들한테 물어뜯겼는데요?」

「우리 몸은 살로 덮였는데, 이 살이라는 게 사실 고기잖아. 아빠의 몸 중에서 먹을 수 있는 부분을 자연이 재활용한 거야. 정원사가 화단에 난 풀을 뽑듯이 물고기들도 그렇게 바다를 청소한단다.」

아빠의 몸을 고기와 결부시키는 설명이 자크로서는 당혹스러웠지만, 한편으로는 기이하게도 마음이 편안해지는 것을 느꼈다. 그는 여왕 수정 고등의 비쭉한 곡선을 따라 손끝을 움직였다.

「봤지. 믿음 때문에 현실과의 괴리가 생기게 되는 거야. 엄마가 전에 얘기해 줬지? 역설수면 중에 꾸는 꿈이 우리를 다시 진실로 데려다 놓는다고. 꿈은 언제나 우리를 도와주는 선물 같은 거야. 꿈의 메시지는 상징이나 알레고리, 기묘한 이미지 등의 형태로 우리에게 전달돼. 무의식이 말을 하는 거야. 무의식은 의식보다 훨씬 많은 것을 이해해. 그러니까 꿈을, 네가 꾸는 꿈은 믿되 사람은 믿지 마, 이 엄마조차.」

소년의 눈빛에 금세 걱정이 섞였다.

「네가 생각하는 현실이란 건 뭐지?」

그녀가 말끝을 달았다.

「내가 보는 거, 내가 듣는 거. 그리고 내가 만지는 거. 내 감각을 통해 제공되는 정보들?」

「그건 〈너의〉 현실일 뿐 객관적인 현실이 아니야. 우리 눈에 보이는 빛은 파장에 따른 스펙트럼 중에서 제한된 일부에 불과해. 많은 동물들이 보는 적외선과 자외선을 우리는 볼수 없어. 소리도 마찬가지야. 개나 돌고래 같은 동물이 듣는 저음이나 고음을 우리는 감지하지 못하지. 우리 귀에는 실제로 존재하는 소리의 극히 일부만 들리는 거야.」

「현실이 믿음이라면, 꿈은, 꿈은 뭐죠?」

「꿈은 일체의 믿음으로부터 자유로워지는 거야.」

자크가 엄마의 눈을 뚫어져라 바라보았다.

「병원에 오는 손님들이 꿈을 더 잘 꾸고 싶어서 엄마한테 돈을 내는 거예요?」

「그 손님들은 환자들이야. 자는 게 고통스러워서 잠을 잘 자려고 엄마한테 돈을 내는 거지. 불면증, 악몽, 수면 무호흡증, 몽유병, 야경증(夜警症), 이갈이, 기면증…… 같은 걸 앓고 있어. 휴식의 시간이 되어야 하는 잠을 제대로 통제하지 못하는 사람들이야.」

「그런 병을 없애 주고 돈을 받는 거네요?」

「엄마는 순수한 연구도 병행하고 있어. 지금 개인적으로 하고 있는 대규모 프로젝트가 언젠가 수면에 관한 지식의 세계에 혁명을 일으킬지도 몰라.」

그녀가 다시 아들의 머리를 쓰다듬었다.

「다시는 이불에 오줌 싸지 않게 엄마가 도와줄까?」

「나 자신을 통제하지 못하는 게 부끄러워요.」

자크는 민망해서 어쩔 줄을 몰라 했다.

「유도몽을 한번 꿔보지 않을래?」

카롤린은 늘 남편이 앉던 거실의 큰 의자에 아들을 편안히 앉혔다.

「너한테 야뇨증을 일으키는 꿈이 어떤 내용이지?」

소년은 상세히 설명하기 위해 기억을 더듬었다.

「내가 아빠랑 요트를 타고 세계 일주 경기를 떠나 항해하는 꿈이에요. 우리 둘이 자고 있는데 갑자기 요란한 소리가 나서 갑판으로 나가 보니까 배가 빙산에 부딪혀서 선체가 갈라져 버린 거예요. 아빠가 물을 퍼내야 한다고 해서 부지런히 하고 있는데 선실에 점점 물이 차올라요. 금세 허벅지까지 잠기더니 어느새 목과 머리가 완전히 물에 잠겨요. 배가 기울면서 아빠랑 내가 바다에 빠져요. 아빠를 끌어 올리려고 안간힘을 써봐도 너무 무거워요. 아빠가 날 끌고 내려가요. 우리 둘이 손을 꼭 잡고 함께 바다 밑으로 가라앉아요. 그 순간에 오줌을 싸면서 잠이 깨요.」

「좋아. 지금부터 깊은 잠을 청해 보는 거야. 하지만 꿈속에서 눈을 좌우로 움직여 엄마하고 소통할 수 있다는 걸 기억해. 한 번은 네, 두 번은 아니오. 알겠니?」

「네, 해볼게요.」

그녀가 천장 조명을 낮췄다.

「지금부터 그 꿈을 우리 둘이 같이 꾸는 거야.」

그녀가 아들의 눈을 손으로 덮었다.

「엄마 말에 귀를 기울이면서 편안히 시키는 대로 하면 돼.」

그녀는 조금 전에 아들한테 들은 장면에 소리와 냄새, 부자 간의 대화까지 추가해 보다 자세하고 생생하게 묘사했다. 사고를 실제처럼 묘사하던 그녀의 얘기가 어느덧 요트에 물에 차오르는 순간에 이르렀다.

「이제 아빠를 손에서 놔. 할 수 있겠니?」

〈아니요〉를 뜻하는 두 번의 안구 동작. 자크가 눈을 감은 채 이맛살을 깊게 찌푸렸다. 딜레마에 빠진 아이가 열세 살짜리의 지혜를 짜내는 중이었다. 엄마가 시키는 대로 할 것인가 아니면 아빠의 기억에 충실할 것인가.

「아빠가 너한테 매달려?」

〈네〉를 의미하는 한 번의 움직임.

「너한테 손을 놓으라고 말하는 사람이 아빠라고 한번 상상해 봐.」

한참 만에 눈꺼풀이 불룩하면서 안구가 좌우로 움직였다.

「아빠가 네 손을 놨어?」

또 한 번의 동작.

「잘했어. 이제 물 위로 올라와서 헤엄을 치면 돼. 전에 아빠가 너를 데려갔던 붉은 모래섬을 기억하지?」

〈네〉를 뜻하는 동작.

「좋아. 그 섬으로 가는 거야. 절대적으로 안전한 곳이니까.」

〈아니요〉를 뜻하는 두 번의 안구 동작.

「왜 그래?」

또다시 두 번의 움직임.

「아! 알겠다. 아빠 모습이 아직 물속에 보여서 그러는구나, 그렇지?」

〈네〉를 뜻하는 한 번의 동작.

「아빠한테 신호를 보내. 작별 인사를 해. 할 수 있겠니?」

두 번의 빠른 안구 동작.

「명심해, 자크! 넌 아빠를 살릴 수 없어! 그러니까 너라도 살아야지! 이기적인 행동이 아니야. 네가 잘못하는 게 아니라고. 꿈에서라도 네가 아빠를 살릴 수 있었다고 믿는다면 그건 오만이야. 아빠한테 인사하고 어서 붉은 모래섬을 향해 헤엄쳐 가렴.」

고집스러운 두 번의 동작.

「내 말 들어! 그렇게 해야 해! 헤엄쳐, 자크! 헤엄치라고!」

가볍게 몸을 떨던 아이가 갑자기 움찔움찔 몸서리를 치면서 공포감을 드러냈다.

「상어는 없어! 헤엄쳐도 괜찮아. 상어가 없는 건 엄마가 보장할게. 돌고래들이 쫓아 버려서 다 도망갔어. 널 보호해 주러 돌고래들이 온 거야. 알겠니?」

이 말이 그럴듯했는지 아이가 약간 몸의 긴장을 풀었다.

「붉은 모래섬이 눈에 보이니? 〈우리 섬〉이?」

잠시 반응이 없던 아들이 눈알을 좌우로 굴렸다. 한 번.

「잘했어. 이제 해변으로 올라가. 섬에 도착했으니까 넌 살았어. 아빠가 바라는 대로 한 거야. 이제 아빠 없이 너 혼자 꿈속에서 붉은 모래섬을 찾아갈 거야. 무인도지만 그래도 네 섬이잖아. 그렇지? 바다에서는 돌고래들이 언제나 너를 지켜 줄 거야.」

카롤린이 내리덮인 아들의 눈꺼풀을 지그시 누르면서 단호하게 말했다.

「다시는 오줌을 싸는 일이 없을 거야.」

다음 날 아침, 자크는 떠지지 않는 눈을 가까스로 비벼 떴다. 식탁에 앉아서도 간밤의 기억과 이미지, 상념에서 벗어나지 못해 말이 없었다.

「엄마의 〈유도몽〉이 어떻게 통했을까요?」

그가 한참 만에 입을 뗐다.

「꿈의 세계를 통해 현실 세계의 문제를 얼마든지 풀 수 있어. 물론 그 반대도 마찬가지야.」

꿈에 치료 효과가 있다는 사실을 알게 된 자크는 아무래도 미진한 느낌이 들어 하나 더 물었다.

「그게 〈어차피 벌어질 일〉이었다고 엄마는 믿어요? 미래에 일어날 일들이 우리를 초월해서 마치 소설처럼 미리 쓰여 있다고 믿어요?」

그녀가 아들에게 옆으로 다가오라고 했다.

73

「엄마는 믿음 따윈 갖지 않는 사람이야, 전에 말했잖아. 그런데 예전에 외할머니는 수상(手相)을 보셨어. 손금을 읽는 거 말이야. 그분 말이, 왼손에는 앞으로의 일, 즉 미래가 새겨져 있고 오른손에는 우리가 삶을 사는 동안 변화시켜 나가는 것이 새겨져 있대.」

자크는 얼키설키하게 얽힌 손금을 내려다보았다. 손바닥을 이렇게 유심히 관찰하기는 생전 처음이었다.

「손바닥에는 큰 줄이 세 개 나 있어. 생명선(건강), 두뇌선(적성과 직업), 심장선(감정), 이렇게 말이야. 보이지?」

「미래가 손금에 새겨져 있다고요? 이렇게 뒤얽힌 선들이 우리 〈개개인의 소설〉을 결정한다고요? 그러면 너무 싱겁잖아요. 우리의 선택권은 대체 어디 있는데요?」

카롤린이 느닷없이 칼을 한 자루 꺼내 들었다. 칼날이 시퍼런 광채를 발산했다.

「잘 봐. 이렇게만 해도 되는 거야.」

그녀가 손바닥을 긋자 조금 전에 생명선이라며 가리킨 손금에서 피가 흐르기 시작했다.

「뭐 하는 거예요, 엄마?」

「나 스스로 삶을 바꾸기 위해 자유 의지를 사용했을 뿐이야. 내 삶의 소설이 어딘가에 이미 쓰여 있고 그것이 내 손금과 연관이 있다 치자. 그럼 나는 방금 그 소설의 한 단락을 바꿔 버린 거야.」

결국은 자유 의지가 모든 것을 결정한다는 큰 깨달음을 아들한테 주려면 이깟 상처쯤은 감수해야 한다고 생각하며 그녀는 흐르는 피를 바라보았다.

14

 승리를 뜻하는 불끈 쥔 주먹이 하늘로 치켜 올라간다. 반 친구들과 선생님들이 축하 인사를 건넨다. 자크의 나이 열일 곱. 그는 막 우수한 성적으로 바칼로레아를 통과했다.

 이제 그는 진로를 두고 갈등하기 시작했다. 어떤 직업을 가질까? 엔지니어? 변호사? 건축가? 의사?

 「밤의 고요가 네게 조언을 해줄 거야.」

 귀가한 아들에게 엄마가 의미심장하게 말했다.

 하지만 그날 밤은 고요와는 거리가 멀었다.

 새벽 4시 4분. 집 안에서 나는 괴이한 소리에 자크는 잠이 깼다. 순간적으로 그는 아버지의 실종 소식을 알리는 전화가 왔던 새벽을 떠올리며 불길한 예감에 휩싸였다.

 그런데 그의 귀에 들리는 것은 다투는 소리나 전화벨 소리가 아니었다. 꽝꽝거리는 폭발음 같은 소리.

 무장 강도가 침입했다고 생각해 겁에 질린 자크는 휴대 전화부터 찾았다. 그러나 눈에 보이지 않는 전화기를 마냥 찾고 있을 시간이 없었다. 그는 잠시 망설이다 야구 방망이를 집어 들었다.

 그는 예전에 아버지한테 들었던 말을 마음속으로 되뇌며 결의를 다졌다. 〈상대가 주먹을 뻗는 순간과 네가 그 주먹에 맞는 순간 사이에는 무한한 시간이 존재해. 우리 마음에 달렸어. 네 의식을 통해 얼마든지 시간을 늦출 수 있어.〉

강도들을 마주할 두려운 순간이 임박했다.

폭발음은 여전히 주방 쪽에서 들려오고 있었다. 자크는 천천히 문을 밀고 안으로 들어갔다. 주방에 있는 사람은 바로 엄마였다. 엄마가 크로크므시외를 만들어 전자레인지에 돌리는 중이었다. 버터를 바르고 햄과 치즈를 얹은……DVD 두 개. 금속 물질이 든 DVD 디스크가 폭발을 일으키고 있었다.

전자레인지 안에서 불꽃이 사방으로 튀며 딱딱 소리를 냈고, 햄과 치즈, 플라스틱이 엉겨 시커멓게 탄 덩어리가 뿌연 연기를 뿜어냈다.

엄마는 전혀 개의치 않는 눈치였다. 그녀는 커다란 칼을 들고 비누 한 개를 야무지게 썰어 모차렐라 치즈 조각처럼 접시에 가지런히 담은 다음, 똑같은 모양으로 썰어 놓은 토마토를 옆에 곁들였다.

자크는 엄마에게 다가갔다.

「엄마? 내 말 들려요?」

동공이 확대된 그녀의 초점 없는 눈이 허공을 더듬고 있었다. 그녀는 웃기만 할 뿐 대답이 없었다. 자크가 조심스럽게 손을 뻗어 엄마가 쥐고 있던 칼을 바닥에 떨어뜨렸다.

전기 칼이 아니라서 천만다행이야.

나한테는 아빠한테처럼 달려들지 않아 천만다행이야.

나를 토스트로 보지 않아 천만다행이야.

억지로 깨우지 말고 자해만 못 하게 막아야겠어.

그는 전자레인지를 끄고 전원을 뽑은 다음 소화기를 들고 불길이 커튼으로 옮겨붙기 직전에 불을 껐다.

그는 엄마를 침대에 데려다 눕히고 이불을 여며 주었다.

여전히 눈을 크게 뜬 채 잠들어 있는 엄마를 내려다보면서 그는 아버지와 싸우면서 엄마가 했던 말을 떠올렸다. 자신의 무의식 속에 웅크리고 있는 내면의 괴물을 쫓아내는 것이 엄마가 하는 연구의 목적이라고 했다.

엄마의 문제를 이제 알았어요. 그걸 해결하는 데 평생을 걸 만큼 엄마를 괴롭히는 문제라는 걸 말이에요.

그는 엄마의 눈을 살며시 감겨 주었다. 눈꺼풀 밑에서 안구가 움직일 때마다 속눈썹이 달싹거렸다. 그녀의 목이 반원을 그리며 뒤로 꺾였다. 역설수면에 들어갔다는 뜻이다.

자크는 다시 부엌으로 돌아와 전자레인지 바닥에 눌어붙은 시커먼 덩어리를 긁어내고 토마토, 비누모차렐라치즈, 햄치즈DVD샌드위치가 담긴 접시를 휴지통에 쏟아 버렸다.

다음 날, 그는 고심 끝에 간밤의 일을 사실대로 얘기하기로 마음먹었다. 그가 자세히 얘기를 들려주자 엄마는 고개부터 설레설레 흔들었다.

「아니! 그럴 리 없어! 말도 안 돼!」

하지만 그가 DVD크로크므시외와 모차렐라치즈로 둔갑한 마르세유 비누가 처박혀 있는 휴지통을 가리키는 순간, 그녀는 할 말을 잃었다.

「재발했어…… 더는 이런 일이 없을 줄 알았는데, 아니었어. 괴물이 여전히 무의식 깊숙이 숨어 있었던 거야. 눈에 보이지도 손에 닿지도 않는 심층에 말이야. 자기 자신이 두려우면 어디로 도망쳐야 하지?」

「별일 아니에요.」

그녀는 충격에서 헤어나지 못했다.

「엄마를 결박해야 하는 정신 질환자로 봤겠구나! 음식까지 먹었으니! 근래 들어 알려진 〈폭식성 몽유병〉이라는 게 있어. 이 환자들은 이유도 모른 채 살이 찌지. 내가 바로 그 병이었어! 너무 수치스러워. 내 몸한테 배신당한 기분이야.」

그녀는 혐오감을 이기지 못해 연신 얼굴을 씰룩거리며 몸을 떨었다.

「내 몸을 통제할 방법을 찾아야겠어. 아니면 네가 위험하지 않게 네 인생에서 내가 사라지는 수밖에 없어. 연구에 더 박차를 가해야겠어. 분명히 그 속에 해결책이 있을 테니까.」

그녀는 차마 아들을 똑바로 쳐다보지 못해 눈을 내리깔았다. 그러다 갑자기 새로운 연구 전략이라도 떠오른 듯 도식 같은 것을 그리기 시작했다.

「다시는 이런 일 없을 거야. 맹세해!」

자크는 미간을 좁혔다. 엄마가 이렇게 침소봉대할 줄 알았으면 얘기를 꺼내지 않았을 것이다…….

하지만 뜻밖의 소득도 있었다. 대학 전공에 대한 고민이 한순간에 해결되었다. 그는 의대에 진학하기로 했다.

15

뇌가 코르티솔을 분비하는 순간 그는 잠이 깼다. 생체 시계의 알람이 울린 것처럼 눈꺼풀이 발딱 치들렸다.

강의 중에 잠들었던 그가 소스라쳐 일어나 부석부석한 눈을 비벼 댔다.

어중간하게 긴 머리에 까부시시한 턱수염, 구둣솔 같은 눈썹. 열여덟 살의 자크는 의대생이 돼 있었다.

그는 2학년 진급 시험을 앞두고 하루 종일 공부에 매달렸다. 아무리 열심히 해도 필수적으로 알아야 하는 방대한 내용을 암기하기는 쉽지 않았다.

강의 시간은 길었고, 통독해야 하는 전공 서적은 수두룩했고, 암기해야 하는 복잡한 병명들은 끝이 없었다. 학년말의 진급 심사는 전체 등록 학생 3천 명 중 겨우 3백 명만 통과해 2학년으로 올라갈 만큼 엄격하게 이루어졌다.

봄에 치른 중간고사 성적까지 시원찮았던 자크는 시험이 다가오자 극도로 긴장했다. 어느 날 저녁, 피곤에 찌든 아들을 보다 못한 카롤린이 말했다.

「엄마가 좀 도와줄게.」

「엄마가 나 대신 시험 준비를 해주진 못하잖아요.」

자크가 비아냥거렸다.

카롤린이 아들의 강의 노트를 들춰 보았다.

「솔직히 우리 때는 지금보다 시험이 쉬웠어.」

「지원자는 더 적고 자리는 더 많았잖아요. 지금은 경쟁이 너무 치열해요. 현역 의사인 진급 심사 위원들로서는 경쟁자가 많아지는 게 반가울 리 없죠. 머리는 이미 포화 상태인데 암기해야 하는 온갖 장기와 호르몬, 뼈 이름이 끝도 없어요. 뇌에 하드 디스크라도 하나 심고 싶어요.」

「더 간단한 해결책이 있을지도 몰라. 〈이어 꾸기〉라는 게 있거든.」

「처음 들어 봐요.」

「신조어니까.」

자크가 스마트폰을 들고 인터넷에서 단어를 검색했다. 〈이어 꾸다 — 결말을 모르는 채 꿈에서 깼다가 뒷얘기가 궁금해 다시 그 꿈으로 돌아간다.〉

「흥미로운 생각이긴 한데, 의대 시험과 어떤 관련이 있는지는 모르겠어요.」

「이것도 엄마가 쓰는 기발한 심리 장치야.」

「팔걸이가 달린 의자와 접시, 티스푼을 이용해서 꿈을 잡는 달리의 방법과 비슷한 건가 보죠?」

「이건 〈전날에 멈췄던 지점에서 다시 시작해 꿈을 이어 꾸는〉 거야. 이렇게 되면 한 편의 완결된 〈단편 영화〉나 〈장편 영화〉가 아니라 밤마다 내용이 이어지는 일종의 연속극을 꾸는 거지.」

「어떻게 그게 가능하죠?」

「강의 내용을 자는 동안 계속해서 기억에 저장할 수 있게 하는 거야. 이 방법으로 며칠 만에 외국어를 배운 사람들도 있는 모양이더라. 대학 공부에 적용하지 못할 이유가 없잖니?」

엄마는 자크를 위해 특별한 방법을 고안했다. 일단 그에게 강의 내용을 큰 소리로 읽어 스마트폰에 녹음하게 했다. 그리고 나서 밤에 자크에게 유도몽을 꾸게 한 다음 잠이 깊이 들면 붉은 모래섬으로 가게 했다. 자크가 안구를 움직여 섬에 도착했다는 신호를 보내면 그녀는 녹음기의 재생 버튼을 눌렀다. 그러면 녹음된 자크의 목소리가 기억해야 하는 강의 내용을 쏟아 내기 시작했다.

자크는 이 방법으로 낮에는 남들처럼 강의를 듣고, 밤에도 〈이어 꾸기〉을 통해 공부를 계속했다.

결국 그는 10등 안에 드는 우수한 성적으로 진급 시험을 통과했다. 숙면을 통해 방대한 양의 정보를 머리에 저장한 덕분이었다.

엄마와 아들은 화목하게 지냈다. 카롤린은 비밀 프로젝트에 매달리느라 집에 있는 시간이 거의 없었지만 함께 있을 때는 항상 자크에게 뭔가를 가르쳐 주었다. 모자는 마치 사제 관계를 연상시켰다.

카롤린은 아들을 가르치는 데 기쁨과 보람을 느꼈다. 지식의 전수를 통해 자신의 생각이 영원불멸할 수 있다고 믿었다.

「사람에게는 의식, 잠재의식, 무의식이 있어. 의식은 지금 네가 상대하는 바로 그거야. 잠재의식은 네 기억과 학습 내용이 저장되는 곳이야. 이어 꾸기를 통해 공부한 내용은 빠르게 잠재의식으로 보내져 측두엽이라는 곳에 저장돼.」

「무의식은요?」

「무의식은 본질적으로 우리의 사고를 벗어나 있는 거야. 술에 취하거나 마약을 복용할 때 간혹 나타나지. 아주 깊이 숨어 있기 때문에 우리는 최면이나 꿈을 매개로 그것에 접근해. 이 무의식이야말로 내 영감과 직관, 발견의 원천이야. 논리적으로 생각하면 아무 소득이 없지만 무의식에 귀를 기울이는 순간 멀리서 밀려오는 파도에 올라타게 되지.」

「무의식이 항상 옳아요?」

「당연하지. 무의식은 항상 옳아. 가령 이런 거야. 네가 처음 만난 사람한테 직관적으로 이 사람 참 좋은 사람이구나, 하는 느낌이 들 때가 있잖아. 계속 만나다 보면 점점 그 사람의 말에 영향을 받게 돼. 그러면 이 사람은 역시 첫인상과 다르지 않구나, 하는 결론을 내리지. 하지만 무의식은 어떤 영향도 받지 않아. 다른 사람이 조작할 수 없는 너의 자유로운 영역이야. 무의식에 적극적으로 접속하는 습관을 길러. 그러면 무슨 일에든 여유를 갖게 될 거야.」

「그런데 내 무의식은…… 수영을 못 하게 하잖아요.」

「그래. 나도 마찬가지야. 몽유병 증상을 일으키는 게 내 무의식이잖아. 내 생각엔 무의식 아래 깊은 곳에 한 층이 더 있는 것 같아. 일종의 〈괴물 자아〉가.」

그녀가 깊이 숨을 들이쉬었다 천천히 내뱉었다.

「그래서 생각의 바다 밑으로 무턱대고 잠수해 들어가면 안 되는 거야. 해양 잠수처럼 단계를 밟아 내려가야 해. 너무 서둘러 멀리까지 가려다 보면 심해의 괴물들을 만날 수도 있어.」

그날, 자크는 엄마가 잠든 모습을 지켜보기 위해 한밤중에 일어났다. 다시 몽유병 증세가 나타날지도 몰라 의자를 놓고 앉아 엄마를 관찰했다. 목덜미가 뻣뻣해지고 눈꺼풀 밑에서 안구가 움찔움찔하는 걸 보니 역설수면에 들어간 게 분명했다. 베개에 얹힌 주먹이 꼭 쥐어져 있었다.

엄마의 스마트폰에 나타난 수면 곡선이 수면 5단계를 가리키고 있었다.

다른 사람이 잠든 모습을 지켜보는 건 황홀한 경험이야. 최소한의 방어마저 사라지는 순간이니까. 엄마는 번잡한 세상사에서 멀리 벗어나 떠돌고 있어.

엄마가 발을 옴지락거리는 모습이 보였다.

꿈에서 엄마가 걷고 있구나.

엄마가 입을 오물오물 움직였다.

꿈에서 엄마가 음식을 먹고 있구나.

그녀가 미간을 찌푸린 채 알 수 없는 말을 중얼거렸다.
「당신……. 당신…… 참 마음에 들어요, 그래, 당신 말이에요, 마음에 든다니까요.」

잠든 엄마를 카메라에 담고 싶은 마음이 굴뚝같았지만 수면 전문가인 엄마가 관찰의 대상이 되고 싶어 할 리가 없다고 생각했다. 자신의 진정한 인격의 일부가 드러나는 게 당연히 두려울 것이었다.

한참을 가만히 앉아 잠든 엄마를 지켜보던 자크는 문득 엄마와 대화다운 대화를 나눠 본 적이 없다는 생각이 들었다. 엄마는 늘 선생님이 학생을 대하듯 그를 대할 뿐 한 번도 속

내를 드러낸 적이 없었다. 둘의 대화는 엄마가 하는 연구 외에는 건강이나 날씨, 옷차림에 대한 소소한 코멘트가 다였다. 딱 한 번 그의 앞에서 약점(몽유병 증세)이 드러났을 때도 엄마는 수치스러워하며 사태를 수습하기에 급급했다.

그가 엄마의 금빛 머리채를 쓸어내리며 귓가에 속삭였다.

「잘 자요, 엄마. 멋진 꿈 많이 꾸고 행복하세요. 내일 아침에 일어나면 무의식에서 얻은 기발한 아이디어들로 비밀 프로젝트를 성공시킬 수 있을 거예요.」

모였던 미간이 펴지고 그녀의 찌푸린 얼굴에 웃음기가 어렸다. 불룩불룩하던 눈꺼풀의 움직임도 멎었다.

자크가 방문을 막 나서려는 순간, 엄마가 벌떡 일어났다.

몽유병 환자를 깨우면 안 된다는 건 속설일까 아니면 근거 있는 조언일까?

판단이 서지 않아 그는 일단 지켜보기로 했다. 그녀가 휘둥그런 눈으로 얼이 빠져 양손을 앞으로 뻗은 채 걸음을 옮기기 시작했다. 지난번처럼 주방으로 향했다.

안 돼! 이러면 안 되는데!

그녀가 냉장고 문을 열고 멀뚱멀뚱한 눈으로 선반을 더듬기 시작했다. 자크가 얼른 식빵을 찾아 건넸다. 그녀가 식빵에 육포를 몇 장 올리고 찬장에서 올리브유 병을 꺼내 물잔 가득 따랐다. 그녀가 입을 대기 전에 자크가 잽싸게 다른 잔에 물을 담아 내밀었다.

그가 엄마를 향해 말했다.

「맛있게 먹어요, 엄마.」

그녀는 육포를 얹은 식빵을 꼭꼭 씹을 뿐 말이 없었다. 그러더니 갑자기 일어나 식빵에 치즈 한 장과 초콜릿 한 조각을 더 얹었다.

자크는 할 말을 잃었다.

엄마의 무의식이 시키는 일이야. 아무리 다이어트를 해도 그동안 살이 찐 이유가 이제 밝혀졌어. 내가 상상하는 것보다 훨씬 자주 이러는지도 몰라.

자크는 엄마가 다 먹기를 기다렸다가 흔적이 남지 않게 그릇과 음식을 치운 다음 조용히 뒤를 따라갔다. 얼마 전 경험에서 크게 한 가지 배운 그는 내일 아침에 엄마에게 아무 말도 하지 않으리라 다짐했다. 그래, 아무 일도 없었던 거야.

다시 잠이 든 자크는 악몽에 시달렸다. 샌드위치를 먹던 엄마가 실수로 그의 손까지 먹는 꿈이었다. 불그스름한 소시지 같은 손가락뼈들이 빵 밖으로 삐져나와 있는데도 그녀는 이 사실을 모른 채 맛있게 먹었다. 그녀는 지난번처럼 태연한 얼굴로 그의 손을 씹어 삼켰다.

16

가위질 소리와 함께 새까만 머리카락이 뭉텅뭉텅 떨어지며 배수구에 쌓였다. 한결 세련된 머리 모양이 마음에 들어 자크는 미소를 지었다.

그는 서둘러 면도를 끝내고 하얀 셔츠 위에 근사한 검은색 슈트를 걸쳤다.

스물일곱 살의 예비 의사 자크에게서 당돌한 자신감이 느껴졌다. 그는 검은색 스포츠카를 몰고 다니며 주로 금발의 간호대 여학생들을 골라 사귀었다. 당당하고 거침없는 성격 덕에 친구가 많고 가벼운 연애도 수시로 했다. 그는 공부도 좋아했다. 대학 입학 후 9년 만에 의사 시험에 합격해 면허증을 땄지만, 여기서 만족하지 않고 전문의가 될 생각이었다.

전공을 두고 고민하던 그가 엄마에게 의견을 구했다. 자크가 의사 면허증을 취득하는 동안 그녀는 나이 쉰아홉에 파리 시립 병원 내 수면 질환과의 2인자 자리에 올라 있었다.

「오늘 오후에 엄마가 베르사유 의대에서 강연을 하는데, 한번 와볼래?」

발 디딜 틈 없이 사람들이 들어찬 대강당은 시끌벅적하고 활기가 넘쳤다. 빈자리를 찾지 못한 학생들은 삼삼오오 계단에 자리를 잡았다. 자크도 연단 맨 앞줄 바닥에 앉았다.

카롤린 클라인이 등장하는 순간 장내가 조용해졌다. 금발에 광채가 어린 검은 눈. 그녀가 위풍당당하게 걸어 나와 가벼운 인사를 건넨 다음 마이크를 시험하고 나서 준비해 온 내용을 또박또박 읽어 내려갔다.

「삶은 끝없이 밀려드는 이미지의 연속이 아니에요. 눈을 깜박이는 순간 우리는 즉각 휴식 상태가 되죠. 직접 경험해 보세요……. 눈을 감고 내가 뜨라고 할 때까지 뜨지 말아요.」

천 명 가까이 되는 청중이 일제히 눈을 감자 장내가 정적에 잠겼다.

「느껴져요? 시각은 폭압적인 감각이에요. 하지만 눈을 감으면 자기 자신의 정신세계에 대한 통제권을 되찾게 되죠.」

단순한 행위가 일으킨 놀라운 효과를 실감한 학생들이 저마다 동감을 표시했다.

「우리는 눈을 감으려는 생각은 절대 안 해요. 세상사의 한 장면이라도 놓칠까 봐 두려운 거죠. 하지만 눈을 감는 건 반드시 필요해요. 사실 우리는 규칙적으로 눈을 깜박이고 있어요. 영화 편집과 비슷한 이치예요. 장면을 나누기 위해 필요하죠. 여러분이 누군가와 얘기를 하다가 다른 사람에게 말을 걸려고 고개를 돌리는 순간, 여러분의 뇌는 〈개별 영화〉를 찍고 나서 눈을 깜박여 장면을 분리해요. 마치 챕터를 넘기듯, 일종의 〈호흡〉처럼 말이죠.」

청중이 눈을 깜박여 시퀀스를 구분하는 실험을 하느라 장내가 수런수런했다. 몇몇은 빠른 편집을 체험하기 위해 고개를 돌리고 눈을 깜박였다.

「우리가 놀라면 눈이 빠르게 깜박이잖아요. 이것은 영화의 액션 장면에 쓰이는 빠른 샷과 비슷한 원리예요. 눈을 깜박일 때 우리는 10분의 1초라는 지극히 짧은 시간 동안 휴식을 취하게 되죠. 재채기를 하면 눈이 3초간 감겼다 떠지면서 조금 더 긴 휴식이 찾아와요. 그런데 잠을 잘 때는 여러 시간 눈을 감고 있죠. 그제야…… 그제야 비로소 이 여백에 충일의 순간이 찾아오죠. 한 편의 온전한 가상 영화가 우리 뇌 속에서 상영될 수 있게 돼요. 우리 뇌에는 끊임없이 이미지가 필요한데, 잠자는 동안은 이미지가 사라져 버리잖아요. 그래서 이때 뇌가 이미 저장돼 있는 이미지들을 혼합해서 자신만의 영화를 찍는 거예요. 여러분, 기억하세요. 우리 뇌는 생각이 멈추는 걸 용납하지 않아요.」

그녀가 좌중을 휘둘러보고 나서 화이트보드에 〈잠자다〉라고 썼다.

「잠자는 건 숨 쉬는 것처럼 당연해 보이잖아요……. 그런데 여러분 중에 잠을 잘 자는 사람 한번 손 들어 보세요.」

강당을 채운 천여 명 중 절반이 채 안 되는 숫자가 손을 들었다.

「수면제를 복용한 적이 있는 사람?」

수백 개의 손이 일제히 올라왔다.

「정기적으로 수면제가 필요한 사람?」

백여 명이 쭈뼛쭈뼛 손을 들었다.

「자기가 꾼 꿈을 기억하는 사람?」

넓은 강당 여기저기서 수십 개의 손이 올라왔다.

「명확한 즉석 여론 조사 결과가 나왔네요. 이 결과가 우리 사회 전체를 대변해요. 우리 사회가 지금처럼 많은 안정제와 수면제를 소비한 적이 없어요. 프랑스가 세계 제1위의 수면제 소비 국가라는 사실을 여러분은 알고 있어요? 매년 7천만 통이 팔려요! 기필코 잠을 자겠다고 화학적인 목발에 의

지하는 꼴이죠. 그런데 수면제에는 꿈을 없애는 벤조디아제핀이라는 성분이 들어가 있어요.」

카롤린 클라인이 직원에게 실내조명을 어둡게 하라고 손짓을 했다. 곧 연단 위 스크린에 점판 문서를 찍은 사진 한 장이 나타났다. 그녀가 보드에 〈꿈꾸다〉라고 적었다.

「최근에 고고학자들이 발굴한 유물들을 보면 인류가 이미 3천7백 년 전부터 꿈을 사고의 원천으로 여겼다는 사실을 알 수 있어요. 수메르인들이 길가메시의 이야기를 설형 문자로 기록한 점판 문서들에서 흔적을 찾을 수 있죠. 인류 최초의 영웅은 오로지 꿈에 따라 행동하고 자는 동안에 신들과 소통했어요.」

이번에는 기자 피라미드에서 발견된 카르투슈[4]들을 찍은 사진들이 스크린을 채웠다.

「기원전 2500년에 이집트인들은 꿈으로 미래를 예측할 수 있다고 믿었어요. 성서에 꿈을 풀이하는 젊은 히브리인 노예 요셉의 얘기가 나오죠. 그는 살진 암소 일곱 마리에 이어 마른 암소 일곱 마리가 등장하는 파라오의 꿈이 7년간 닥칠 기근을 예언하는 것이라고 해석하고 파라오를 설득해 재난에 대비해 곡식을 비축하게 하죠. 한 사람의 꿈 덕분에 문명 전체가 생존할 수 있었어요.」

카롤린 클라인 교수가 손을 까딱하자 튜닉 차림의 젊은 요셉이 옥좌에 앉은 파라오를 알현하는 그림이 스크린에 나타났다.

「아직 왕자의 신분으로 바빌로니아에 포로로 잡혀 있던

4 고대 이집트에서 사용되었던 긴 타원형의 상형 문자 명판. 안에 파라오의 이름이 새겨져 있다.

히브리인 다니엘이 네부카드네자르 왕의 꿈을 해석해 주는 얘기도 나와요. 그는 왕의 꿈속에 등장하는 진흙 발이 달린 거인이 인류의 역사와 제국들의 흥망성쇠를 상징한다고 이해했어요. 황금으로 만들어진 거인의 머리는 바빌로니아 제국을 상징하는데, 이 머리는 은으로 된 가슴(마케도니아 왕국에 해당해요)으로 바뀌고, 가슴은 다시 쇠로 된 다리(로마 제국)로 대체되며, 다리는 또다시 진흙으로 만든 발, 즉 메시아에 의한 영적 제국(이는 훗날 다니엘의 예언이 현현된 예수 그리스도의 강림으로 해석되죠)에 의해 휘청거리게 된다는 거예요. 이 예에서도 꿈은 인류의 천 년 역사를 결정해요.」

카롤린 클라인은 학생들이 필기할 수 있게 잠시 말을 끊었다.

「고대 그리스의 피타고라스학파에서는 잠자는 동안만 영혼이 하늘과 직접 소통할 수 있다고 가르쳤어요. 이 학파를 계승한 달디스의 아르테미도로스는 150년에 최초의 과학적 꿈 해석 체계 중 하나로 꼽히는 『오네이로크리티카(꿈의 해석)』를 집필하죠.」

토가 차림의 남자가 손가락을 들어 하늘을 가리키는 모습을 찍은 사진이 새롭게 스크린에 나타났다.

「고대 로마인들에게는 〈성역 숭배〉, 즉 사원이나 동굴에 들어가 잠을 자면서 병을 고치는 관습이 있었어요. 병이 나으려면 꿈에서 의학의 신인 아스클레피오스의 얼굴을 볼 수 있게 영혼을 만들어야 했죠. 어떤 꿈들은 원로원에서 논의 대상으로 삼기도 했어요. 꿈을 분석하고 해석해 정치적 행동에 사용한 예죠.」

턱수염을 기르고 토가를 걸친 스크린 속 고대 남성들이 학생들의 시선을 끌었다.

「대교황 그레고리오는 꿈을 음식의 과잉이나 결핍으로 인한 꿈, 악마가 보낸 꿈(주로 성적인 꿈), 신께서 보내신 꿈, 이렇게 세 가지로 분류했어요. 앞의 두 가지는 아예 금지했어요. 바티칸에서는 꿈의 세계에 대한 일체의 개입 행위를 엄벌에 처했죠. 점몽술은 주술 행위로 간주돼 12세기부터 공식적으로 금지됐어요.」

필기를 하는 학생들의 손놀림이 분주했다.

「대부분의 무속 사회에서는 꿈에 절대적인 가치를 부여해요. 시베리아인들은 밤에 영혼이 몸 밖으로 나간다고 믿어요. 영혼이 다시 몸으로 못 돌아올 수도 있기 때문에 자는 사람은 절대 깨우면 안 된다고 생각하죠.」

키득대는 학생들을 보며 카롤린이 발끈했다.

「옛날 의식들을 절대 우습게 여기면 안 돼요. 아주 합리적인 것도 많으니까요. 무엇보다 우리가 사는 〈현대〉 사회가 소위 〈원시〉 사회보다 우월하다는 생각은 착각이에요.」

턱수염을 기른 부스스한 얼굴이 스크린에 나타났다.

「1869년, 화학자 드미트리 멘델레예프는 옆방에서 들리는 클래식 음악을 듣다 잠이 들었어요. 그리고 기초 화학 원소들이 음악의 주제처럼 연결된 꿈을 꾸죠. 잠이 깨고 나서 그는 자연에 존재하는 모든 화학 원소를 최초로 분류하고 정리한 〈주기율표〉를 만들어요.」

똑같이 턱수염을 길렀지만 한결 말끔한 외모의 또 다른 남자가 스크린에 나타났다.

「1844년, 일라이어스 하우는 정글에서 식인 원주민들에게 쫓기는 꿈을 꿔요. 식인종들이 그를 에워싸고 무시무시한 창을 앞뒤로 흔들어 대며 위협하죠. 이 순간, 그는 꿈속에서 원주민들이 들고 있는 창의 끄트머리에 동그란 구멍이 하나 뚫린 것을 발견해요. 여기에서 줄을 넣어 구멍들을 하나로 잇는 아이디어를 얻은 다음 날…… 재봉틀을 발명하죠. 1894년, 알베르트 아인슈타인이라는 이름의 소년은 스키를 타고 산을 내려오는 꿈을 꿔요. 갈수록 경사가 가팔라져 썰매에 가속이 붙자 소년은 빛의 속도에 근접하는 느낌을 받아요. 하늘의 별들이 빛의 꼬리를 달고 휙휙 지나가는 것처럼 보이죠. 이 꿈에서 영감을 얻어 아인슈타인은 훗날 상대성 이론을 정립하게 돼요.」

이번에 카롤린이 스크린에 띄운 사진은 모두에게 친숙한 얼굴이었다.

「1899년, 지크문트 프로이트는 『꿈의 해석』을 출간해요. 그는 꿈이 마법과 전혀 상관이 없는, 억압되거나 감춰진 욕망의 표현이라고 생각하죠. 꿈은, 프로이트의 말을 빌리자면, 〈무의식에 이르는 가장 확실한 방법〉이에요. 하지만 꿈은 오랫동안 신비의 대륙으로 남아 있었어요. 그러다 1937년, 신경 생리학자인 너새니얼 클라이트먼이 평균 90분에 걸쳐 연속적으로 나타나는 수면의 네 단계를 발견하죠. 그리고 1959년에 미셸 주베 교수가 클라이트먼의 연구를 보완해 〈역설수면〉이라는 개념을 내놓아요. 몸은 완전히 마비되는데 두뇌 활동은 극도로 활발한, 수면 과정 중 아주 특이한 다섯 번째 단계죠. 안구의 움직임이 가장 뚜렷한 단계이기도 해요. 실험 대상자를 이때 깨우면 꿈을 쉽게 기억하죠.」

카롤린 클라인이 다시 보드를 향해 몸을 돌려 〈수면의 다섯 단계〉라고 적었다.

「자, 그럼 하룻밤 동안 일어나는 수면 과정을 요약 정리해 보기로 하죠. 0단계: 입면, 1단계: 아주 얕은 잠, 2단계: 얕은 잠, 3단계: 깊은 잠, 4단계: 아주 깊은 잠, 5단계: 역설수면. 이다음에 잠재기가 오는데, 이때 잠이 깨거나 수면 주기가 다시 시작되죠.」

그녀가 연단을 왔다 갔다 했다.

「뇌에 흐르는 전류를 파동으로 나타내는 뇌전도계를 이용해 뇌파를 감지할 수 있어요.」

그녀가 수면 곡선을 그리고 나서 보드에 숫자를 적으며 설명을 해나갔다.

「베타파. 15~30헤르츠. 평상시 우리 뇌의 주파수예요. 일상의 소소한 문제에 신경을 쓸 때 나타나는 주파수가 15헤르츠이고, 집중을 해서 두뇌 활동을 하거나 불안하고 초조한 상태일 때가 30헤르츠죠. 여러분의 뇌파는 지금 베타파이겠네요…….」

여기저기서 쿡쿡하고 웃는 소리가 들렸다.

「알파파. 8~10헤르츠. 수면 1단계에 해당하는 주파수예요. 눈을 감고 차분해진 상태의 뇌파죠. 휴식 상태 말이에요. 내가 아까 여러분한테 30초 동안 눈을 감아 보라고 했을 때의 바로 그 상태예요.」

기분 좋은 느낌을 다시 떠올리기 위해 눈을 감는 학생들이 보였다.

「세타파. 4~7헤르츠. 수면 2단계인 얕은 잠에 해당하는 주파수예요. 최면 상태이거나 약물을 복용했을 때 이런 파동이 나타나요. 티베트 승려들이나 신비주의 대가들은 하루의 대부분을 세타파 상태에서 보낸다고 하더군요.」

카롤린이 잠시 뜸을 들였다.

「델타파. 주파수가 0.5~0.7헤르츠로, 수면 3단계와 4단계에 해당해요. 느리고 깊은 수면 시에 나타나요. 이때 야경증과 몽유병 발작이 일어나죠. 여러분 중에 혹시 몽유병자가 있나요?」

열댓 명이 창피한 듯 슬그머니 손을 들었다.

「반복해서 악몽을 꾸는 사람 있어요?」

이번에도 열 명가량이 손을 올렸다.

「계속하죠. 이다음에 주파수 30헤르츠부터 45헤르츠까지에 해당하는 감마파가 있어요. 우리가 특정한 문제를 해결하려고 극도로 집중한 순간에 나타나죠……. 체스 선수와 포커 선수, 십자말풀이 애호가, 양궁 선수, 〈강박적 카사노바〉 등이 이런 감마파 상태예요.」

카사노바라는 표현이 재미있는지 좌중이 또다시 웅성웅성했다.

「……5단계인 역설수면 상태에서 나타나는 주파수이기도 하죠.」

그녀는 앞서 설명한 정보를 청중이 소화할 시간을 잠시 주고 나서 보드에 〈자각몽〉이라고 썼다.

「지금부터는 자각몽에 대한 얘기를 해보죠. 자각몽을 최초로 언급한 사람은 호메로스예요. 『오디세이아』에서 〈자고 있다는 것을 아는 상태에서 꿈을 꾸는〉 민족과 만난 경험을 들려줘요. 아리스토텔레스는 〈잠이 깨지 않고 꿈을 꾸고 있다는 사실을 인식〉할 수 있다고 하죠. 1867년에 『꿈과 꿈을 운용하는 방법』을 집필한 프랑스 작가 레옹 데르베 드 생드니는 스스로를 〈꿈 학자〉라고 칭하죠. 그는 현대 꿈 연구의 초석을 놓은 사람이에요. 역설수면 단계에서 자각몽을 꿀 수 있다는 사실이 알려졌죠. 1980년, 캘리포니아에 있는 스탠퍼드 대학의 정신 생리학자 스티븐 라버지가 자각몽 연구 부활의 신호탄을 쏘아 올려요. 그는 1987년에 자각몽 연구소Lucidity Institute를 설립해서 뇌파도EEG와 자각몽 상태임을 인지하게 하는 LED 안대[5]를 함께 사용하는 실험을 진행했어요. 빨간 백합과 황수선화 추출물을 함유한, 일명 〈자각몽 알약〉으로 불리는 갈란타민 같은 화학 물질을 촉매제로 사용했죠.」

학생들은 이 얘기에 흥미가 당기는 눈치였다.

「하지만 붐이 꺼지자 수면 관련 연구는 정체기에 들어서 답보하기 시작했죠. 꿈의 대륙을 탐사하고자 하는 열정이 갈수록 시들해졌어요. 유행이 지나간 거죠. 그런데 시대 변화만이 문제가 아니었어요. 한쪽 방향만을 고집해 오다가 과학자들 스스로 난관에 봉착한 면이 있었죠. 이때 지리가 돌파구를 마련해 주었어요. 1930년에 말레이시아에서 연구를 진행한 영국인 인류학자 킬턴 스튜어트 얘기예요. 이 인류학자가 말레이시아의 삼림에서, 아니 정글이라고 해야 정확해요, 우연히 세노이 부족을 만나요. 꿈을 통해서 그리고 꿈을 위해서만 살아가는 사람들이죠. 이들은 완벽하게 자각몽을 통제함으로써 정치적, 사회적, 심리적 안정을 이뤄요. 스튜어

5 스티븐 라버지가 개발한 이 안대는 노바 드리머Nova Dreamer 라는 제품으로 상용화되었다. 노바 드리머는 꿈꾸는 사람이 REM 수면 단계에 진입한 순간을 감지해 눈에 빛을 비추어서 자각몽 상태임을 인지하도록 유도하는 수면 안대이다.

트에 따르면 세노이 사회에서는 불안이나 우울증, 공격성, 자살 충동 같은 것을 전혀 찾아볼 수 없다고 해요. 잠을 길들여서 이런 성향들을 완벽하게 제어한다는 거예요.」

그녀가 방금 언급한 말레이 부족의 이름을 보드에 적었다. 〈세노이.〉 그러고 나서 몇 번을 힘주어 읽었다.

「경청해 줘서 고마워요, 여러분. 잊지 말고 기억해 둬요. 잠을 잘 못 자면 첫째, 침대 매트리스를 딱딱한 걸로 바꿔 봐요. 둘째, 일정한 시간에 잠자리에 들어요. 셋째, 저녁에는 커피나 오렌지주스를 마시지 말아요. 넷째, 벤조디아제핀 계열의 화학 수면제 복용을 피해요. 다섯째, 섹스를 해요. 뭐니뭐니 해도 이게 최고의 천연 수면제죠. 상대방을 위해서가 아니라 여러분 자신을 위해서, 여러분 수면의 질을 높이기 위해 하세요.」

편안한 분위기로 변한 강당이 떠나가도록 박수갈채가 쏟아졌다. 학생들이 일제히 자리에서 일어나 기립 박수를 보냈다.

감격한 그녀의 얼굴이 발갛게 상기됐다. 이런 집단적인 호응이 싫지 않은 눈치였다.

강당을 나서는 그녀를 향해 사진 기자들의 플래시가 터졌고, 몇몇 기자는 인터뷰까지 요청했다.

「교수님께서 비밀 프로젝트를 추진 중이신 걸로 아는데, 내용을 좀 알려 주시죠?」

한 기자가 물었다.

「〈비밀 프로젝트〉라면 말을 아끼고 싶지 않을까요? 제가 미신을 좀 믿어요. 괜히 입을 열었다가 유망한 프로젝트가 실패하면 어쩌나 겁이 나네요.」

「단서라도 하나 주시죠.」

또 다른 기자가 집요하게 물었다.

「저희는 교수님과 같이 일해 보고 싶어요.」

여학생 하나가 말했다.

「저희 모두 교수님 연구에 매력을 느끼고 있어요.」

다른 학생이 더 적극적으로 그녀를 치켜세웠다.

「저희는 늘 교수님을 지지할 거예요.」

자크는 엄마의 명강연과 대중의 환대에 감동했다. 잠이 명예를 가져다줄 수도 있다는 것을 이때 깨달았다.

17

막 강당을 나선 과학자 주변으로 강연 내용에 관해 궁금한 게 있거나 그녀가 이끄는 연구팀에 이력서를 내려는 열성적인 학생들이 몰려들었다. 그런데 난데없이 야옹야옹하는 소리가 들리기 시작하더니 끈질기게 이어졌다.

미처 누가 개입할 새도 없이 고양이 가면을 쓴 사람들이 더 크게 울음소리를 내며 기자들을 뚫고 들어왔고, 그중 한 명이 카롤린에게 빨간 페인트 통을 들이부었다. 사방에서 이 모멸의 순간을 카메라에 담는 동안 고양이 가면을 쓴 남자들은 팻말을 흔들며 구호를 외치기 시작했다.

수면 연구를 위한 고양이 학살을 멈춰라!
동물 생체 해부를 중단하라!
꿈 연구를 핑계로 고양이를 희생시키지 마라!
과학 실험이라는 명목으로 동물을 괴롭히는 자들은 반성하라!

기습 시위대는 연신 성난 고양이 울음소리를 내며 등장할 때와 마찬가지로 바람처럼 사라졌다. 그러자 몇몇 학생이 소란의 주범들을 뒤쫓아 뛰기 시작했고, 현장에 남은 나머지 학생들은 카롤린 클라인을 도와주려고 했다. 하지만 이미 자크가 전면에 나서 엄마를 보호했다. 그는 서류 가방을 가림

막처럼 들어 사람들이 빨간 페인트를 뒤집어쓴 그녀의 모습을 카메라에 담지 못하게 했다.

그가 택시를 불러 세웠지만 그녀의 꼴을 본 기사는 승차를 거부했다. 조금 무신경한 두 번째 택시 기사는 추가 요금을 내고 비닐봉지를 뒷좌석에 깔아 가죽을 더럽히지 않는다는 조건을 달고 두 사람을 태웠다. 택시가 피습 현장에서 한참 멀어지고 나서야 자크는 휴지를 꺼내 엄마의 몸을 닦아 주었다.

「나쁜 놈들!」

「그 사람들이 맞아.」

카롤린이 덤덤하게 말했다.

「다른 사람들 입장에선 충분히 그럴 수 있어. 내가 하는 일이 그다지 도덕적이진 않으니까. 잠과 꿈을 이해하기 위해 고양이들을 희생시키고 있잖아. 하지만 고양이가 가장 잘, 그리고 가장 오래 꿈을 꾸는 동물이기 때문에 어쩔 수 없어.」

「엄마를 이해할 수가 없어요.」

「적들의 관점을 신속히 수용해서 가르침으로 삼는 거지. 적들이 훌륭한 스승인 경우가 많거든. 그들은 네 인생에 우연히 등장하는 게 아니야. 네 이마에 이렇게 흉터를 남긴 윌프리드조차 네가 그 일을 알릴 만큼 용기가 있는 사람이란 걸 알려 준 셈이잖아. 삶에 실패라는 건 없어. 성공 아니면 교훈이 있을 뿐이지. 내가 뒤집어쓴 페인트도 내게 필요한 교훈이었던 거야. 그 이상도 그 이하도 아니야.」

그녀가 몸을 닦은 휴지를 차창 밖으로 계속 내던졌다.

「네가 엄마의 실체를 알아야 할 때가 온 것 같아. 위대한 과학적 발견들 뒤에 숨어 있는 진실을 네 눈으로 직접 확인할 때가 왔어.」

사위스러운 예감이 드는 순간 자크는 등이 오싹했다.

18

파리 한가운데, 시테섬에 위치한 노트르담 대성당 아래쪽에 터를 잡은 파리 시립 병원. 이곳은 마치 백성의 고통을 달래 주기 위해 세운 고대의 신전을 연상시켰다. 651년에 성직자들이 설립한 이 유서 깊은 병원의 옅은 황토색 벽들에는 방문객들의 고통과 탄식이 깃들어 있을 터였다.

카롤린 클라인은 최근에 현대식으로 개축된 건물의 몇 안 되는 구역에서 근무했다.

병원 입구에서 암 전문의들이 담배를 물고 두런두런 얘기를 나누고 있었고, 구급대원들은 차에서 노인들을 내리느라 안간힘을 쓰고 있었다.

「여기가 엄마의 근엄한 직장이야. 우리 병원은 파리에서 가장 오래된 병원에 속하지만 수면 질환자들에게는 최고의 치료를 제공하는 곳이지.」

두 사람은 군데군데 타일이 깨져 있는 복도를 따라 걸었다.

「수면 장애와 연관이 있는 병들이 속속 밝혀지고 있어. 얼마 전에는 파킨슨병과의 연관성을 찾아냈지. 연구를 통해 그런 질환들의 위험 인자를 발병 전에 미리 포착해 낼 수 있게 됐어.」

그녀는 마주치는 동료마다 가까운 사이인 듯 다정하게 인사를 건넸다.

「잠을 잘 못 자면 여러 가지 문제가 생길 수 있어. 우선 아이들의 경우는 발육 부진, 성인들의 경우는 체중 증가가 대표적이야.」

그녀가 흰 가운을 걸친 젊은 금발의 남자와 잠시 서서 얘기를 나누었다.

「저 친구는 전체 인구의 5퍼센트가 앓는 몽유병을 연구 중이야. 유전적 요인을 찾아내려고 애를 쓰고 있지.」

카롤린 클라인은 마치 남의 일처럼, 자크가 열일곱 살 때 사고를 직접 목격했다는 사실을 까맣게 잊은 듯이 태연하게 얘기했다. 그녀가 자크를 병원 건물의 다른 쪽 날개로 데려갔다. 그녀가 도중에 만난 한 여성에게 자크를 소개했다. 올린 머리에 핀을 잔뜩 꽂은 그녀는 딱딱한 인상을 풍겼다.

「어떻게 됐어? 잠을 전혀 못 잔다는 그 12호실 여환자 말이야?」

「비디오로 확인이 됐어요. 자는데 본인이 잤다는 걸 잊어버리는 거예요. 심리적 문제예요.」

카롤린 클라인은 길게 이어지는 복도를 계속 앞장서서 걸어갔다. 좌우로 방이 수없이 나타났다. 벽에 걸린 자석 메모 보드에는 수면 곡선을 인쇄한 종이들과 뇌 스캔 사진들이 빼곡하게 붙어 있었다.

「공식적으로 엄마가 맡은 일은 미래의 수면제를 개발하는 거야. 지금까지 나온 대부분의 수면제에는 너도 알다시피 벤조디아제핀이 들어 있어. 그런데 그게…….」

「……벤조디아제핀은 꿈을 사라지게 하고 중독과 알츠하이머병을 유발하죠…….」

「강연을 듣다가 네가 잠들면 어쩌나 했는데……. 어쨌든 이런 단기적인 해결책이 장기적으로 중대한 문제를 일으킨다는 사실은 아무리 강조해도 지나치지 않아. 예전에는 벤조디아제핀을 써서 일부러 역설수면을 없애기도 했다는 사실을 모르지? 우울증 치료 명목으로 말이야.」

그녀의 인사를 받은 몇몇 동료가 격려의 메시지로 화답했다. 다들 고양이 가면 사건을 알고 있었던 것이다. 그때마다 그녀는 〈어쩔 수 없이 생기는 일이죠, 뭐〉, 〈별일 아니에요〉, 〈괜찮아요〉, 하며 대수롭지 않게 여겼다. 이번에는 그녀가 노란색 용액이 든 시험관을 조작하고 있는 하얀 가운 차림의 남자에게 자크를 소개했다.

「이쪽은 뱅상 바기앙, 우리 병원에서 가장 유능한 화학자야. 함께 항히스타민 계열의 수면제를 개발 중인데, 〈졸음 유발 위험이 있으니 운전하기 전에는 복용하지 말 것〉이라는 주의 문구가 약통에 붙은 걸 우연히 뱅상이 보고 아이디어를 얻은 거야.」

「잘돼 가나요?」

「결과는 괜찮은데, 부작용이 없는 전혀 새롭고 효과적인 물질을 상용화하려면 아직 멀었어.」

그녀가 다른 방으로 자크를 안내했다. 철창 여러 개에 흰 고양이들이 가득 들어 있었다.

「자, 여기, 우리 병원 최고의 수면 실험자들이 있네.」

눈을 감고 있는 고양이들이 발을 움직여 공놀이를 하거나 가상의 쥐를 뒤쫓는 시늉을 했다.

「이게 생체 해부에 반대하는 사람들을 자극했던 거야. 역설수면에서는 포유류 중에 고양이를 따라올 동물이 없어. 즉각, 자연스럽게 깊은 잠에 빠져들거든.」

냄새를 맡는 것처럼 고양이의 긴 수염이 바르르 떨리는 모습이 자크의 눈에 포착됐다. 한창 꿈나라를 여행하는 중인 게 분명했다.

「원숭이는 어떤데요?」

「원숭이도 꿈을 꾼다는 건 알고 있는데, 역설수면까지 도달하는지는 아직 밝혀지지 않았어. 그런데 고양이는 확실해. 봐, 뚜렷한 모르MOR[6] 상태잖아.」

「〈죽은〉 상태라는 뜻은 아니겠죠?」

「급속 안구 운동REM 말이야.」

자크는 조금 떨어진 곳에서 털을 민 정수리에 USB 단자가 붙어 있고, 이 단자에서 줄이 여러 개 빠져나와 있는 고양이들을 발견했다. 얇은 눈꺼풀 밑에서 안구가 간간이 움씰움씰했다.

노란 고양이 한 마리가 마치 누가 쓰다듬어 주듯 배를 드러낸 채 다리를 벌리고 누웠다.

「녀석이 엄마가 핥아 주는 꿈을 꾸나 보다.」

카롤린이 흐뭇한 미소를 지었다.

「뇌한테는 우리가 상상하는 것이 곧 현실이야. 어쩌면 이 생각을 수용하는 것이 현대를 살아가는 우리들에게 최대 난제인지도 몰라. 〈믿는다는 것은 존재하게 하는 것이다.〉 그래서 믿음의 능력을 함부로 쓰면 안 된다고 엄마가 누차 애기했잖아.」

그녀가 제어 스크린을 켜고 노란 고양이의 수면 곡선을 관찰했다.

---

6 급속 안구 운동REM의 프랑스어식 표현인 모르MOR는 〈죽은〉을 뜻하는 프랑스어 형용사 mort와 발음이 같다.

「여기 봐. 이 고양이는 벌써 5단계 역설수면에 깊이 들어
가 있어. 정말 꿈의 대가야. 즐거워하는 저 표정 좀 봐!」

이번에는 새끼 고양이가 잡힐 듯 말 듯 하며 약을 올리는
쥐를 뒤쫓는 시늉을 했다.

「요 녀석이 마음에 드는데, 우리가 입양하면 안돼요?」

「정수리에 USB 단자가 삽입돼 있어 실험실 밖에서 정상
적으로 살 수 있을지 모르겠구나.」

「빗물이 뇌로 들어가 접촉 부분이 녹슬지 않게 뚜껑을 씌
워 줄게요.」

「일반적으로 실험동물은 반출이 금지돼 있어. 그런데 네
가 정…… 그래, 기억나, 너한테 비슷하게 생긴 장난감이 있
었지…….」

그녀가 고양이와 연결된 전원 장치를 뺐다.

그러자 잠이 깬 새끼 고양이가 성가신 듯 짜증을 부렸다.
고양이가 오돌토돌 돌기가 솟은 앙증맞은 분홍색 혓바닥을
드러내며 늘어지게 하품을 했다.

「영어권에서는 이런 노란 고양이 품종을 마멀레이드
캣[7]이라고 불러. 꼭 너 어릴 때처럼 하품을 하는구나. 그나저
나 이름은 하나 지어 줘야지.」

「벌써 지었어요. 〈위에스베USB〉.[8] 뇌 속에 컴퓨터 단자가
든 최초의 고양이!」

새끼 고양이가 자크의 팔에 몸을 비볐다. 잠시 후, 단자에
보호용 캡을 씌워 주자 고양이는 여전히 졸린 듯 자크의 재
킷 호주머니 속에서 친숙하게 몸을 말았다.

7 한국에서는 흔히 치즈 태비라고 불리는 품종.
8 USB의 프랑스어식 발음.

「아니, 내가 잠시 한눈을 파는 사이에 이렇게 고양이를 훔쳐 내도 되는 거야? 손모아장갑을 뜨기엔 요 녀석은 크기가 너무 작은데!」

포마드를 바른 은발에 허스키한 목소리를 지닌 건장한 남자가 문을 열고 들어왔다. 그가 카롤린을 친근하게 포옹하자 그녀는 은근히 좋아하는 눈치였다.

「엄마의 보스이자 시립 병원 수면 내과 과장인 에리크 자코메티 교수를 소개할게. 엄마가 보고도 하고 이따금 연봉도 올려 달라고 부탁하는 분이야.」

「우린 다 자네 엄마의 팬이라네. 우리 병원의 스타지. 당신이 베르사유에서 한 강연 중계 봤어.」

그가 카롤린을 향해 몸을 돌리며 말했다.

「강연이 정말 좋았어. 나중에 일어난 사고는 신경 쓸 거 없어, 지각없는 사람들이 한 짓이니까. 여기 있는 우리는 당신을 끝까지 지지할 거야! 이거면 됐지, 안 그래?」

「자코메티 교수는 아주 야심 찬 개인 연구 프로젝트를 진행 중이야.」

장신의 남자는 다른 쪽으로 자크와 카롤린을 안내했다. 여러 사람이 머리에 X선 스캐너를 부착한 채 잠을 자고 있었다.

「피험자들한테서 수면 5단계에 해당하는 주파수가 나오면 이어폰을 통해 소리를 들려줘 잠을 깨우는 시스템이야. 그러면 사람들이 일어나서 자기 꿈을 기록하지. 나중에 이들의 애기를 뇌의 영상과 맞춰 보는 거야.」

카롤린이 아들에게 설명했다.

「지금 우리는 각각의 꿈에 해당하는 기능적 자기 공명 영상 fMRI 이미지를 취합해 일종의 데이터 뱅크 내지는 사전 같은 걸 만드는 중일세.」

「이 사람 좀 봐. 우리 사이에서 〈모범 고객〉으로 불리지.」

자크는 남자의 눈이 좌우로 규칙적으로 움직이는 것을 보았다.

「이 사람이 무슨 꿈을 꾸고 있는 것 같나? 너무 고민할 필요는 없어. 전직 테니스 심판인데, 심판을 보는 꿈을 꾸는 중이야. 꿈에서도 계속 눈으로 공을 좇고 있어. 안구 동작을 자세히 살펴보면 스트로크인지, 스매시인지, 로빙인지도 알수 있지.」

과학자는 말을 해놓고 뿌듯한 표정을 지었다.

「가지고 계신 꿈 영상이 몇 개나 되죠?」

「현재까지 정확히 12,537개야.」

에리크 자코메티가 자크에게 두툼한 책을 한 권 건넸다. 들춰 보니 페이지마다 왼편에는 뇌의 활성화된 영역이 빨간색, 노란색, 파란색, 초록색으로 나타나 있는 사진이 있고, 오른편에는 자동차, 비행기, 사과, 배, 여자, 남자, 개, 말 같은 단어가 적혀 있었다.

「특정 영상과 단어의 조합이 의미가 있으려면 세 번 이상 반복해서 나타나야 해. 꿈에서 배를 봤다고 얘기하는 세 명의 뇌 영상이 비슷하면 사전에 등재하는 식이지. 언젠가 뇌 영상만 보고도 〈당신 꿈에 배가 나왔군요〉 하고 말할 수 있는 날이 오길 바라고 있네.」

「그러려면 영상을 5만 개 이상은 확보해야 하잖아요, 그렇죠?」

「그렇지. 인내심을 갖고 끈질기게 해나가야지. 그건 그렇고, 젊은 친구, 자넨 직업이 뭔가? 학생이야?」

「의대를 막 졸업하고 전문의가 되기 위해 전공과를 고민하는 중이에요. 오늘 수면 내과를 둘러본 게 선택에 도움이 됐어요.」

자크가 벌써 잠에 곯아떨어진 USB 아기 고양이를 쓰다듬으며 대답했다.

「어쨌든 고양이는 제대로 골랐어. 요 녀석이 우리 실험실에서 꿈을 제일 잘 꾸거든.」

「USB라고 부르기로 했어요.」

「위에스베? 귀여운 이름이네.」

그가 자크를 보며 정겨운 제스처를 취했다.

「신경 생리학을 선택한 건 잘한 일이야. 두고 봐, 불모지나 다름없는 미래의 분야에서 일한다는 자부심과 함께 만족감을 안겨 줄 테니.」

포마드를 바른 남자가 카롤린을 힐끗 쳐다보았다.

「아들한테 말했어? 이 프로젝트는 기밀 유지가 원칙인데.」

「프로젝트가 성공하면 어차피 밝혀질걸요, 뭘.」

「설레발치지 마, 카롤린!」

「대체 무슨 말씀이세요?」

자크가 끼어들었다.

「솔직히 처음에는 믿음이 없었어. 그런데 이젠 성공할 수도 있겠다 싶어.」

에리크 자코메티가 말했다.

카롤린이 동조의 눈빛으로 그를 응시하며 말을 받았다.

「우린 반드시 성공할 거예요. 언제일지는 알 수 없지만 가까운 미래가 되게 최선을 다할 거예요.」

자크는 두 사람이 온통 정신을 빼앗긴 듯한 〈비밀 프로젝트〉에 대해 더 이상은 물어보지 못했다. 하지만 엄마와 그녀의 상사가 좋은 관계인 것은 한눈에 봐도 알 수 있었다.

자크가 USB를 다정하게 어루만지자 고양이가 보답이라도 하듯 까끌까끌한 혓바닥으로 그의 손을 핥아 주었다. 고양이를 내려다보던 자크는 USB 단자를 통해 뇌에 음악을 직접 삽입하는 것도 가능한지 궁금해졌다.

열심히 핥아 주던 고양이가 어느새 하품을 하며 다시 잠들었다.

19

어디선가 감미로운 하프 멜로디가 들려왔다. 자크가 이끌리듯 다가간 유리창에는 〈낮잠 카페〉라는 상호가 적혀 있었다.

의과 대학에서 신경 생리학 수업을 듣기 시작한 10월 이후 자크는 예전보다도 더 많은 시간을 공부로 보내느라 늘 피곤에 절어 지냈다.

낮잠 카페?

난생처음 와본 가게 앞에서 자크는 마치 음식 메뉴처럼 붙어 있는 서비스 안내문을 유심히 들여다보았다.

〈무중력 의자〉와 〈지압 마사지 침대〉 중 택일

미니 타입	12유로/15분
콤팩트 타입	17유로/25분
릴랙스 타입	22유로/35분
딜럭스 타입	27유로/45분
정액 요금제	9.90유로/월

마사지 기계와 은은한 회전 조명이 함께 제공되는 낮잠 서비스도 있었다. 따로 적힌 음료 메뉴를 보니 〈각종 티잔[9] 혹

9 서양에서는 보통 녹차나 홍차 등 차나무에서 딴 찻잎을 우린 물만 차라고

은 차〉 중에서 선택이 가능했다.

호기심이 발동한 자크가 가게 문을 열고 들어갔다. 기다리고 있는 여자 손님이 이미 세 명이나 되었다. 자크가 그중 한 명에게 말을 붙였다.

「여긴 처음인데, 돈을 내고 자는 낮잠이 좋긴 좋은가요?」

「난 정말 좋더라고요. 정신없는 하루를 보내다 맞는 휴식 시간이니까요.」

「자주 낮잠을 자러 오나 보죠?」

「매일 와요. 직업상 밤에 일을 하다 보니 늦게 자거든요.」

자크는 15분짜리 티켓을 한 장 끊고 젊은 손님 옆에 가서 앉았다.

「밤에 일해야 하는 직업이 뭔지 궁금해지는데요?」

「영화를 전공하는 학생이에요. 아침에 수업이 없는 대신 저녁에 수업이 끝나고 영화를 보러 가죠. 하루에 세 편을 보는 경우도 있어요.」

「배우와 감독 중에 뭘 하고 싶어요?」

「촬영 기사를 생각하고 있어요. 속도나 빛, 차원상의 제약 때문에 카메라로 포착하기 불가능한 영상을 찍는 신기술을 전공하고 있죠. 극도로 작거나 큰 대상, 혹은 극도로 빠른 대상, 또는 극도로 어둡거나 밝은 대상을 포착하는 카메라를 조작하는 기술을 배우고 있어요. 그쪽은요?」

「저는 의대생인데, 신경 생리학을 전공해요. 앞으로 수면 질환 쪽으로 방향을 잡을 생각을 하고 있어요.」

부르고, 이외의 식물에서 잎, 꽃, 뿌리, 열매, 나무껍질 등 다양한 부분을 따서 우린 물은 티잔이라고 한다. 가령 우리나라에서는 차에 속하는 계피차가 서양에서는 티잔으로 분류된다.

「그래서 이 낮잠 카페에 끌렸군요? 난 밤잠을 줄여 일하는 시간을 늘려 보려고 애쓰고 있어요. 10분씩 자는 낮잠으로 근근이 버티고 있죠.」

「내 사전에 낮잠은 없어요.」

「잘못 생각하는 거예요. 짧은 낮잠이 긴 밤잠과 맞먹는 효과가 있을 수도 있어요. 이전에는 학교 화장실에서 쪽잠을 자곤 했는데 사람들이 어찌나 성화를 부리던지…….」

두 사람은 동시에 깔깔거리며 웃었다. 이렇게 마음이 잘 통한다는 게 놀라웠다.

「꼭 문을 두드리는 사람들이 있죠?」

「제발 나오라고 비는 사람들도 있죠!」

그들은 다시 배를 잡고 웃었다.

「더러 공격적으로 나오는 사람들도 있어서 화장실 변기에 앉아서 낮잠을 자는 건 포기했어요. 현대 세계에서 화장실이야말로 하나밖에 없는 조용한 장소라고 생각하지만요. 이 낮잠 카페를 발견하고부터는 정기적으로 와요.」

그는 그녀의 일거수일투족을 지켜보며 지금보다 젊고 날씬하던 때의 엄마를 떠올렸다. 자신도 모르게 그녀를 골라 다가갔던 것은 분명 이 때문이었을 것이다.

「하지만 이 카페가 잘되니까 나쁜 게 있네요. 모든 부스가 이렇게 다 찼잖아요. 기다리면서 버베나 티잔이나 한잔할래요?」

「난 카모마일로 할래요.」

「세상은 늘 〈버베나로 할래요〉파와 〈카모마일로 할래요〉파로 갈릴 거예요. 양로원에선 특히나 그렇겠죠.」

그들이 막 자리를 옮기려는데 안내 여직원이 다가와 방금 부스 두 개가 비었다고 말했다.

「낮잠 자고 나서 다시 만나요.」

그가 약속을 받아 내듯 말했다.

자크는 지나치게 푹신하다 싶은 침대에 몸을 뉘었다. 같은 선율이 반복되는 피아노 음악이 흘러나오기 시작했다. 그는 잠을 이루지 못하고 멀뚱멀뚱 눈을 끔벅거렸다.

그는 자신의 연애 관계에 대해 생각했다.

여태까지 그는 연애 관계를 일종의 임대차 계약으로 여겨 왔다. 새로운 모험에 뛰어드는 것은 묵시적 갱신과 중도 해지 통보가 가능한 3-6-9 임대차 계약을 통해 아파트를 빌리는 것과 같다고 생각했다. 차이가 있다면 임대가 3년, 6년, 9년 단위로 이루어지는 반면, 그의 연애 감정은 3주, 6주, 9주 단위로 유효하다는 것뿐이다. 누군가와 지속적인 관계를 맺는 것 자체가 그에겐 공포였다. 그의 신조는 〈나는 충실하다. 단…… 더 나은 다른 상대를 찾기 전까지만〉이었다. 그리고 항상 더 나은 상대를 찾았다.

이런 그가 로비에서 마주쳤던 여대생이 보고 싶어 안달이었다. 그는 타이머가 울리는 즉시 부스를 나와 바에서 그녀를 기다렸다. 그녀는 긴장이 풀어진 편안한 얼굴이었다.

「난 아무래도 오후에 낮잠을 자는 것보다는 밤에 잠을 자는 게 맞나 봐요. 그래도 좋았어요. 그런데, 그쪽은 이름이 뭐예요?」

「샤를로트, 샤를로트 델가도예요. 그쪽은?」

「클라인, 자크 클라인이에요.」

「조지프 로지 감독의 영화 〈미스터 클라인〉에서 알랭 들롱이 연기한 주인공 클라인이랑 같은 성이네요?」

「그게…… 맞기도 하고 아니기도 해요. 난 오랫동안 밤잠만을 유일한 잠으로 여기다 오늘 낮잠의 세계를 발견한 평범한 클라인일 뿐이에요.」

둘은 겸연쩍어하며 서로를 쳐다보고 있었다.

「음…… 저기, 같이 저녁 먹을래요?」

「글쎄요…….」

「가까이에 아주 근사한 이탈리아 레스토랑이 있어요.」

자크가 은근히 답을 재촉했다.

「미안하지만 난 글루텐에 알레르기가 있어요.」

「글루텐 프리 레스토랑은 아는 데가 없는데.」

그가 아쉬운 표정을 지었다.

잠시 망설이던 샤를로트가 가벼운 한숨을 내뱉으며 제안했다.

「그럼 장을 봐서 같이 그쪽 집으로 가요.」

「엄마와 같이 살아서 그다지 편하지 않을 거예요.」

「그럼 할 수 없이 우리 집에서 먹어야겠네요. 하지만 밥 먹고 나서 꼭 집에 가는 거예요, 알았죠?」

「저녁 시간에는 영화를 본다고 하지 않았어요?」

「가끔 일상에 변화를 주는 것도 재미죠.」

그녀가 장난스럽게 말했다.

「영화를 한 편 같이 봐도 좋겠네요. 그쪽이 좋아할 만한 잠을 소재로 한 영화가 하나 있는데, 〈나이트메어〉[10]라는 공포 영화예요.」

「난 영화광은 아니에요. 공포 영화는 더더욱 좋아하지 않

---

10 웨스 크레이븐 감독이 1984년에 제작한 영화로, 이후 후속작이 여러 편 나왔다. 2010년에는 새뮤얼 베이어 감독에 의해 리메이크 되기도 했다.

고. 어떤 내용인데요?」

「살인마가 꿈에 등장해서 주인공들을 없애 버리는 영화예요. 그래서 등장인물들이 잠들길 두려워하죠. 살인마 프레디가 꿈속에 나타나서 자신들을 죽일까 봐. 처음 봤을 때 소름이 쫙 끼쳤어요.」

「꿈꾸기가 두려워지는 영화는 솔직히 보고 싶지 않지만 얘길 들으니까 솔깃하긴 하네요…….」

자크는 그녀에게 매료됐다. 〈네 무의식은 너한테 에너지를 가져다주는 사람과 빼앗아 가는 사람을 단박에 알아본단다〉라는 엄마의 말이 그의 귓가를 맴돌았다.

왕방울같이 크고 검은 그녀의 두 눈이 그의 답을 기다리고 있었다.

「멀어요?」

그가 물었다.

「자동차로 한 시간 거리예요. 퐁텐블로에 있는 우리 부모님의 빌라에서 살아요.」

그녀가 눈을 끔벅이더니 손을 들어 계산서를 달라고 요청했다.

「내가 낼게요. 지금 아빠와 계모는 미국에 가서 빌라에 없어요. 나 혼자 지내요. 화분에 물도 주고 강아지도 보살피라는 부탁을 받고 가 있는 중이에요.」

「강아지가 있어요?」

「퐁퐁[11]이라는 녀석인데, 털이 북슬북슬하고 도대체 움직이질 않아서 그렇게 부르죠. 강아지 좋아해요?」

「난 고양이 과예요. 우린 비슷하기보단 상호 보완적인 사

11 털실로 만든 방울 모양의 술.

115

람들인 것 같네요. 주소가 어떻게 되죠? 오늘 저녁 몇 시로
할까요?」

　그녀가 가게의 명함을 한 장 집어 정보를 적었다.

20

퐁텐블로의 빌라는 무척 외진 곳에 있었다.

요리를 못하는 샤를로트 델가도가 준비한 특별 요리
는…… 냉동 라자냐. 당연히 글루텐 프리 라자냐였다. 둘은
면이 푹 퍼진 라자냐에 영롱한 빛깔의 이탈리아산 포도주를
곁들여 저녁을 먹었다. 식사를 마치고 둘은 거실로 자리를
옮겨 영화를 보았다.

그녀가 말한 대로 누군가 잠이 들면 어김없이 불행이 찾아
왔다. 자크는 긴장감을 이기기 위해 그녀의 도움이 필요한
사람처럼 무서운 장면이 나올 때마다 자신도 모르게 그녀와
의 거리를 조금씩 좁혀 앉았다. 공포 영화는 극장을 찾는 커
플의 물리적 거리를 좁혀 주는(나중에는 몸을 꼭 오그려 붙
이고 앉아 서로를 지켜 준다) 반면, 로맨스 영화, 그중에서도
섹스 장면은 역설적이게도 반대 효과가 난다는 것이 영화의
최대 미스터리 중 하나다.

살인마 프레디 크루거가 칼날 달린 손을 치켜들어 벽을 긁
다가 갑자기 잠자는 사람의 살을 헤집기 시작하자 샤를로트
가 자크의 허벅지를 움켜쥐었다. 빨강과 초록 줄무늬 스웨터
를 입은 프레디가 먹잇감을 향해 바짝바짝 다가가자 자크는
든든한 보호자처럼 그녀의 어깨에 팔을 둘렀다. 오싹한 살인
장면에서 그는 그녀를 꽉 껴안았다. 그녀는 몸을 살짝 뺐지
만 그를 밀쳐 내지는 않았다.

내장 적출 장면에서 자크는 다시 한번 포옹을 시도했다. 이번에는 그녀가 조금 더 노골적으로 몸을 뺐다.

자크는 잠시 딴청을 피우다 또다시 접근을 시도했다. 그녀가 계속 상반된 신호를 보내오자 자크는 상황을 돌파할 해법을 찾지 못했다. 네 번째 시도. 그녀가 마음을 열었다. 그녀가 입을 꼭 다문 채 그의 입술에 가볍게 입맞춤을 했다.

또 한 번의 끈질긴 도전 끝에 그녀의 몸이 활짝 열렸다. 이번엔 그녀가 우악스럽게 그의 옷을 벗기기 시작했다.

그들의 손이 낯선 영토를 헤매다 상대의 몸에서 지표를 찾아냈다. 호흡이 가빠지고 뒤엉키다 합일에 이르렀다.

생명의 액체가 다른 몸을 찾아 스며들었다.

관계를 마친 두 사람은 나란히 누워 다정히 손을 잡고 잠이 들었다.

깊이 잠들었던 자크는 난데없는 비명에 잠이 깼다.

「싫어! 싫단 말이야!」

샤를로트가 숨이 넘어갈 듯 소리를 내질렀다.

처음에 자크는 자신에게 하는 말이라고 생각했다. 그런데 그녀의 눈이 감겨 있었다. 그는 몸을 떨고 있는 그녀를 껴안아 주었다.

「새엄마, 저리 가, 싫어, 보기 싫다니까!」

그녀가 자크의 정강이를 냅다 걷어찼다. 그는 터져 나오려는 비명을 간신히 참았다. 그녀는 여전히 발악하듯 외쳤다.

「싫어, 그건 싫다니까! 뚜껑 열지 마! 싫어, 새엄마! 요구르트 속을 보기 싫다니까!」

샤를로트는 가상의 공격자와 싸우는 중이었다. 그녀가 무륜으로 함께 밤을 보낸 남자의 아랫배를 가격했다. 자크는 배를 잡고 때굴때굴 굴렀다. 그사이 그녀의 비명은 흐느낌으로 변했다.

그는 그녀와 멀찍이 떨어져 벽을 향해 돌아누웠다. 일전에 엄마가 했던 말이 떠올랐다. 〈같이 자보기 전에는 상대의 실체를 절대 몰라.〉

이튿날 아침, 식탁에서 그는 간밤의 얘기를 꺼낼까 말까 망설였다. 무의식의 결함을 건드리면 그녀가 어떤 반응을 보일지 알 수가 없었다. 그는 혼자만의 궁금증으로 간직하기로 했다.

심사가 복잡하던 그의 눈에 퐁퐁이 보였다. 비정상적으로 조용하고 움직임이 없는 강아지였다. 그가 온 이후로 한 번도 짖거나 몸을 움직인 적이 없었다.

「저…… 다…… 당신, 저 강아지 키운지 오래됐어?」

「1년. 나도 알아, 특이하지? 꼼짝을 안 하고 짖지도 않아. 밥그릇까지만 겨우 몇 발짝 걸어올 뿐 종일 조용히 잠만 자.」

자크는 바닥에 엎드려 강아지와 눈높이를 맞춘 상태에서 자세히 관찰했다.

「수의사 면허증도 있어?」

샤를로트가 슬쩍 비아냥거렸다.

털이 너무 길게 자라 강아지의 머리와 등을 구별하기가 힘들었다. 눈도 보이지 않아 한참 만에야 겨우 털에 가린 새까만 동그라미 두 개를 찾아낼 수 있었다.

「얼굴을 덮은 털을 잘라 줄 생각은 한 번도 안 했어?」

「그건 안 돼, 얜 라사압소라는 티베트산 장모종 강아지거든. 추위를 견디기 위해 이렇게 생긴 거야. 그리고 무기력한 건 타고난 성격이고. 이 품종의 강아지를 기르는 주인들 사이에서는 털을 자르지 않는 게 불문율이야. 같은 품종을 기르는 친구들이 있는데, 걔들 강아지도 다 이래.」

자크는 서랍장 위에서 고무줄을 하나 찾아 퐁퐁의 눈을 가린 털을 머리 위로 올려 묶어 주었다. 강아지가 놀란 표정으로 벌떡 일어나더니 사방을 뛰어다니기 시작했다. 퐁퐁은 자크와 샤를로트의 신발에 코를 박고 킁킁거리더니 갑자기 소파로 뛰어올라 신나게 짖기 시작했다.

「난 얘가 〈시력〉에 문제가 있는 줄 알았지.」

샤를로트가 못마땅한 기색을 내비쳤다.

「라사압소종은 원래가…….」

「퐁퐁은 앞을 못 보는 것보단 세상이 보이는 게 더 좋을걸?」

강아지는 신이 나서 캉캉 짖기에 바빴다. 자크와 샤를로트는 마주 보면서 함박웃음을 터뜨렸다.

「그래도 예전 모습이 더 예뻐. 미안하지만, 자기가 가면 옛날처럼 다시 해놓을 거야. 귀한 혈통에 대한 예의 차원에서라도 말이지.」

강아지는 정원에 나가 탐험을 계속했다. 달팽이 한 마리, 개미집 하나, 꽃 한 송이에도 감격한 모습이었다.

「그래, 자기가 달랑 고무줄 하나를 가지고 세계를 지각하게끔 퐁퐁의 눈을 넓혀 준 건 인정할게.」

한결 태도가 부드러워진 그녀를 보며 자크는 예민한 문제를 건드려 보기로 했다.

「어젯밤에 대해 할 말 있어.」

「좋았어?」

「……대체 무슨 꿈을 꾼 건지 모르겠는데, 정말…… 〈격렬하더라〉.」

그가 몸에 난 멍 자국들을 보여 주었다.

샤워를 하고 머리 손질과 화장을 마친 눈앞의 그녀는 전혀 딴사람 같았다.

「어떤 장면을 재현하는 것 같았어. 막 말도 하더라.」

「어머, 그랬어? 누가 이런 얘길 해주긴 처음이야. 안 믿겨. 내가 무슨 말을 했다는 거야?」

「그게……. (그는 망설이다 얘기를 꺼냈다.) ……요구르트 어쩌고저쩌고하더라.」

안색이 급변한 샤를로트가 커피를 꿀꺽 목으로 넘겼다.

「내가 반복해서 꾸는 악몽이야. 어릴 적 상처와 관련이 있어.」

그녀가 거실로 나가서 얘기를 계속하자고 했다. 그녀는 힘들게 문제의 장면을 머릿속에 불러내고는 다시 커피를 한 모금 넘겼다. 그러고 나서 눈을 감더니 장면을 머릿속에 떠올리며 또박또박 천천히 말했다.

「내가 아홉 살 때였어. 엄마가 암으로 돌아가신 후 아빠가 크리스틴이라는 연상의 상대와 재혼했어. 그 사람이 날 싫어한다고 느꼈지. 그런데 하루는 그녀가 손에 든…… 요구르트 통을 내게 내밀었어. 알루미늄 뚜껑이 찌그러져 있었어. 그녀가 말했어. 〈너라는 존재가 얼마나 진저리 치게 싫은지 알려 줄까?〉 그러더니 뚜껑을 열고 요구르트 통을 내 눈앞에 대고 흔들었어. 그 안에는 말이야……. 거기에는…….」

그녀가 현실에서 벌어지는 일인 것처럼 멈칫했다.

「……조그만 태아……. 크리스틴이 유산했던 거야……. 나한테 보여 주려고 일부러 태아를 통에 담아 온 거지. 벌써 눈의 형체가 생기기 시작한 발그스름하고 반들반들한 살덩이에 하얀 요구르트가 묻어 있었어.」

그녀가 침을 삼키고 숨을 깊게 들이마셨다. 자크는 그녀를 품에 안아 다독였다. 어느새 강아지가 다가와 주인의 팔을 핥아 주고 있었다. 순간 자크의 머리를 스치는 생각이 있었다.

〈나쁘다〉는 〈머리카락을 잡아당겨서 혼을 내줘야 한다〉는 뜻이다. 사람이 나쁜 것은 진짜 세상을 제대로 보지 못해서이다……

그는 샤를로트와 잠시 거리를 두고 해결책을 찾아보기로 했다.

다음 날 저녁, 그는 엄마와 저녁을 함께 먹었다. 카롤린은 프로젝트가 빠른 진척을 보이고 있으며 조만간 누구도 반박할 수 없는 뚜렷한 성과가 나올 것이라고 얘기했다. 잔뜩 상기된 표정으로 한참을 얘기하던 그녀가 갑자기 말을 끊고 아들을 뚫어질 듯이 쳐다보았다. 그녀가 씽긋이 웃었다.

「새 여자 친구가 생겼니?」

그녀가 물었다.

「어떻게 아세요?」

「목에 키스 자국이 보여. 그게 아니어도 편안한 네 얼굴이 증거지. 너한테 잘해 주는 모양이구나.」

「얘는 특별해요. 누구를 사귀면서 이런 느낌은 처음인데, 뭐랄까, 만나는 순간부터 짝짜꿍이 맞는 느낌. 낮잠 카페에서 우연히 만났는데 서로 잘 통해요.」

「잠은 사랑을 만나기 위한 최고의 장소지. 그렇게 특별한 애라는 생각이 들면 망설일 필요가 없지. 마음을 주렴.」

「개한테 좀 문제가 있어요. 그것 때문에 밤에 성가신 일이 생길지도 몰라요.」

자크가 엄마에게 샤를로트의 악몽을 얘기해 줬다.

「단지 그 문제라면 컴퓨터 소프트웨어의 결함에 불과해. 〈버그〉만 해결하면 돼. 개한테 유도몽을 꾸게 해서 프로그램을 고쳐 보렴.」

「유도몽으로 어떻게 반복적인 악몽을 해결할 수 있는지 잘 모르겠어요.」

엄마에게 구체적인 방법을 배운 자크는 다음 날 당장 새 여자 친구에게 그 방법을 시험해 보기로 했다.

샤를로트 부모님 소유의 퐁텐블로 빌라. 자크는 샤를로트를 거실에 놓인 팔걸이 없는 긴 소파에 편안히 눕게 했다. 샤를로트는 퐁퐁의 털을 묶은 고무줄부터 풀었다. 차분해진 강아지가 의자 옆으로 가서 몸을 웅크리고 앉았다. 요 며칠 새 발견한 낯선 것들이 그가 눈이 안 보이는 틈을 타서 공격해 올지도 모른다는 불안감에 떨고 있었다.

샤를로트는 자크가 시키는 대로 소파에 누워 몸의 긴장을 풀었다. 그가 속삭이듯 말하기 시작했다.

「지금부터 빠른 잠수 모드에 들어갈 거야……. 자…… 눈을 감아. 크게 심호흡을 해. 내가 다섯까지 셀게. 하나…… 이 시간과 공간을 떠나는 거야, 둘…… 하늘로 날아올라, 셋…… 공간의 경계와 대기까지 가는 거야, 넷…… 시간의 선이 보이지, 다섯…… 시간을 거슬러 당신이 상처받았던 순간으로 가는 거야. 당신이 아홉 살 때로. 됐어?」

「됐어.」

샤를로트가 숨을 몰아쉬며 움찔움찔 몸서리를 치기 시작했다.

「왜 그래?」

그녀가 눈을 번쩍 떴다.

「막 크리스틴이 왔어, 저기!」

자크가 손으로 그녀의 눈을 가렸다.

「다시 눈을 감아. 우리 둘이 함께 그 사람과 맞설 거야.」

그녀가 얌전히 지시를 따랐다.

「이번에는 조금 천천히 가보자……. 하나…… 둘…… 셋…… 넷…… 다섯…… 당신은 지금 부엌에 있지만 당신 새엄마는 아직 거기 없어. 됐어? 장면이 그려져?」

「……응…….」

「떨 거 없어. 옆에 내가 있잖아. 〈스물세 살의 샤를로트〉도 아홉 살의 샤를로트 옆에 있어. 우린 3 대 1이야. 그 여자가 다가오는 게 보여?」

샤를로트는 다시 진저리 치듯 몸을 떨었지만 눈은 감고 있었다. 그녀가 이맛살을 한껏 찌푸렸다.

「그 사람…… 그 사람이…… 요구르트 통을 들고 있어.」

「좋아! 병을 보지 말고 그 사람을 봐, 크리스틴을 똑바로 쳐다보는 거야. 눈을 떼지 마. 할 수 있겠어?」

「해볼게.」

「지금은 어때?」

「그 사람이 나한테 〈네 존재가 얼마나 진저리 치게 싫은지 알려 줄까?〉 하고 말해.」

「그럼 〈싫어, 알고 싶지 않아〉 하고 대답해. 해봐. 큰 소리로 해봐. 말해. 말하는 거야!」

「……어…… 싫어…… 싫어, 알고 싶지 않아.」

샤를로트의 눈꺼풀이 달싹달싹했다.

「그 사람이 어떻게 나와?」

「……〈싫어도 알아야 해, 샤를로트, 꼭 알아야 해. 자, 보라니까〉 하고 말했어. 그 사람이 요구르트 뚜껑을 열었어. 어떡해.」

「시선을 떨구지 마. 보지 말라고! 그 사람 눈만 계속 응시해. 할 수 있지?」

소파에 누운 샤를로트가 그제야 조금씩 진정을 되찾았다.

「그래, 지금은 어때?」

「크리스틴이 병을 눈앞에 들이밀면서 소리쳐. 〈자, 봐, 내 심정이 어떤지 알아야지, 보라고, 이 멍청한 계집애야!〉」

「보지 마. 그 사람 문제지 당신 문제가 아니라고 말해.」

「당신 문제지 내 문제가 아니야!」

「어때?」

「그 사람이 계속 우겨. 다 내 잘못이라고, 내가 없었으면 그런 일은 일어나지 않았을 거라고. 다시 요구르트 통을 디밀어. 〈봐, 이 요망한 년아!〉 하면서 발악을 해.」

「보지 마. 눈만 쳐다보고 있어.」

샤를로트가 고개를 주억거렸다.

「그 사람한테 〈어차피 당신이 든 병에는 아무것도 없어〉 하고 말해.」

샤를로트가 고개를 살짝 옆으로 돌리며 또박또박 말했다.

「어차피 당신이 든 통에는 아무것도 없어, 크리스틴.」

눈을 감은 상태에서 샤를로트의 몸이 다시 바르르 떨렸다.

125

「〈아니, 있다니까, 이 꼴통아! 봐, 내 선물을 보면 알 거 아니야〉 하고 그 사람이 대답해.」

「좋아. 이제 당신의 생각으로 요구르트 통 바닥에 있는 걸 사라지게 하는 거야. 아니, 이렇게 하자. 거기다 〈빈 통〉이라고 써진 쪽지를 넣자. 훨씬 반어적이고 자신감도 느껴져. 그 사람한테 〈당신 눈으로 직접 봐〉 하고 얘기해.」

「당신 눈으로 직접 봐, 크리스틴.」

「뭐래?」

여전히 감긴 샤를로트의 눈이 울뚝불뚝 움직였다. 그녀가 몸을 떨며 좀 전과는 달라진 태도를 보였다.

「크리스틴이 〈빈 통〉이라고 써진 종이를 꺼내. 깜짝 놀라더니 바닥이 한 겹 더 있기라도 하듯 요구르트 통을 뒤집어. 그러고는 종이를 갈기갈기 찢어. 길길이 날뛰면서 병을 두드려. 나는 안중에도 없는 것 같아.」

샤를로트의 안구 움직임이 서서히 느려졌다.

「완벽해. 앞으로 다시는 이 장면이 당신을 괴롭히지 않을 거야. 이제 이해했잖아. 첫째, 그녀의 문제지 당신의 문제가 아니라는 사실, 둘째, 그 순간 때문에 더 이상 마음이 짓눌릴 필요가 없다는 사실.」

하지만 샤를로트는 여전히 불안한 기색을 보였다.

「왜 그래? 그 사람이 아직 있어?」

「아니, 그 사람은 없는데 다른 사람이 있어. 내가 잊고 있었나 봐. 지금까진 안 보였는데, 지금, 보여.」

「누군데?」

「우리 아빠.」

「당신 아빠?」

「응. 내가 원망한 사람이 계모가 아니라 바로 아빠였다는
걸 여태까진 몰랐어. 우리 엄마가 떠나자 마귀 같은 상대를
선택한 아빠를 원망하고 있었던 거야. 그래…… 우리 사이
에 개입해서 그 사람으로부터 날 보호해 주지 않았다고 원망
하고 있었어. 내가 누구보다 증오한 사람은 아빠였던 거야.」

자크로서는 뜻밖의 반전이었다. 그는 엄마한테 들었던
〈버그〉와 〈리프로그래밍〉을 떠올리며 임기응변했다.

「부엌 장면에서 나오자. 지금부터는 당신이 아빠와 보낸
가장 행복한 순간을 머리에 떠올리는 거야.」

그녀가 눈을 꼭 감았다. 마치 앨범을 뒤적이고 있는 것처
럼 그녀의 눈이 움직이기 시작했다. 한참 만에 자크의 제안
에 부합하는 장면을 찾았다.

「……산이야…… 피레네산맥의 퐁 로뫼 스키장. 내가 다
섯 살 때, 아빠 엄마랑 휴가를 가 있었어. 크레이프를 먹고 나
서 스키장 안에 있는 극장에 가서 텍스 에이버리 만화 영화
페스티벌을 봤어. 얼마나 배꼽을 잡고 웃었는지 몰라. 눈물
이 다 나올 정도로. 옆에 앉아 웃고 있던 아빠가 손수건을 건
넸어.」

자크는 아이디어를 하나 떠올렸다.

「지금부터 표독스러운 새엄마와 비겁한 아빠에 대한 기억
을 자상한 아빠, 그리고 아직 당신 곁에 있던 엄마와 함께 봤
던 영화의 기억으로 바꾸는 거야. 이제 과거를 떠올리며 당
신 가족을 추억할 때마다 제일 먼저 떠오르는 이미지가 퐁
로뫼 스키장의 극장에 있던 당신 아빠의 모습과 텍스 에이버
리의 만화 영화를 보면서 함께 신나게 웃던 장면이 될 거야.」

갑자기 숨이 가빠졌던 샤를로트가 차츰 안정을 되찾았다.

「이제 눈을 떠도 돼. 끝났어. 잠깐만, 내가 〈제로〉라고 할 때 떠. 다섯…… 넷…… 셋…… 둘…… 하나…… 제로!」

샤를로트가 눈을 떴다. 그녀가 그 장면을 다시 떠올리며 눈물을 쏟았다. 감정을 추스른 그녀가 숨을 크게 내쉬면서 입가에 엷은 미소를 머금었다.

「심호흡을 해, 샤를로트.」

자크가 포도주를 따라 주었다.

「자기가 해준 〈유도몽〉, 대단했어! 누구한테 배웠어?」

「우리 엄마.」

「말로 표현할 수 없는 묘한 느낌이 들어. 의지만으로 자신을 괴롭혔던 장면 속으로 들어가서…… 그걸 또 전혀 다르게 다시 체험한다는 게 말이야. 그리고 고통의 순간을 기쁨의 순간으로 대체해. 너무 쉬워 보여. 마치 자기 삶의 영화를 다시 편집할 수 있는 것처럼.」

「우리 뇌의 가능성인데 우리가 쓰지 않고 있을 뿐이야. 〈상상을 통해 만들어지는 것이 현실이 된다〉고 엄마가 가르쳐 줬어. 〈최선이 될지 최악이 될지〉는 모르는 일이지만.」

샤를로트가 자크 옆으로 바짝 다가앉았다.

「당신 엄마를 한번 만나 보고 싶어.」

「어이구! 당분간은 안 돼. 엄마가 연구에 집중하느라 정신이 없어. 초주검이 돼서 늘 밤늦게 들어와.」

샤를로트가 자크의 손을 쥐고 만지작거렸다.

「어쨌든 당신이 엄마한테 배워서 해준 건 정말이지 대단했어. 내 정신을 치유해 줬으니까. 25년이 걸릴지도 모르는 정신 분석 치료를 면하게 해준 초간단 치료였어.」

과분한 칭찬이 싫지는 않은 자크가 어깨를 으쓱 추어올

렸다.

「당신의 시야를 가리던 털을 몇 올 뽑아 준 것뿐이야.」

자크가 다시 고무줄로 털을 올려 묶어 주자 라사압소 강아지는 세상이 제멋대로 커졌다 작아졌다 하는 이유를 몰라 얼떨떨한 표정이었다.

강아지는 모발 체계, 그중에서도 머리에 뚜껑처럼 덮인 검은 털을 제멋대로 할 수 있는 인간의 능력이 마냥 부러웠다. 다음 생에는 꼭 손을 달고 태어나 미용사가 되리라고 퐁퐁은 마음먹었다.

그의 눈앞에서 인간 남자와 여자가 엉겨 붙어 키스를 하고 있었다.

「자기 때문에 행복해.」

그녀가 말했다.

「당신은 내가 당신을 행복하게 해줄 수 있는 사람이란 것을 깨닫게 해줬어. 당신도 참 수용적인 사람이야. 당신 스스로 디버깅을 하겠다는 의지가 있어서 가능한 일이었어. 내가 한 일은 기억을 제거한 게 아니라 기억을 상대화시킨 거야. 앞으로 당신이 가족 생각을 하면 요구르트 이미지가 아니라 퐁 로뫼의 극장이 떠오를 거야. 내가 당신 컴퓨터에 깔린 바탕 화면의 이미지를 바꿔 놓은 거나 마찬가지지.」

「당신은 정말 멋진 남자야!」

그녀가 자크의 가슴을 파고들었다.

잠의 세계를 자유자재로 운용한 덕에 사랑까지 받게 됐다는 사실이 자크는 뿌듯했다.

21

전화벨 소리가 울린다.

그가 잠에 취해 있다.

또다시 벨 소리가 울린다.

그가 어렴풋이 잠이 깬다.

휴대 전화를 무음 모드로 바꿔 놓으려던 자크는 퍼뜩 짚이는 게 있어 발신자를 확인했다.

엄마였다. 전화를 받자 그녀가 즉시 병원으로 오라고 말했다. 자크는 아직 자고 있는 샤를로트의 이마에 키스를 하고 나서 조용히 옷을 걸쳤다. 그는 주방으로 가서 커피를 한 잔 급히 마시고는 시립 병원을 향해 차를 달렸다.

병원은 아직 아침 안개에 잠겨 있었다. 앰뷸런스들의 군무가 펼쳐지기 전이었다. 출입구를 지키는 경비원조차 하루를 시작하기 전이었다. 카롤린이 주 출입구 앞에 서서 그를 맞았다.

「드디어 오늘 테스트를 할 거야.」

그녀가 다짜고짜 말했다.

「무슨 얘기예요?」

「내 〈비밀 프로젝트〉 말이야.」

그가 졸린 눈을 비볐다.

「난 역설수면 다음에 제6단계가 있다고 내심 믿고 있어.」

「나한테는 줄곧 5단계 뒤에는 일종의 잠재기가 있다고,

새로운 주기가 다시 시작되거나 잠이 깬다고 말했잖아요. 그
런데 다른 게 더 있다고요?」

카롤린 클라인이 금빛 머리채를 훌쩍 뒤로 넘겼다.

「이 여섯 번째 단계는 자연적인 건 아니야. 앞 단계보다 더
깊은 잠을 인공적으로 유도해서 얻어지는 인위적인 수면 단
계니까. 이런 단계를 언급하는 문명들이 더러 있어. 가령 힌
두교에서는 〈꿈 너머의 꿈〉을 니르바나라고 하지. 〈니르바
나〉라는 단어 자체는 본래 〈소멸〉을 뜻해. 티베트에서는 이
상태를 〈열반〉이라고 부르는데, 〈고통 너머의 단계〉라는 뜻
이야. 유대교에도 〈세상 너머에 있는 세상〉이라고 번역할 수
있는 〈올람 아칠루트〉라는 게 있어.」

「과학적으로 접근할 때 이 단계는 수면 곡선상 더 위쪽에
있어요 아니면 더 아래쪽에 있어요?」

「지금 단계에선 모르겠어. 엄마는 지금 곧장 서쪽을 향해
떠나는 크리스토퍼 콜럼버스의 심정이야. 어떤 대륙을 발견
하게 될지는 모르지만 새로운 미지의 영토가 나타나리라는
직감은 있어.」

「아시다시피 크리스토퍼 콜럼버스는 인도로 가는 지름길
을 찾으려고 했던 것뿐이에요.」

그들은 연이어 나타나는 복도들을 지나 지하로 통하는 계
단을 내려갔다.

「이 6단계가 작동하는 방식은 알아낸 것 같아. 심장 박동
은 더 느려지고 몸은 더 이완되지만 두뇌 활동은 더 활발해
질 거야. 뇌파가 45헤르츠를 넘을 거야. 엡실론파라는 새로
운 형태의 파동이 생길 거야. 이 단계에서는 시간에 대한 지
각도 달라질 거야. 크리스토퍼 콜럼버스의 시대에 탐험가들

의 발길이 닿지 않은 미개척지를 지도에 테라 인코그니타라고 표기했던 것에 착안해서 나는 이 수면 6단계에 〈솜누스 인코그니투스〉, 즉 〈미지의 잠〉이라는 이름을 붙였어.」

카롤린 클라인이 숨을 들이쉬면서 알 듯 말 듯 한 표정을 지었다.

「내가 이 프로젝트를 공개하면 당연히 어느 누구보다 네가 제일 먼저 알아야 해. 자, 따라와. 〈솜누스 인코그니투스〉의 발견은 단순히 잠의 세계뿐만 아니라 철학, 양자 물리학, 신경학, 영적 세계에 새로운 지평을 열어 주리라고 엄마는 확신해.」

마지막 문을 밀고 들어가자 하늘색 가운을 입은 보조 연구원들이 기다리고 있는 넓은 연구실이 나타났다. 한가운데 침대가 놓여 있고, 침대를 비추는 투광기들과 여러 대의 컴퓨터 스크린이 눈에 들어왔다.

「왔어요?」

카롤린이 동료들에게 물었다.

웃통을 벗어 가슴팍의 발달한 근육이 그대로 드러나는 구릿빛 피부의 미남이 세면장으로 보이는 곳에서 걸어 나왔다.

「안녕하세요, 클라인 교수님?」

「잘 지냈어요, 아킬레시?」

카롤린이 아들을 보며 말했다.

「아킬레시는 인도 바라나시 출신의 요가 수행자야. 나의 우상이지. 잠의 대가거든. 아킬레시라는 이름은 힌두어로 〈절대자〉라는 뜻이야. 수면 6단계에서 지금까지 아무도 아킬레시만큼 멀리 간 사람이 없어, 적어도 우리 실험실에서는.」

「아까 얘기한 〈솜누스 인코그니투스〉에 근접했다는 뜻이네요?」

요가 수행자 역시 카롤린에게 호감을 느끼는 듯했다. 그가 환한 얼굴로 카롤린의 손을 잡으며 말했다.

「몸 상태가 아주 좋아요, 클라인 교수님. 잘될 것 같아요. 예감이 좋아요. 오늘은 대망의 날이에요.」

그녀가 어깨를 툭 치며 그를 격려하고 나서 자크에게 말했다.

「얼마나 의욕적이니. 이렇게 적극적인 피험자와 함께 일하는 건 즐거운 일이야.」

그녀가 파란색 가운을 찾아 걸치고 나서 자크한테도 입게 했다. 그러고 나서는 세면대로 가서 손을 씻었다. 외과적 행위 없이 수면 과정을 지켜보기만 할 그녀의 이런 행위는 사실 필요한 것이라기보다는 의식에 가까웠다.

「자, 서두릅시다. 피험자는 준비를 마쳤으니까 모두 자기 자리로 가요. 이제 잠수를 시작합시다. 아킬레시, 수칙을 기억하고 있죠?」

「외부 세계의 소리를 계속 수신하는 상태에서 〈네〉는 한 번, 〈아니요〉는 두 번 시선을 좌우로 움직여 꿈속에서 의사를 전달한다.」

인도인 요가 수행자가 침대에 누워 몸의 긴장을 풀고 눈을 감았다. 보조 연구원 한 명이 그의 가슴과 머리에 전극을 붙였다. 컴퓨터 스크린들이 일제히 켜졌다. 뇌파계를 통해 그의 수면 단계가 나타나기 시작했다.

1단계 — 입면 활동의 시작을 의미하는 삐죽삐죽한 뇌파 곡선이 스크린에 나타났다. 헤르츠 주파수를 뜻하는 숫자 8.

잠의 세계로 들어가는 첫 관문을 통과했다는 뜻이다.

「봐. 아킬레시는 인물이야. 빠르고 깊이 잠수하는 법을 알아.」

그녀의 말대로 단 몇십 초 만에 2단계로 바뀌었다. 스크린에는 세타파에 해당하는 4헤르츠까지 내려갔다는 표시가 나타났다. 다시 수십 초 뒤에 3헤르츠. 수면 3단계 진입. 강하가 계속됐다. 2헤르츠. 수면 4단계.

카롤린 클라인이 또 다른 스크린을 켜자 피험자의 수면 곡선이 입체 컬러 영상으로 나타났다.

「바닥까지 내려갔어.」

그녀의 말에 힘이 들어가 있었다.

시각적인 자극에 반응하는 중인 듯, 눈꺼풀 밑에서 안구가 움씰움씰하는 사이에 심장 박동은 느려지고 있었다. 반대로 두뇌 신경 활동은 갈수록 활발해져 30헤르츠대로 상승했다.

「5단계. 역설수면.」

스크린을 확인한 자크가 말했다.

뇌파는 여전히 상승을 계속하고 있었다. 31, 32, 33헤르츠에 도달하더니 순식간에 35헤르츠를 돌파하고 40헤르츠에 이르렀다.

「봤지? 아킬레시는 강하도 빠르고 상승 속도도 놀라워. 한마디로 〈꿈의 곡예사〉야.」

카롤린이 경탄을 금치 못했다.

점차 활발해지는 수면 활동의 징후들이 컴퓨터 스크린들에 나타났고, 아킬레시의 온몸에서 미세한 근육의 떨림이 포착됐다. 안구는 빠르게 움직이고 발기한 성기가 시트를 불룩이 들어 올렸다.

「지금 뭘 보고 있는지는 모르겠지만 온 정신을 집중해 꿈을 꾸는 중인 건 알 수 있어.」

카롤린이 관찰자의 어조로 얘기했다.

「지금 깨우면 어떻게 될까요?」

「이만큼 깊은 역설수면에서 깨나면 당연히 꿈을 쉽게 기억해 내 얘기해 줄 수 있지. 이걸 보렴. 맥박은 점점 느려지는데 뇌파는 계속 올라가고 있어. 45헤르츠야! 뇌가 팽팽 돌고 있는 거지. 요란하고 과격한 대형 스펙터클 영화 속에 들어가 있는 모양이야.」

안구의 움직임이 불규칙하게 바뀌었다. 시트에 덮인 성기는 여전히 안테나처럼 솟아 있었다.

젊은 과학자들이 제어 스크린들을 확인하고 활력 징후 측정 장치들을 살피느라 분주했다.

「우리 소리가 들려요, 아킬레시?」

카롤린이 몸을 숙여 그의 귀에 대고 말했다.

질문을 숙지한 듯, 그가 한참 만에 반응을 보였다. 그의 눈꺼풀 안쪽이 좌우로 한 번 움직였다.

「수면 잠수를 해서 어디쯤 가 있는지 알아요?」

두 번의 좌우 동작.

「지금 5단계인데, 계속할래요?」

눈꺼풀 밑에서 안구가 움찍움찍하며 이번에도 긍정을 의미하는 분명한 대답이 돌아왔다. 한 번의 좌우 동작.

카롤린이 안도의 한숨을 내쉰 후 긴장한 목소리로 실험 대상자에게 말했다.

「그럼 준비해요. 자, 우리 시작하죠. 모두 준비됐죠? 아킬레시, 잠수해요!」

카롤린이 톱니바퀴처럼 생긴 주사액 조절 장치를 손으로 돌렸다.

「그건 뭐예요?」

자크가 물었다.

「칼륨과 마그네슘 혼합 용액을 주입해 인위적으로 심장 박동을 늦추는 거야.」

뇌파계EEG 스크린의 그래프는 아킬레시의 두뇌 활동이 점점 활발해지고 있음을 보여 주는 반면, 심전계ECG 수치는 갈수록 떨어지고 있었다. 그의 몸은 이제 움직임을 잃은 물체에 불과했다. 그러다 돌연 급속 안구 운동이 멎고 눈이 정상적인 움직임을 되찾았다. 카롤린이 수면 곡선 스크린을 들여다보았다. 역설수면 산의 정상에 깊은 호수처럼 생긴 것이 보였다. 깊은 잠보다 훨씬 더 밑으로 내려가는 호수.

「수면 곡선이 확인해 주고 있어요. 그가 강하하고 있어요. 바닥을 향해 헤엄쳐 내려가요.」

보조 연구원의 목소리에 흥분한 기색이 역력했다.

벌써 한 연구원이 감격한 표정으로 스마트폰으로 촬영을 시작했다. 여기저기서 그를 따라 스마트폰을 꺼내 들기 시작했다.

「아킬레시, 호수 바닥에 닿았어요?」

눈동자가 움직였다.

두 번의 뚜렷한 좌우 안구 동작이 포착됐다.

「계속 내려가요.」

호흡이 더 느려지고 맥박도 줄어든 그의 몸은 헝겊 인형에 가까웠다. 하지만 뇌파는 60헤르츠까지 치솟았다.

「엡실론파가 방출되고 있어요.」

누군가가 말했다.

「한 번도 이렇게까지 멀리 간 적은 없어요. 위험해요. 중단하는 게 좋겠어요.」

연구원 한 명이 불안한 목소리로 제안했다.

「아킬레시, 더 깊이 내려갈 수 있겠어요?」

한 번의 눈 동작. 네.

이제 뇌파도는 100헤르츠를 가리키고 있었다.

「바닥에 가까워졌어요?」

좌우 움직임 한 번.

「괜찮아요?」

무응답.

「아킬레시, 내 말 들려요? 괜찮아요?」

여전히 무응답.

그러다 두 번의 안구 동작에 이어 갑자기 그의 몸이 들썩요동을 쳤다. 온몸에서 경련이 일어났다. 마치 호수 바닥에서 네스호의 괴물이라도 마주친 듯 요가 수행자의 눈이 급박하고 격렬한 움직임을 보였다. 그의 호흡이 가빠지고 맥박이 불규칙해졌다. 뇌파도 스크린에 날카로운 파형이 나타났고, 심전도는 아래위로 불규칙한 곡선을 그렸다. 카롤린은 언제든 긴급히 그를 위로 끌어올릴 수 있게 준비를 마치라고 지시했다. 하지만 그의 몸은 순식간에 뻣뻣하게 굳었다. 그가 동공이 확대된 눈을 번쩍 떴다. 강직 상태의 몸에서 힘이 풀리면서 그가 바람이 빠지는 풍선처럼 나지막한 한숨을 길게 내뱉었다. 물결치던 뇌파도와 심전도가 어느 틈에 평평한 일직선으로 바뀌어 길게 이어졌다. 곧이어 들리기 시작한 날카로운 기계음 역시 그칠 줄 모르고 이어졌다.

「제세동기!」

카롤린이 소리를 질렀다.

연구원 하나가 즉시 장비를 들고 와 전기 충격을 가하기 시작했다.

「아드레날린 주사! 빨리!」

온갖 노력에도 불구하고 요가 수행자는 의식이 돌아오지 않았다. 심폐 소생술을 실시한 의사는 가망이 없다는 판단을 내렸다. 긴 침묵이 흘렀다.

카롤린 클라인이 검은색 덮개를 들고 와 꿈의 세계를 탐사하다 떠난 비운의 개척자의 시신을 덮어 주었다. 그녀가 가까스로 울분을 억누르며 말했다.

「이번 일은 비밀에 부쳐야 해요. 여러분 모두 절대 함구하세요. 우리 과의 생존이 달린 문제예요. 단순한 심정지 사고로 넘기는 거예요, 알았죠?」

다들 고개를 끄덕였지만 몇몇은 불안한 기색을 감추지 못했다. 신경이 날카로울 대로 날카로워진 카롤린이 보다 못해 한마디 덧붙였다.

「분명히 알아 둬요. 만약 여러분 중 한 사람이라도 이 약속을 깨는 순간 우리는 연구를 계속할 수 없게 될 거예요. 이 〈안타까운 사고〉가 외부로 새 나가지 않게 조심해 주리라 믿어요. 아킬레시의 시신과 관련한 행정적인 처리는 내가 알아서 할게요.」

금연 건물이었지만 카롤린은 담배를 꺼내 물고 불을 댕겼다. 그녀가 허기진 사람처럼 한 모금 깊이 빨아 삼켰다.

22

다음 날 최대 일간지의 1면 머리기사.

의료 스캔들

여성 수면 전문가가 과학의 경계에서 실험을 벌이다 피험자를 죽이는 사건이 발생했다.

기사 밑에는 아킬레시와 카롤린의 얼굴 사진과 시립 병원 입구를 찍은 사진이 함께 실렸다.

기사의 주인공은 이날 아침 당장 수면 내과 과장인 에리크 자코메티 앞으로 불려 갔다. 그녀는 아들인 자크에게 평범하지 않은 이 자리에 동행해 달라고 부탁했다.

「저 친구는 왜 여기 있지?」

자코메티가 짜증 섞인 목소리로 물었다.

그가 자크를 처음 만났을 때 보인 다정다감함은 온데간데없었다.

취직은 물 건너갔군, 자크는 속으로 생각했다.

남자는 이맛살이 깊이 팰 만큼 불만에 가득 찬 얼굴이었다.

「언젠가 아들을 데리고 함께 연구할 생각이에요. 애도 이 나라의 의료 체계가 어떻게 작동하는지 일찍 알아 두는 게 좋겠죠.」

자코메티의 입술이 신경질적으로 일그러졌다. 입속을 비집고 나오려는 비웃음을 간신히 참는 것 같았다. 그가 신문을 만지작거렸다.

「내부인들끼리 처리해야 하는 이런 위기 상황에 제3자를 입회시키는 게 아무래도 좋은 생각 같진 않은데……」

「난 이렇게 해야겠어요.」

그녀는 물러서지 않았다.

두 사람의 시선이 한동안 팽팽히 맞서다 결국 과장이 먼저 백기를 들었다.

「본론으로 들어갑시다. 카롤린, 당신은 세계적인 인정을 받을 뿐 아니라 동료들, 보조 연구원들, 그리고 나까지 대단히 존경하는 과학자예요. 그런데 어제 일은…… 타이밍이 최악이었어요.」

그가 기다란 손가락으로 깍지를 꼈다 풀었다 했다.

자크는 두 사람이 더 이상 반말을 쓰지 않는다는 것을 눈치챘다.

「실험이 생각대로 안 풀렸어요.」

카롤린이 내뱉듯 열의 없이 말했다.

「사람이 죽은 건 죽은 거예요. 어떤 말을 해도 인명이 희생된 건 사실이에요…… 과학의 제단에 바쳐진 거죠…….」

그녀가 말끝을 달았다.

그가 벌떡 자리에서 일어났다.

「지금 과학을 들먹이는 거예요? 아킬레시 씨는 쥐나 고양이, 돼지, 침팬지가 아니라 당신이나 나와 똑같은 사람이란 걸 모르겠어요?」

적절한 표현을 고르기 위해서는 산소가 더 필요한 듯, 그가 숨을 크게 들이쉬었다.

「나 혼자라면 이번 일은 위험한 실험 과정에서 생긴 단순 사고로 치부하면 그만이에요. 다행히 그가 고아에 처자식도 없다는 게 사건을 덮는 데 도움이 됐을 거예요. 그런데 언론에서 난리가 났어요.」

그가 뜨거운 불에 손을 넣었다 뺐다 하듯 연신 신문을 만지작거렸다.

카롤린은 선고를 기다리는 사람처럼 초탈한 표정을 지었다.

「그 자리에 있던 사람 하나가 배신을 한 게 내 책임이라는 거예요? 그래요, 누가 입을 열었으니 팀을 잘못 꾸린 내가 책임이 있어요, 인정해요.」

「약한 고리는 늘 있게 마련이에요. 대체 무슨 생각을 한 거예요? 모두가 비밀을 지키리라고 믿었어요?」

「그러길 바랐죠.」

「이번 사건으로 병원 이미지가 훼손됐어요. 이 기관의 명예가 추락했어요. 대중은 〈연구 부문〉과 〈치료 부문〉을 구분해서 보지 않아요. 그들은 이번 죽음의 책임이 자신들한테 아무 일이 일어나지 않게 보장해 줘야 하는 가운 입은 면허증 소지자들한테 있다고 판단하죠. 이것만을 선택적으로 기억할 뿐이에요. 그러니 신뢰를 잃는 건 당연하죠. 두려운 거예요. 하나 마나 한 얘기지만, 환자가 신뢰를 느끼면 절반은 완치된 것이나 다름없고 불안을 느끼면 절반은 죽은 것이나 다름없어요.」

그의 입이 또 한 번 고약하게 씰룩했다.

카롤린은 어깨를 올려 세우고 턱을 앙다문 채 전투 자세를

141

취하고 있었다. 그런데 자코메티의 입에서 뜻밖의 말이 튀어 나왔다.

「물론 난 당신을 비호할 거예요. 검찰에서 수사를 개시하지도 않을 것이고 장례 비용은 보험사에서 지불할 거예요.」

카롤린은 전혀 흡족해하는 기색이 아니었다. 그녀가 참다 못해 라이터를 꺼내 들고 상사의 집무실에서 시가릴로에 불을 붙였다.

「우리 모두한테 아주 골치 아픈 상황이 벌어진 거예요. 병원을 위해서 (그리고 내가 보기엔 당신을 위해서도) 우리가 최대한 빨리 원만하게 관계를 정리하는 게 낫겠어요.」

「날 꼬리 자르기 용도로 쓴다?」

그녀를 뚫어지게 쳐다보던 그가 화를 참지 못하고 호통을 쳤다. 이 바람에 그도 모르게 반말이 튀어나왔다.

「신문 1면을 장식한 건 내가 아니라 당신이야! 좀 더 신중했어야지!」

「비겁해. 내가 이 실험을 하는 걸 알고 있었잖아요. 날 비호해 준다고 약속했잖아!」

「내가 할 수 있으면 하지! 그런데 당신은 우리 합의에서 벗어나는 위험한 일을 벌였어! 나 모르게 실험을 했으면 잘못될 수 있다는 예상도 했어야지.」

「좋은 결과로 당신을 놀래 주려고 그랬어.」

「어쨌든 성공은 성공이네!」

「그 어느 때보다 당신이 필요한데 어쩌면 날 이렇게 헌신 짝처럼 버려?」

「그만해, 카롤린! 나한테 이러지 마. 현실을 알잖아. 구성원들한테 무슨 일이 벌어지더라도 우리 과는 존속하게 만들

책임이 나한테 있어. 어쨌든 사망 사고라는 걸 감안하면 당신한테도 과히 나쁜 결말은 아니야! 단순한 사고였다고 우리 병원 변호사한테 얘기해 놨어. 원내 행정 처리 절차도 이런 공식 입장을 따를 거야.」

「나쁜 놈!」

「그게 당신 입에서 나올 소리야? 버젓이 증인들이 지켜보는 앞에서 사람을 죽였잖아. 몇몇은 촬영까지 했어! 증거가 될 만한 것들을 내가 다 수거해 없앴어. 이런 나한테 도리어 고마워해야지. 내가 지켜 주지 않았으면 당신은 벌써 감옥에 가 있을지도 몰라.」

그녀가 금색 필터가 달린 시가릴로를 뻑뻑 빨아 댔다.

「이제 내가 뭘 하면 되지?」

「당신을 정식으로 해고하고 상당한 보상금을 지급할 거야. 당연히 비밀 유지라는 조건이 달려. 앞으로 실업 수당도 받게 되겠지.」

「대체 당신이 두려워하는 게 뭐야, 에리크? 나한테 이렇게 가혹한 이유가 뭐냐고? 단순히 실험을 하다 불상사가 일어났다는 게 전부 같진 않아. 진실을 말해 줘.」

「나 역시 엄청난 위험 부담이 있어. 언론의 뭇매를 맞는 당신 때문에 파리 시립 병원 수면 내과의 존립 자체가 위협받게 놔둘 수는 없어. 우리가 살기 위해선 당신이 희생하는 수밖에 없어.」

그가 수표 한 장을 꺼내 액수를 기입하고 서명한 다음 책상에 툭 던져 놓았다.

「내일 아침 9시 정각에 와서 짐을 챙겨 갈게요. 그다음엔 내 소식 듣는 일이 없을 거예요.」

그녀가 말했다.

「앞으로 어떻게 할 거야?」

「다른 일자리를 찾아봐야죠, 다른 데서. 뭐…… 다른 데서 날 원하는 사람은 없을 것 같지만. 최악의 경우엔 밑바닥부터 다시 시작해야죠. 동네 병원 의사가 될 수도 있고. 교외에는 의사가 모자란다고 하더라고.」

「너무 냉소적으로 굴지 마.」

「현실적인 거예요. 이력서에 〈수면 관련 실험을 위해 사람을 죽인 과학자〉라고 적히면 미덥진 않겠죠. 걱정 말아요, 찾을 테니까, 난 늘 찾아내니까. 다만 조금 생각할 시간이 필요해요.」

그녀가 수표를 집어 들었다.

「날 원망하지 마, 카롤린.」

「실망했을 뿐이에요. 친구로서 날 지켜 주리라 믿었으니까.」

「우리 둘 다 침몰하는 건 아무 도움이 안 돼. 그래서 당신을 놓는 거야. 한 사람만 희생하고 우리 과는 살 수 있게. 다른 방법이 있었다면 난 분명히…….」

입도 뻥끗하지 않고 있던 자크는 잰걸음으로 사무실을 나서 병원 밖으로 향하는 엄마의 뒤를 따라갔다. 건물을 나서자 기다리고 있던 10여 명의 기자가 일제히 카메라 플래시를 터뜨리며 그녀에게 질문을 퍼부었다.

「싫다는 아킬레시에게 억지로 실험을 시켰다는 게 사실입니까?」

「하고 계신 수면 관련 〈비밀 프로젝트〉의 내용이 뭡니까? 목표가 뭐죠?」

「여태까지 숨긴 사망 사건이 혹시 더 있습니까?」

질문에 대꾸조차 하지 않는 그녀의 태도가 기자들을 한결 자극했다.

집에 도착하자 이번엔 고양이 가면을 뒤집어쓴 환영단이 거칠게 모자를 맞이했다. 그들은 〈학살을 중단하라〉며 구호를 외치고 고양이 울음소리를 내면서 팻말을 흔들었다.

고양이로 모자라 인간을 살해하고 있다!
꿈을 이해하는 대가는 바로 죽음이다!

카롤린 클라인이 금빛 머리를 털면서 아들을 향해 난감한 표정을 지었다. 그녀가 적대적인 군중과 마주할 마음의 준비를 마치고 차 문을 열었다. 시위대가 득달같이 그녀를 향해 달려왔다.

「엄마 직업의 단점이 뭔지 궁금해하더니 이제 알겠구나.」

그녀가 아들에게 말했다.

「여기 있지 말고 내 여자 친구인 샤를로트의 집으로 가요. 연락하면 우릴 위해 저녁 식사를 준비해 놓을 거예요. 퐁텐블로에 집이 있어요.」

재빨리 생각을 정리한 카롤린이 차 문을 다시 닫았다. 그녀는 일부 흥분한 사람들이 길을 막기 전에 차 문을 잠갔다.

「퐁텐블로?」

「한 시간은 걸려요.」

「멀다니 잘됐어. 〈대부분의 문제는 지리로 해결이 가능하다〉라고 네 아빠가 말했지. 일이 잘 안 풀릴 때는 절대 자리를 지키고 있으면 안 돼. 여행을 떠나 거리를 두는 게 나아.

퐁텐블로로 네 여자 친구를 만나러 가자. 빨리 만나 보고 싶어. 분명히 매력적인 아가씨일 거야. 그런데 그전에 차고부터 들르자. 거기 갇히지 않게 내 차를 몰고 갔으면 좋겠어.」

23

자크가 눈을 뜬다. 태어난 이후의 모든 순간이 현재의 이 완벽한 순간에 이르기 위해 존재한 것 같다. 그는 숨 막히는 여름밤의 후텁지근한 공기를 폐부 깊숙이 빨아들인다. 멀리서 부엉이 한 마리가 작은 소리로 울음을 운다.

샤를로트가 욕실에서 나와 시트 밑으로 몸을 넣는다.

「안 잘 거야?」

그는 곧장 고개를 돌리지 않고 여전히 밖을 보고 있다.

「무슨 생각해?」

「우리 엄마가 정말로 대단한 분이라는 생각을 하고 있었어.」

「자기 엄마를 사랑하는 건 좋은 일이지. 나도 일찍 돌아가신 엄마나 날 증오하는 계모 말고 당신 엄마 같은 분이 있으면 좋겠어.」

「내가 그럴 자격이 있어서가 아니야. 그리고 당신이 잘못해서도 아니야. 그냥 운이지.」

「자식에게 늘 가르침을 주는 엄마를 뒀다는 건 어쨌든 멋진 일이야. 조만간 다시 뵙고 싶어.」

그는 대답이 없다.

「그만하고 자러 와, 자크. 피곤해.」

「갈게.」

「〈갈게〉라고만 하지 말고 와!」

147

「알았어.」

그가 옆으로 가서 눕자 그녀가 기다렸다는 듯이 늘 얼음장 같이 차가운 발을 자크의 허벅지에 가져다 댄다. 와르르 소름이 돋지만 그는 싫은 내색을 하지 않는다. 잠이 쏟아지자 그들은 자연스럽게 멀찍이 떨어져 돌아눕는다. 자크가 혼곤한 잠에 빠져들 때 샤를로트가 몸을 홱 돌려 그의 목을 팔로 감으면서 귓속말을 한다.

「당신 엄마가 하는〈비밀 프로젝트〉라는 게 대체 뭐야? 그 자리에 있었으니까 당신은 당연히 알 거 아니야! 말해 줘. 아무한테도 얘기 안 할게.」

「조용히 잠 좀 자자. 내일 얘기해 줄게.」

자크의 소화 기관이 주방에서 돌아가는 식기세척기의 리듬에 맞춰 음식물을 분해하기 시작하고, 그의 뇌는 거실에 있는 컴퓨터의 스크린과 동시에 절전 모드로 바뀐다. 마지막으로 남아 있던 인공조명들이 모두 꺼지자 교교한 달빛만이 그들의 밤을 비춘다.

24

전화벨 소리가 고막에 스며든다.

그가 눈을 번쩍 뜬다. 또다시 벨이 울린다. 그가 자명종 시계를 확인한다. 11시 30분. 낯선 전화번호.

수화기 너머에서 귀에 익은 에리크 자코메티의 목소리가 들린다.

「자네 엄마의 컴퓨터를 뒤져 휴대 전화 번호를 알아냈네. 카롤린이 걱정이 돼서…… 자네도 알고 있겠지만, 오늘 아침에 와서 짐을 챙겨 가기로 약속을 하고는 아직 안 왔어. 늦으면 병원에서 짐을 창고에 넣어 버릴 거야. 엄마가 옆에 있어?」

「아니요.」

「그럼 엄마한테 전화해서 나한테 급히 연락을 좀 해달라고 할 수 있겠나?」

자크는 즉시 몽마르트르의 아파트로 전화를 건다. 받지 않는다. 샤를로트가 다가와 커피를 건넨다.

「자기가 자는 동안 나가서 크루아상을 사 왔어.」

「엄마한테 무슨 문제가 생긴 것 같아.」

「어제저녁에는 괜찮아 보이던데.」

「예감이 안 좋아.」

「악몽이라도 꿨어?」

「아니. 엄마의 보스가 전화를 했어. 오늘 아침에 병원에 오지 않았다고.」

「그런 일을 겪으셨으니 당연하지.」

「짐을 챙기러 갔어야 하거든. 더 걱정스러운 건 엄마의 휴대 전화와 집 전화로 다 연락이 닿지 않는다는 거야. 약속에 늦고 전화도 받지 않는 건 평소의 엄마 모습이 아니야.」

자크는 아침을 먹다 말고 급히 외투를 걸치고 차에 오른다. 그는 뭔가 이상하다는 불길한 예감 속에 파리를 향해 차를 달린다. 드디어 몽마르트르의 아파트에 도착하자 건물 앞에 엄마의 빨간색 스포츠카가 서 있는 게 보인다. 어젯밤에 집에 들어왔다는 뜻이다. 그가 서둘러 6층으로 올라간다. 아파트는 비어 있다. 엄마가 평소에 쓰는 큰 여행 가방 두 개와 개켜져 있던 옷들이 사라지고 없다. 욕실을 둘러보니 엄마의 칫솔과 화장 도구도 보이지 않는다. 거울이 깨져 있지만 폭력의 흔적은 발견되지 않는다. 강도나 납치로 보이지는 않는다. 그가 다시 한번 엄마의 휴대 전화로 전화를 걸어 본다. 부엌에서 나는 벨 소리를 듣고 그가 냅다 뛰어간다. 아침을 먹고 치우지 않은 그릇이 보인다. 자크는 엄마의 행적을 되짚어 본다. 아침을 먹고 나서 큰 가방 두 개에 짐을 챙겨 떠난 것이다. 전화기를 놔두고 아들에게 행적도 알리지 않은 채. 목적지에 대한 조그만 단서 하나 남기지 않고.

그가 망연자실, 의자에 주저앉는다.

아무래도 이상해. 엄마 스타일이 아니야. 실험에 실패하고 사람이 한 명 죽었어, 사실이야. 언론의 공격을 받았고, 해고됐어, 이것도 사실이야. 하지만 우리와 함께 기분 좋게 저녁 식사를 했고, 프로젝트 얘기를 다시 꺼낼 때는 조만간 연구를 재개할 수 있으리라는 확신에 차 있는 듯 보였단 말이야.

그는 다시 욕실로 가서 깨진 유리 조각을 하나 집어 든다.
피가 묻어 있다.

당황하는 건 전혀 도움이 안 돼. 차근차근 해나가자.

25

바르베스에 위치한 18구 관할 경찰서는 마치 포위가 임박한 요새를 연상시킨다. 이곳을 출입하는 경찰관들은 주민들의 따가운 눈총을 피해 근무 시간 외에는 제복 차림으로 거리를 나다니지 않는다.

자크는 술에 취한 사람들, 다친 사람들, 노인들 틈에 끼어 좁은 대기실에서 줄을 선다. 한참 만에 그의 민원을 접수하는 사람은 엘렌 포라는 친절한 여성 경위다. 검은 머리를 길게 기른 그녀는 적극적이고 활발한 성격으로 보인다. 그녀가 자크가 주는 정보를 열심히 받아 적다가 고개를 갸웃하더니 볼펜을 내려놓는다.

「쉰아홉 살의 성인 여성이 가출을 했다는 거예요? 선생님 어머니도 아들이나 남편한테 알리지 않고 여행을 떠날 권리가 있어요.」

「아버지가 14년 전에 돌아가시고 나서 혼자되셨어요. 가족이라곤 저밖에 없어요.」

「그분은 성인이에요. 언론으로부터 공격을 당했고, 동물 보호 단체들의 위협을 받았고, 게다가 직장에서 해고까지 됐어요. 이 세 가지 모두 충분히 도망치고 싶어질 만한 이유죠. ……수배를 내릴 수 있을까요?」

엘렌 포가 도리질을 친다.

「전에는 RIF, 즉 〈가족 구성원을 위한 수배〉라는 절차가 있었어요. 이걸 통해 경찰과 헌병대에 수색을 요청할 수 있었죠. 하지만 1945년에도 이미 이 절차를 밟으려면 〈불안을 느낄 만한 객관적 사유〉를 진술해야 했어요.」

「제가 불안을 느끼고 있다니까요!」

「아, 그건 〈주관적 사유〉에 해당해요. 납치나 폭력 혹은 비관적 행동의 흔적이 발견됐나요?」

「깨진 유리 조각에 피가 묻어 있었어요.」

「그건 좀 약하네요.」

「이렇게 얘기하면 어떨까요. 제가 아는 우리 어머니는 절대 이런 식으로 사라질 분이 아니에요!」

「방금 말했듯이 어쨌든 예전에는 RIF가 있긴 있었어요. 그런데 SNS가 발달하고 GPS가 내장된 스마트폰을 사용하는 요즘 같은 시대에는 어딜 가도 쉽게 추적이 가능하다는 판단을 내린 내무부에서 2013년 4월에 이 절차를 폐지했어요.」

「어머니는 휴대 전화를 두고 가셨어요.」

경위가 시립 병원을 나서는 카롤린 클라인의 모습이 포착된 사진 한 장을 컴퓨터 화면에 띄운다.

「정신적인 문제가 있는 분 같지는 않군요.」

「당연히 없어요! 정신이 건강한 분이세요!」

「최근에 열렬한 사랑을 한 적은 없나요? 가령, 뭐, 파티에서 젊은 남자를 만나 사랑을 했다든가…….」

「경위님은 은근히 우리 어머니를 영계나 밝히는 중년 여자로 취급하는 분위긴데, 절대 그런 분이 아니에요. 아버지가 돌아가시고 나서 한 번도 남자를 집에 데려온 적이 없어요. 일에만 매달렸어요. 그런 어머니가…… 나이트클럽에 가

153

서 제비족이랑 춤을 춘다……. 가당치 않은 얘기예요.」

「그럼 혹시 직장 동료?」

「어머니는〈조신한〉양반이에요.」

「바로 당신 어머니처럼 성생활 없이 사시는 분들이 가장 쉽게 사기꾼들의 표적이 되죠. 억눌려 있다가 이 남자들이 막힌 곳을 뚫어 주는 순간 이성을 잃고 철부지 소녀가 돼버리는 거예요. 화장을 하고 옷도 섹시하게 입기 시작하죠. 다시 태어난 기분으로 말이에요. 이게 첫 번째 징후고 두 번째는…….」

「우리 어머니는〈철부지 소녀〉도 아니고〈섹시한〉옷차림을 즐기지도 않아요.」

「하! 자기 엄마를 안다고 철석같이 믿는 아들들의 착각이라니!」

「우리 어머니의 열정은 오직 하나, 과학뿐이에요!」

「내 말 잘 들어요. 급격한 행동 변화를 초래하는 원인은 대부분 성 문제예요. 당신 어머니가 어느 날 밤에 누군가를 만나 한눈에 사랑에 빠졌을 수도 있다는 가능성을 인정해요.」

「자정에서 아침 8시 사이에 말이에요?」

「히치하이커일 수도 있지 않을까요? 평생을 남편과 당신을 위해 헌신한 분이 갑자기 새롭고 신선한 무언가를 발견한 거죠. 남자…… 아니 여자일 수도 있지? 여기 있다 보면 별별 얘기를 다 들어요! 그래, 이거네! 자, 내가 스토리를 한번 재구성해 볼게요. 어머니가 퐁텐블로에서 저녁을 먹고 나서 당신과 헤어졌다고 했죠. 그녀가 차를 타고 밤길을 달려요. 밤공기가 덥죠. 길에 고장 난 차가 한 대 서 있어요. 안에 예쁜 아가씨가 타고 있죠. 그녀가 차에서 내려 펑크 난 타이어를 갈아 끼우게 도와줘요. 하루의 스트레스와 해고로 인한 심적 부담에 짓눌린 그녀를 상대방이 위로해 줘요. 사랑에 빠진 두 연인은 베네치아로 낭만적인 여행을 떠나자고 즉흥적으로 결정을 내려요. 그녀가 당신한테 알리려 하자 상대방이 〈아니, 과거는 그냥 지워 버려요〉 하면서 말리죠. 두 연인은 포옹을 나누고 함께 떠나요(물론 당신 어머니가 짐을 싸는 시간은 있었겠지만). ⋯⋯이탈리아로.」

자크는 어안이 막혔지만 엘렌 포 경위는 전혀 농담하는 기색이 아니다. 그녀의 책상에 수북이 쌓인 탐정 소설들과 로맨스 소설들을 보고 나서야 자크는 온종일 얄궂은 얘기들을 듣느라 쌓인 스트레스를 그녀가 범죄 소설과 러브 스토리를 읽으면서 털어 낸다는 것을 알게 된다. 사정이야 어떻든 이것이 그녀의 판단력을 흐리는 것은 분명해 보인다.

「가능한 시나리오라고 인정해요.」

그녀가 말한다.

「가능은 하지만 개연성은 낮아요.」

「걱정할 필요 없어요. 난 여기서 수시로 그런 얘길 들어요. 숨이 턱 막혔겠죠, 그래서 바람을 좀 쐬고 싶었을 거예요, 수도인 파리의 스트레스 많은 생활에서 벗어나 공기 좋은 시골로 가서 숲속을 걷고 싶은 마음 같은 거 있잖아요, 왜.」

확신에 차 있는 듯한 그녀의 말이 신뢰감을 준다.

「최근의 일들을 받아들이고 상대적으로 바라보게 될 거예요, 중압감도 벗어던지겠죠, 그러고 나서 돌아올 거예요. 그때는 당신이 어머니 얘기를 들어주고 응원해 줘야 해요. 당신 입으로 예민하고 교양 있는 분이라고 했잖아요, 그러니 위험한 일은 없을 거예요. 어머니는 혼자서, 당연히 익숙한 지표들과 떨어져, 내면의 여정에 오를 필요가 있었던 것뿐이에요.」

자크는 이해받지 못해 답답한 표정을 짓고 있다.

「오늘 밤에 돌아오지 않으면 내일은 올 거예요. 내 말 믿어요. 내 예상대로 히치하이커와 함께 베네치아로 떠났으면 조만간 당신한테 엽서를 보내겠죠.」

그가 짐짓 동의하는 척하자 경위가 그의 팔을 잡으며 묻는다.

「그런데, 이젠 얘기해 줘도 되지 않아요? 그 인도인을 희생시키면서까지 했던 〈비밀 프로젝트〉라는 게 대체 뭐예요?」

「그건······.」

「업무와 상관없이 묻는 거예요. 내가 사건 담당자도 아니니까. 순전히 호기심 때문에 그래요. 그 참혹한 실험 현장에 당신도 있었다니까······.」

「특별히 얘기할 수 있는 게 없······.」

「신문에는 자는 동안 일어나는 신비한 현상을 알아보기 위해 당신 어머니가 실험을 했다고 나왔던데, 맞아요? 부인하지 말아요. 그분 전공인 줄 다들 아니까. 사실 나도 개인적으로 잠을 잘 못 자요. 그분이 정말 수면 연구의 진일보를 위해 그랬던 거라면, 실패하셔서 안타깝네요······.」

자크는 입속을 맴돌던 말을 삼켜 버리고 손목시계를 내려다본다. 전혀 소득이 없는 동문서답식 대화를 이쯤에서 끝낼 생각이다.

「이만 가보겠습니다, 경위님.」

「저기, 있잖아요······. 당신도 수면을 전공한 의사라고 하니까 드리는 말씀인데, 숙면을 위한 조언 좀 해주시겠어요?」

「낮잠 자는 분을 공연히 성가시게 했나 보네요.」

「그렇게 섭섭하게 생각하지 말아요. 설사 법적으로 가능하다 해도 인력이 부족해서 어차피 우린 이런 사건을 처리할 시간도 여력도 없으니까요.」

「숙면을 위한 조언이 필요하다고 하셨죠? 시간과 여력이 없어 처리하지 못한 사건들을 다 머릿속에 떠올려 보세요.」

「당신 어머니가 성녀가 아니라고 해서, 나이 예순에도 성욕이 되살아날 수 있다고 해서 화났어요?」

「안녕히 계세요, 경위님.」

이날 밤 당장 자크의 꿈에 베네치아에서 다른 여자의 품에 안겨 곤돌라를 타는 엄마의 모습이 나타난다. 상대방은 낮에 만난 경위의 얼굴을 하고 있다. 둘이 키스를 한다. 이것이 암시의 위력이라는 것을 자크는 알고 있다. 말을 통해 심상이 만들어지는 순간 그 이미지는 존재하기 시작한다. 엘렌 포가 가상의 영화를 찍어 그의 현실에서 돌리고 있다. 자크는 매일 밤 엄마와 엘레 포 경위가 연출하는 뜨거운 장면들을 지켜보는 관객이 된다. 그런데 놀랍게도 보고 있으면 마음이 놓인다.

적어도 엄마가 살아서 즐기고 있잖아.

꿈속에서 그는 생각한다.

26

카롤린 클라인은 그날 밤에 돌아오지 않는다. 다음 날, 또 그다음 날에도. 베네치아에서 날아드는 엽서도 없다. 자크는 결국 사설탐정을 찾아가 도움을 요청한다. 프랑크 틸리에. 프랑스 북부 억양을 지닌 비쩍 마른 빨간 머리 사내.

「한 해 실종되는 성인이 1만 1천 명이에요. 공식적인 숫자죠. 실제로는 3만 명에 가까울 것으로 봐요. 가출한 자식을 찾는 부모들 얘기야 흔하지만 진짜 문제는 그 반대의 경우예요. 이번 주 들어 실종된 부모를 찾아 달라고 온 자식이 당신이 처음이 아니에요. 아마 마지막도 아닐 거예요.」

「저희 어머니는 이성적인 분이세요. 여행을 떠나고 싶었다면 아들인 저한테 얘기하지 못할 이유가 없죠. 지금까지 그래 왔어요, 늘 그랬단 말입니다.」

「누구나 한 번쯤 다 훌훌 털어 버리고 직장과 가족으로부터 벗어나는 꿈을 꾸지 않을까요? 신드롬을 몰고 왔던 클로드 를루슈 감독의 〈여정〉이라는 영화, 주인공인 장폴 벨몽도가 충동적으로 모든 걸 버리고 길을 떠나는 영화인데, 기억나요? 영화가 진짜 좋죠! 혹시 영화 좋아해요?」

프랑크 틸리에의 사무실 벽을 메운 1950년대 미국 범죄 영화의 포스터들이 자크의 눈에 들어온다. 책상에는 험프리 보가트의 소형 입상이 세워져 있다.

「카롤린 클라인 박사를 마지막으로 봤을 때의 상황을 얘기해 봐요.」

「함께 멋진 저녁을 보냈어요. 술을 마셨고, 많이 웃었어요. 제 여자 친구를 어머니한테 소개해 드렸는데, 둘이 아주 잘 맞았어요.」

「밤에 문득 어떤 자각이 생겼을 수도 있죠. 가책 같은 거 말이에요. 어쨌든 당신 어머니는 〈살인〉을, 아니, 사람을 〈죽였으니까〉, 한 사람의 죽음에 〈책임〉이 있으니까요. 그녀에 관한 신문 기사들을 다 찾아서 읽어 봤어요.」

「과학 실험을 하다가 잘못된 거예요. 사고였어요.」

그가 입술을 깨물었다.

「당신한테서 전화를 받고 오기 전까지 정보를 좀 수집했어요. 시에서 관리하는 감시 카메라들에 찍힌 영상을 친구들한테 건네받아 살펴봤죠. 내가 판단을 내릴 입장은 아니라서 확인된 것만 얘기할게요. 어머니가 자신의 자동차를 이용하지 않고 택시를 타고 가더군요. 나중에는 기차나 배, 비행기 혹은 렌터카를 이용했겠죠. 지금쯤 멀리 떠나 있을 수도 있어요.」

「공항이나 기차역, 렌터카 업체들에 조회해 보면 안 될까요? 혹시 탐정님 친구들이……?」

「거긴 친구들이 없어요. 정부 기관에서는 공식 수배가 없는 한 이런 정보를 밖으로 내보낼 수 없어요. 성인이라면 자식한테 알리지 않고 얼마든지 여행을 떠날 수 있는 거 아닌가요? 안타깝네요. 현대적인 추적 방법들이 생겨났지만 또 그만큼 다양한 신분 위장 방법들도 존재하죠. 요즘 〈익명〉 전문 업체들이 성업한다는 걸 알아요? 사람들이 돈을 내고 인터넷에서 사진을 비롯한 자신의 모든 흔적을 지우기 때문이죠. 법적으로는 당신 어머니가 소식을 끊고 멋대로 사라져도 아무 문제가 없어요. 가장 그럴듯한 시나리오가 하나 있는데, 들어 봐요. 그분은 일에서 오는 스트레스 때문에 〈번아웃〉 상태였어요. 그런데 신경 안정제를 복용하거나 우울증에 빠지지 않고 여행을 선택한 거죠. 정신력이 강하고 건강한 사람이라는 증거예요.」

「어찌 됐든 수사를 시작해 달라고 요청하면요?」

「사람이 좋아 보여서 하는 얘긴데, 잘 들어요. 현재 지구에는 다섯 개 대륙, 2백 개 국가에 70억 인구가 살고 하늘에는 항시 비행기 5천 대가 떠 있어요. 결과를 얻는 데도 오래 걸리겠지만 성공 확률도 제로에 가까워요. 경쟁 업체 탐정이 큰소리를 떵떵 치면서 믿고 맡겨 보라고 하면, 그건 사기예요. 그러니 나한테도 괜히 돈을 낭비할 필요 없어요.」

「대체 어떻게 하라는 말씀이죠?」

자크가 주먹으로 책상을 내려치자 험프리 보가트의 입상이 뒤로 넘어진다.

프랑크 틸리에가 불쾌해하는 기색 없이 입상을 바로 세우고 나서 애석한 표정을 지으며 말한다.

「지금으로서는 한 가지 해결책밖에 없어요. 기도 말이에요.」

탐정이 문을 나서는 자크의 팔을 붙잡고 묻는다.

「그건 그렇고, 당신 어머니가 추진한 〈비밀 프로젝트〉의 내용이 뭐예요? 뭐길래 인도인 피험자가 목숨을 바친 거죠?」

27

본래의 머리 모양으로 돌아온 강아지 퐁퐁의 눈이 덥수룩
하게 자란 긴 털에 가려져 있다. 그래도 그는 기억을 되살려
부딪치지 않게 조심조심 방안을 돌아다닌다.

퐁퐁은 아장걸음을 걷다가 벽이나 의자, 테이블 같은 장
애물을 감지하면 우뚝 멈춰 선다. 센서가 장착돼 있어 주변
환경에 따라 전진하거나 후진하는 로봇 청소기와 흡사한 움
직임을 보인다. 정면을 향해 똑바로 걷다가 더러 장애물에
부딪쳐도 당황하지 않고 방향을 틀어 탐색을 계속한다.

샤를로트가 자크를 껴안고 어린아이를 대하듯 어르고 달
래 준다.

「어머니는 틀림없이 돌아오실 거야.」

「경찰에서는 엄마가 제비족(나 참, 대체 우리랑 저녁을 먹
고 나서 다음 날 아침까지 언제 남자를 만날 시간이 있었다
는 얘긴지!)이나 여자 히치하이커와 죽이 맞아서 떠났다는
식으로 얘길 하더라고. 탐정은 또 〈번아웃 증후군〉을 들먹
이고.」

「내가 마지막으로 본 당신 어머니 모습은 그렇지 않아. 유
쾌한 표정으로 기억해. 그렇게 심리가 불안한 상태일 리가
없어.」

「탐정이 나한테 기도나 하래. 루르드12에 다녀오든지 해

---

12 가톨릭교회가 공식적으로 인정한 프랑스 남부의 성모 발현지.

야지!」

「발끈할 필요 없어.」

「우리 엄마는 믿음을 거부하는 사람이야. 우리의 믿음과 상관없이 존재하는 세계가 있다고 늘 얘기했어. 〈현실은 우리가 믿지 않게 된 순간에도 여전히 존재한다〉[13]라고 말이야. 어떤 소설에선가 읽었다고 했는데, 작가가 누구였는지는 기억이 안 나.」

그가 어깨를 으쓱해 보인다.

「엄마는 모든 것은 우리가 상상하기 때문에 존재한다고도 했어.」

「당신이 힘들어하는 이유는 사실 엄마가 미리 알려 주지 않아서, 사정을 설명해 주지 않아서야. 당신 아버지처럼 느닷없이 사라졌기 때문에.」

집 안을 아슬랑거리며 돌아다니는 강아지를 지켜보던 자크는 영문도 모르는 채 시야를 차단하는 털 때문에 앞을 못 보는 동물에게서 동병상련의 아픔을 느낀다. 샤를로트가 키스를 해 오지만 그는 반응을 보이지 않는다. 그녀가 그를 마주 보고 앉는다.

「당신이 날 위해 해준 걸 이번엔 내가 당신을 위해 해주면 어떨까? 마음이 편안해지게 내가 당신한테 유도몽을 한번 해줘 볼까?」

그래 뭐. 나쁠 건 없지.

13 Reality is that which, when you stop believing in it, doesn't go away. 필립 K. 딕의 작품 『나는 내가 곧 도착할 것이기를 바란다 *I Hope I Shall Arrive Soon*』에서 인용한 구절.

그는 팔걸이가 없는 소파에 몸을 뻗고 누워 허리띠와 손목시계를 끄른다.

샤를로트가 영화감독의 재능을 발휘해 자크를 엄마와 같이 사는 아파트로 데려다 놓는다. 그녀는 짐을 꾸린 카롤린이 자크에게 다가와 말하는 장면을 그리게 한다. 〈며칠 여행하면서 쉬다 올 테니까 찾지 않아도 돼. 기분이 나아지면 조용히 돌아올 거야.〉

상황이 급작스럽게 벌어진 탓에 자크가 힘들어한다고 판단한 샤를로트는 그에게 〈공식적이고 명확하고 자초지종이 설명된〉 단절을 경험시킬 생각이다. 하지만 그녀가 엄마를 안아 주고 작별 인사를 건네라고 권하는 순간, 자크가 눈을 번쩍 뜬다.

「소용없어. 소용없는 짓이야. 당신은 무슨 일이 벌어졌는지도 모르잖아.」

「미안, 난 그저…….」

이때, 거실에서 식당으로 가는 계단에서 발을 헛디딘 강아지가 깨갱 신음 소리를 낸다.

「당신은 일부러 퐁퐁이 앞을 못 보게 하잖아! 나 역시 그러길 바라겠지. 하지만 난 그런 농간에 놀아나지 않아! 날 당신 소유로 만들 순 없어.」

그는 자리를 박차고 일어나 그녀의 집에서 나온다. 샤를로트한테 한바탕 퍼붓고 나자 신기하게도 삶의 주도권을 다시 쥔 듯한 기분이 든다. 상황은 어쩔 수 없다 해도 최소한 자신의 의지대로 누군가를 상대할 수 있다는 자신감이 생긴다. 그는 뒤도 돌아보지 않고 퐁텐블로의 빌라를 떠난다. 다시는 이곳에 오지도 그녀를 만나지도 않겠다는 의지를 다진다.

28

소식이 끊긴 지 닷새.

불면의 밤을 보낸 지 닷새.

털을 민 머리에 USB 단자가 있고 그 위에 방수 덮개가 덮여 있는 고양이가 밥을 달라고 야옹거린다. 주인이 밥그릇에 사료를 담아 준다.

부엌에서 밥을 먹으려던 자크는 몽유병 발작을 일으킨 엄마가 치즈를 얹은 DVD를 전자레인지에 넣어 돌리다 불을 낼 뻔했던 기억이 갑자기 떠오르자 기분이 꺼림칙하다. 그는 쟁반에 브레사올라 햄과 구운 모차렐라 치즈, 토마토, 오이 피클, 베이글을 담아 방으로 들어간다. 캐노피 침대에 편안하게 자리를 잡는다.

까닥까닥 졸던 자크는 침대가 배로 변해 바다에 떠 있는 꿈을 꾼다. 그는 캐노피 침대의 기둥을 붙잡고 있다. 커튼은 어느새 돛으로 바뀌어 있다. 매트리스 가장자리에서는 침대 주변을 빙빙 돌고 있는 상어들의 지느러미가 보인다. 여경과 함께 곤돌라에 탄 엄마가 멀리서 소리를 지른다. 〈엄마를 찾으려고 애쓰지 마.〉 쌍동선에 탄 아빠도 외친다. 〈미안하지만 아빠가 널 돌볼 시간이 없어. 단독 요트 항해에서 세계 신기록을 수립해야 하거든.〉 아빠 역시 상어들에게 쫓기고 있다. 여전히 바닷물을 내려다보던 그의 눈에 이번에는 아킬레시의 얼굴이 보인다. 그가 물속에서 손짓을 하며 고함을 친다. 〈절대로 침대에서 내려오면 안 돼요! 절대로! 절대로! 절대로!〉 그가 물속 깊이 사라진다. 샤를로트는 거대한 요구르트 통을 타고 바다에 떠 있다. 그녀가 숟가락을 노 삼아 저으면서 그를 부른다. 〈이리로 와, 자크, 물을 무서워할 필요 없어. 물 공포증을 극복할 수 있게 우리 함께 유도몽을 시도해 보자.〉

식은땀을 흘리며 잠이 깬 자크는 안전하게 느껴지는 곳은 침대밖에 없다고 생각한다.

그는 아예 침대에 터를 잡기로 마음먹는다. 침대 주위에 있는 의자 몇 개에 비상식량과 고양이 통조림, 생수병과 TV를 올려놓는다. 그는 리모컨을 들고 주문형 비디오 사이트에 접속해 꿈의 세계를 다룬 영화를 고른다. 「인셉션」, 「드림스케이프」, 「수면의 과학」, 「나이트메어」의 후속작들. 그는 특수 효과가 뛰어나고 배경이 볼만한 영화를 몇 편 찾아 세 시간을 보고 난 뒤 잠을 청한다. 하지만 수면 1단계에도 이르지 못한 채 멀뚱멀뚱 천장을 올려다본다. 천장에 있는 Y 자 모양의 검은 점이 이마에 난 상처를 가리키며 그를 조롱하는 것만 같다.

그는 침대 밖은 위험하다고 수없이 뇌까린다.

사람들이 평생 침대 밖으로 나가지 않으면 세상의 모든 문제는 사라질 것이라고 생각한다.

그는 새벽 3시에 자리에 누워 4시 30분과 5시 30분 사이에 잠시 혼곤했던 것 말고는 전혀 잠을 자지 못했다. 숫자판의 빨간색 숫자들을 천장에 투영하고 있는 추시계를 물끄러미 바라본다. 아침 7시 30분에서 8시 사이에 다시 설핏 잠이 들었지만, 이미 날은 훤히 밝고 있다.

그는 자기는 글렀다고 생각하며 스마트폰 앱에 표시된 실제 수면 시간을 확인한다. 15퍼센트.

그 순간, 침대에서 나오지 않고 지내는 실험을 해보자는 생각이 든다.

그는 용변을 보거나 음식을 쟁반에 담아 올 때만 몸을 일으킨다. 침대에서의 이런 칩거야말로 그가 찾던 해답이 아닌가. 그는 생활을 보다 조직화한다. 꿈에 대한 영화들 말고도 수면을 다룬 다큐멘터리들을 찾아서 보기 시작한다. 그중에 잠자는 동물들을 관찰한 동물학자가 주인공인 흥미로운 다큐멘터리가 하나 있다. 이 학자는 먹이 사슬의 위쪽에 있는 동물일수록 수면 시간이 길다고 설명한다. 가령 사자와 호랑이는 먹이를 추격해 해치우느라 고생한 몸을 쉬게 해주기 위해 장시간 수면을 취한다고 한다. 비단구렁이와 보아 뱀도 자기 몸보다 더 큰 먹이를 소화하기 위해 잠을 많이 자는 동물이다. 고양잇과 동물은 가장 꿈을 잘 꾸는 동물이며, 사람처럼 몽유병 증세를 보이기도 한다. 반대로 영양은 계속해서 짧은 낮잠을 잘 뿐 거의 잠을 자지 않는다. 세 시간만 자는 암소와 말, 당나귀, 코끼리도 잠이 없는 동물에 속한다. 미어캣은 잠을 자면서도 항상 주변 소리에 귀를 세운다. 가끔 한쪽 눈을 떠서 주변을 경계하는 플라밍고는 서서 잠을 잔다. 갑오징어와 문어는 자는 동안 안구가 빠르게 움직인다. 꿈을 꾼다는 증거다. 고래는 물속에서도 잠을 자는데, 20분마다 한 번씩 숨을 쉬기 위해 물 위로 올라간다. 잠의 왕은 역시 하루에 열아홉 시간을 자는 박쥐와 열여덟 시간을 자는 나무늘보다. 라플란드 지방의 곰들은 9월 29일에 겨울잠에 들어 이듬해 4월 3일에 깨어난다.

자크는 연신 소시지와 감자칩을 먹으면서 동물의 수면에 관한 많은 지식을 쌓고 나서 TV를 끄고 잠을 청한다. 저녁 8시. 10시에도 그의 시선은 여전히 천장의 Y 자 모양 검은 점을 향해 있다. 아주 오래전에 파리를 때려잡다가 생긴 자국인데 위치 때문에 손을 못 대고 지저분하게 놔둔 게 분명하다고 웅얼거린다.

밤 10시 30분. 다시 엄마가 생각난다.

어디론가 떠난 게 분명한데, 전화가 없는 걸 보면 이제 날 사랑하지 않는 거야.

밤 10시 45분. 샤를로트의 얼굴이 떠오른다.

밤 10시 50분. 다시 잠을 청해 보지만 여전히 실패. 그러자 그는 잠이 안 올 때 쓰라고 배운 최초의 방법을 적용해 보기로 한다. 양을 세자.

1백 마리, 5백 마리, 1천 마리.

1천5백 마리까지 셌는데도 천정의 검은 점은 여전히 그를 향해 조소를 날리고 있다. 좋다, 두 번째 방법. 심호흡을 해 보자.

날숨과 들숨을 의식한다. 밀려왔다 밀려가는 파도처럼 호흡을 더 크고 깊게 만든다.

밤 11시 5분. 눈은 한층 더 말똥말똥해졌다. 이번엔 피토테라피(약용 식물 요법) 차례. 일단 〈수면 호르몬〉인 멜라토닌을 생성한다고 알려진 세로토닌을 다량 함유한 체리 주스부터 한 잔. 밤 11시 10분. 티잔 요법. 향수박하, 백리향, 쥐오줌풀, 산사나무꽃, 시계초⋯⋯. 밤 11시 20분. 배치의 꽃 요법.[14] 히드라스티스, 봉선화, 밤꽃.

밤 11시 30분. 스마트폰의 수면 곡선을 확인하는 순간 선잠이 들었다 깼다는 생각은 착각이라는 것을 깨닫는다. 잉글리시 라벤더 오일 두 방울에 극소량의 만다린 오일과 머틀 오일을 섞어 신경얼기와 발바닥, 손목에 바른다. 밤 11시 50분. 반사 요법. 엄지발가락 끝을 세게 눌러 솔방울샘을 자극한다.

밤 11시 55분. 충격 요법. 독일 범죄 수사 드라마. 눈초리가 음험한 경찰이 용의자들을 차례로 신문하는 장면은 역시나 최면 효과가 있다. 잠을 고대하던 한쪽 눈꺼풀이 내리덮이는가 싶더니 클라이맥스에서 맥주를 마시는 주인공의 눈썹이 꿈틀하는 순간 오금이 저리며 잠이 싹 달아난다.

자정. 파경에 이르게 된 상황을 되짚어 보는 부부가 등장하는 프랑스의 누벨바그 영화. 길게 하품을 하자 코가 싸하면서 눈물이 솟아오른다. 그러나 그는 결국 잠의 문턱을 넘지 못한다.

새벽 1시. 혹시 문학이 구세주가 되어 줄 수 있지 않을까……. 그는 프랑스 문학 중에서 가장 지루한 작품을 고르던 중에 〈배꼽〉이라는 제목의 작품이 각종 문학상을 휩쓸었다는 사실을 발견한다. 무려 1천5백 페이지에 이르는 책에서 작가는 자신의 삶이 독특하다는 것을 증명하기 위해 종종 한 페이지가 넘는 긴 문장을 쓰고 있다. 작가의 재주 덕에 눈이 따끔따끔하면서 잠시 비몽사몽의 상태를 헤맨다. 눈꺼풀이 내려 붙는 사이, 그는 완벽한 권태의 순간에 찾아오는 달콤

---

14 영국의 내과 의사인 에드워드 배치가 야생화에서 몸을 치유하는 성분을 발견해서 개발한 일종의 동종요법.

한 현기증을 경험한다. 하지만 눈은 다시 번쩍 뜨인다. 천장의 점은 여전히 그를 조롱하며 비웃는다.

드디어 일곱 번째이자 마지막 방법인 술. 25년 된 일본산 몰트위스키. 술이 자신에게 진통 효과가 있지만 일정량을 넘어서면 흥분제로 작용한다는 사실을 자크는 알고 있다. 하지만 정확한 경계를 몰라 일단 두 잔만 마셔 보기로 한다. 그는 무덤덤한 표정으로 술을 입안으로 털어 넣는다.

이어지는 기다림.

그는 전 인류가 침대 밖으로 나오지 않는다면 세상이 지금보다 훨씬 좋아질 것이라고 생각한다. 교통 체증도 전쟁도 시위도 파업도 사라지지 않을까? 군인들은 늦잠을 재우는 거야. 공해를 유발하는 사람들, 불평하고 짜증 내는 사람들, 광신도들을 침대에 누워 나처럼 TV나 보게 하는 거야.

덜 먹고 덜 소비하는 세상, 더 조용하고 더 차분한 세상이 될 텐데.

비록 잠은 오지 않지만 그를 보호해 주는 시트와 이불이 깔린 이 가로세로 2미터짜리 공간, 이 폭신한 침대에서만큼은 안전하게 느껴진다. 침대 밖은 전부 〈위험 지대〉다.

USB 고양이가 공감한 듯 하품을 늘어지게 하더니 그의 팔에 기대 몸을 동그랗게 말고 잠이 든다. 그는 여전히 찾아오지 않는 잠을 기다리고 있다. 나쁜 생각들이 머릿속을 스쳐 지나간다. 이어 떠오르는 얼굴들. 아버지, 샤를로트, 윌프리드, 엄마, 엄마, 또 엄마…….

엄마는 침대 밖으로 나가지 말았어야 했어.

그가 몸을 일으키더니 갑자기 약장을 뒤지기 시작한다. 아무리 찾아도 수면제가 보이지 않는다. 수면제처럼 손쉬운 해결책은 가급적 피하라던 엄마의 조언이 머릿속에서 쾅쾅 울리자 그는 고개를 힘껏 흔든다. 그는 파자마 위에 외투를 걸치고 맨발에 양말을 신고 나서 당번 약국의 위치를 확인한 뒤 수면제를 사기 위해 집을 나선다.

이해심 많은 약사가 그에게 온갖 제품을 보여 주면서 주성분은 모두 벤조디아제핀이라는 설명을 덧붙인다.

자크는 집에 돌아와 물과 함께 분홍색 알약 두 개를 목으로 넘긴다. 그가 다시 침대에 눕자 고양이가 다가와 그의 발에 얼굴을 비비대면서 자장가를 불러 주듯 갸릉갸릉 소리를 낸다.

자크는 눈을 감고 기다린다.

드디어 기적이 일어난다. 돌풍에 몸이 휘청하듯, 단숨에 독주를 들이켰을 때처럼, 몸이 천근만근 가라앉는다. 무게가 실린 침대가 트램펄린처럼 아래로 출렁 꺼진다. 그는 매트리스 속으로 딸려 들어간다. 매트리스는 순식간에 우물로, 구덩이로, 끝없는 심연으로 변한다.

구멍 가장자리에 이르자 현실은 사라지고 무(無)가 그를 에워싸 덮치더니 먹어 삼켜 버린다.

빛 한 줄기 꿈 한 장면 없는, 난생처음 경험하는 고통스럽고 인위적인 잠이다. 마치 스피커 소리가 웅웅웅웅 하고 에어컨이 너무 세게 켜진 불 꺼진 극장에 앉아 있는 느낌이다. 그는 어둠의 위세 앞에서 위축되어 어찌할 바를 모른다. 아무 생각도 나지 않는다. 암흑 속에 다시 암흑, 그뿐이다.

하지만 이것도 잠은 잠이다.

29

추운 극장 안에 머물다 보니 천장에 비상구처럼 생긴 빨간 불이 들어왔다.

그는 기어오르기 시작했다. 우물 벽을 타고 마침내 매트리스 표면으로 올라왔다.

과음한 다음 날 같은 느낌이 제일 먼저 그를 찾아왔다. 이마에 굵은 골이 패고 귀는 화끈거린다. 두피는 뻣뻣하게 켕기고 피부는 잡아당기는 것처럼 아프다. 스마트폰의 수면 곡선을 확인해 보니 2단계까지 내려가 올라오지 못하고 내내 머물렀다. 그래서 이렇게 피로감을 느끼는 것이다. 자고 나도 몸은 회복되지 않고 나른해지기만 하는 것이다.

프랑스가 세계 제1의 수면제 소비국이라는 사실을 떠올리며 자크는 자연스럽고 깊은 휴식을 취하지 못해 인위적으로 〈잠을 청하는〉 사회에는 분명히 심각한 문제가 있다고 생각한다. 그는 인터넷을 검색하다가 벤조디아제핀이 일반적인 수면제로 복용될 뿐 아니라 스트레스와 우울증 치료제로 쓰이며 심지어는 도축장에서 동물들을 진정시키기 위해 사용되기도 한다는 사실을 발견한다.

고기를 먹는 것은 결국 무기력하게 만들어 손쉽게 도살하기 위해 인간이 짐승에게 먹인 수면제에 중독되는 행위다. 이렇게 온 사회가 이 기만적인 약품에 중독되고 있다. 앞으로 점점 심해질 것이다.

자크는 불쾌감을 느끼며 잠이 깨느니 차라리 잠을 자지 않는 쪽을 택한다.

그는 몸에 수분이 많아져 벤조디아제핀이 자연스럽게 몸속에서 빠져나오길 기대하며 물을 마신다. 하지만 불면증 문제는 여전히 해결되지 않고 남아 있다.

평소에는 늘 그의 발밑에 와서 잠을 청하던 USB가 오늘은 이상하게 방구석에서 웅크린 채 낯선 사람을 대하듯 그를 빤히 쳐다본다.

「걱정 마, USB, 시험 삼아 해본 거야. 이제 나한테 맞는 해결책이 아니라는 걸 알았어.」

하루 또 하루가 지난다. 그는 고통에 시달린다.

자크 클라인은 강박적 폭식 증세를 보인다. 그는 침대에 누워 영화나 다큐멘터리를 보면서 감자칩 세 봉지를 한자리에서 먹어 치운다. 흩어진 과자 부스러기가 몸에 눌려 가렵고 불편할 때가 아니면 절대 손동작을 멈추지 않는다.

그는 만성 피로에 시달린다.

불면증을 해결할 창의적인 방법을 찾던 그는 인터넷을 검색하던 중에 익명의 알코올 의존자들[15]과 똑같은 방식으로 운영되는 익명의 불면증 환자 협회가 존재한다는 사실을 알게 된다. 관심은 가지만 선뜻 가입하기는 망설여진다.

어느 날 저녁, 그는 방에서 꾸벅꾸벅 졸다가 이상한 소리를 듣는다. 창문을 열어 보니 USB가 지붕을 걸어다니고 있다. 살이 쪄서 뒤뚱뒤뚱 움직임이 둔한 고양이는 눈을 감고 있다. 신경과 근육의 연결을 차단하는 뇌 부위를 건드려 놓

15 금주를 바라는 알코올 중독자들이 모여 설립한 세계적인 상호 부조 단체. 약칭 AA로 불린다.

은 이후 몽유병 증상을 보인다. 이 상태에서 갑자기 깨우면 USB가 아래로 추락할 수도 있다는 것을 아는 자크는 이름도 부르지 못하다가 결국 고양이를 잡으러 올라간다. 이때, 몽마르트르 아파트의 지붕 꼭대기에서 아슬아슬한 균형을 유지하고 있던 고양이가 대뜸 가상의 쥐를 뒤쫓기 시작한다. 뛰어올랐다 내리는 순간 USB가 기우뚱하더니 단단한 슬레이트 지붕을 발톱으로 긁으면서 주르르 미끄러져 내려간다. 눈을 번쩍 떴지만 이미 돌이킬 수 없는 상황이다. 몸의 중심을 잡아 보려고 안간힘을 쓰던 육중한 고양이는 제 무게를 못 이겨 허공으로 밀려난다.

자크는 눈을 질끈 감고 바닥과 충돌하는 소리가 들리길 기다리지만 아무 소리도 들리지 않는다.

고양이는 아무리 높은 곳에서 떨어져도 안전하게 착지할 수 있는 동물이야.

6층에서 추락해도 희망이 전혀 없지는 않다는 생각이 들자 자크는 계단을 달려 내려간다. 하지만 그가 발견한 것은 움직임이 없는 노란 털 뭉치.

USB는 죽었다. 살이 너무 찐 탓에 발에 몸무게를 실어 유연하게 착지하는 데 실패했다.

자크는 쓰레기봉투와 삽을 들고 와서 비통한 심정으로 죽은 고양이를 공동 정원에 묻는다. 잠이 죄 없는 생명을 또 하나 앗아 갔다. 소복한 흙더미를 내려다보며 자크는 내일 당장 익명의 불면증 환자 모임에 참석해야겠다 마음먹는다.

30

회합 장소는 파리 남쪽 몽루즈에 위치한 MJC.[16]

자크 클라인은 저녁 8시 30분에 예정된 공개 회합에 참석하기 위해 집을 나선다. 각종 단체에 장소를 빌려주는 MJC에서 열리는 이번 모임의 앞뒤로 마침 〈도박 중독자들〉과 〈섹스 중독자들〉의 회합이 잡혀 있다. 마치 불면증도 중독의 일종이라는 듯이.

푸른빛을 띠는 형광등이 켜진 방에 안색이 어둡고 파리한 사람들이 열 명가량 앉아 있다. 남자들은 면도를 하지 않아 수염이 덥수룩하고 여자들은 머리가 부스스하다. 한 노년 여성이 자신의 고통을 얘기한다.

「내 이름은 오르탕스예요.」

「반갑습니다!」

좌중이 일제히 큰 소리로 인사를 건넨다.

「나이는 아흔두 살이고, 은퇴를 했어요. 여섯 달째 거의 잠을 못 자서 수면제를 먹는데 효과가 없네요.」

회원들을 마주 보면서 연단 가운데 앉아 있는 사람은 모임의 좌장을 맡은 장클로드 라미레즈이다. 육중한 체구에 턱수염을 기른 그는 주저앉을 듯한 의자에서 굵은 땀방울이 흘러내리는 이마를 연신 손등으로 훔치고 있다.

---

16 Maisons des Jeunes et de la Culture의 약칭. 프랑스 전역에 있는 시민을 위한 교육과 문화 공간.

「주무시긴 주무시는데 기억력이 감퇴해서 주무셨다는 걸 잊어버리는 거 아닌가요?」

이 질문에 노인을 제외한 좌중이 일제히 폭소를 터뜨린다.

「내 기억력은 아무 문제 없어요!」

그녀가 발끈한다.

「그렇다면 잘 주무시고 계신 거네요. 잠을 못 자면 기억력에 문제가 생기죠.」

놀림감이 된 것 같아 기분이 상한 노인은 입을 굳게 다문다.

「다음 분!」

장클로드가 소리친다.

새하얀 피부에 흑발, 징이 박힌 검은색 가죽 재킷 때문에 어깨가 한층 가냘파 보이는 젊은 여성이 손을 든다. 코와 귀에 피어싱을 했고 목덜미와 손목에는 문신이 새겨져 있다. 말을 시작하자 뱀 혓바닥처럼 갈래를 낸 혀가 입 안에서 꿈틀꿈틀하는 게 보인다. 그녀는 살짝 혀 짧은 소리를 한다.

「제 이름은 쥐스틴이에요. 철학을 전공하는 대학생이에요.」

「반갑습니다!」

단골 회원들이 합창을 한다.

「불면증에 시달린 지 얼마나 됐어요, 쥐스틴?」

「세 달 됐어요. 대학 축제 때 학교에서 나이트클럽 비슷한 걸 만들어 자원봉사자로 운영을 맡았다가 그렇게 됐어요. 파티를 주관하는 저를 사람들은 〈박쥐〉라고 불렀어요. 검은 옷을 입고 천장에 거꾸로 매달려 잠을 잤거든요.」

졸던 사람들이 눈을 번쩍 뜰 만큼 좌중은 놀라움을 금치 못한다.

「아니, 아니, 제 말을 잘 듣고 계시는지 궁금해서 농담 한
번 해본 거예요. 어쨌든, 당시에는 동굴에 사는 박쥐처럼 피
를 마시고 살았어요. 이 피라는 건 다름 아니라 토마토 주스
에다 보드카, 타우린을 섞은 일종의 에너지 음료예요. 그때
는 암페타민이나 LSD, 카페인 같은 흥분제로 밤에 버티고
낮에 잠을 잤죠. 한번은 난생처음 48시간 동안 잠을 자지 않
은 적도 있어요. 제가 사는 아파트의 덧문을 모조리 닫아 밤
이 연장되게 만들었죠. 저는 해나 빛이나 열기나 딱 질색이
에요. 달과 어둠과 차가움이 좋죠.」

그녀가 오스스 몸을 떨자 복잡한 문신이 새겨진 그녀의 앙
상한 두 팔이 찰랑찰랑 흔들린다.

「꼭 뱀파이어가 된 것 같아요. 물론 뱀파이어는 조금이라
도 잠을 자는 게 저와 다르지만. 약 없이는 못 버텨서 늘 이걸
들고 다녀요.」

그녀가 바이올린 케이스를 사람들 앞으로 내민다. 뚜껑을
열자 약상자들이 쏟아져 나온다. 좌장이 고개를 끄덕여 공감
을 표시한다.

「학생은 치료가 간단해 보여요. 혈액 정화를 하고 돼먹지
않은 약만 끊으면 되겠어요. 당장 그 바이올린 케이스만 휴
지통에 버리면 깨끗이 해결돼요. 다음 환자분!」

자크 클라인이 슬며시 손을 든다.

「제 이름은 자크입니다.」

「반갑습니다!」

「저는 의대생인데, 얼마 전에 엄마를 잃었어요.」

「돌아가셨어요?」

「밤새 증발하듯 사라지셨어요. 엄마와 소식이 끊긴 후로 잠을 못 자고 있어요. 수면에 도움이 된다는 온갖 가벼운 처방부터 수면제까지 다 시도해 봤어요. 수면제를 먹고 나니까 사람이 흐물흐물해지더군요, 마치 제 뇌가 병아리콩 퓌레처럼 풀어지는 것 같았어요.」

다들 수면제를 먹고 이런 불쾌한 느낌을 경험한 적이 있다는 듯 고개를 끄덕인다.

「계속 얘기해요, 자크.」

좌장이 그를 보며 말한다.

「잠을 거의 못 자고 숙면을 취하지도 못해요. 일어나면 눈앞이 어질어질해요. 지금 제가 운전대를 잡으면 공공의 위험이 될 거예요.」

여럿이 다시 공감을 나타낸다.

「이 모임에서 기대하는 게 뭐죠?」

「저만 이런 게 아니라는 걸 알기만 해도 큰 위로가 돼요. 남들이 전혀 알지도 못하고 누구한테 속 시원히 얘기도 할 수 없으니 벌을 받는 느낌이 들어요. 불면증을 〈부끄러워해야〉 하는 것처럼 말이죠.」

또다시 좌중이 수런수런하며 공감을 나타낸다. 이번에는 좌장이 발언권을 라디오 진행자에게 넘긴다. 밤에 일하면서부터 정상적으로 잠을 자지 못하게 됐다고 그가 고민을 털어놓는다. 나머지 사람들도 각자 사연을 얘기한다. 주차장 관리인, 위험 지역에서 근무하는 경찰관, 불로뉴 숲의 매춘부, 공포 소설 작가, 참석을 비밀로 해달라고 신신당부하는 유명 유머 작가, 등대지기, 에너지가 넘치는 아이를 죽이고 싶은 충동에 시달린다는 엄마, 꼭두새벽에 일어나야 하는 빵집 주인, 낮에 충분히 쉬지 못하는 야간 택시 기사. 불면증에 시달리는 한 트럭 운전사는 고속도로에서 운전대를 잡은 채 잠이 들었다는 얘기를 해 사람들의 격려를 받는다. 직선 도로였고 다행히 트럭이 경로를 벗어나지 않아 사고는 일어나지 않았다고 그가 덧붙인다. 불면증 극복 사례 중에는 비디오 게임에 열중하느라 낮에 잠깐씩 토막잠만 잤다는 사람의 얘기도 있다. 그는 사람을 죽일 수는 없어도 〈나름 재미가 있는〉 새 게임 덕분에 하룻밤을 내리 잤다고 뿌듯하게 말한다.

얘기가 모두 끝나자 새로 가입한 불면증 환자들을 환영하는 자리가 마련된다. 사람들이 플라스틱 컵에 담긴 애플사이다를 마시며 삼삼오오 대화를 나눈다.

자크는 고딕 패션 차림의 아가씨에게 다가간다.

「양 갈래 혀 좀 보여 줄 수 있어요? 한 번도 못 봤어요.」

쥐스틴이 선뜻 부탁을 들어준다. 그녀는 땅콩 한 알을 입 안에 넣고 양쪽 혀끝으로 집게처럼 잡는 재주까지 곁들인다.

「아프지 않아요?」

「난 고통에 대한 편견이 없어요. 고통은 우리가 살아 있다는 사실을 보다 생생히 느끼게 해주죠. 내가 한 문신 중에는 마취하고 하는 수술보다 더 아팠던 것도 있어요.」

「아, 이런! 그쪽이 철학 전공자라는 걸 깜빡했네요. 금욕주의자예요?」

「아뇨, 마조히즘에 가깝죠. 살아 있는 걸 느끼기 위해 고통을 자초하는 거죠. 고통이 멈추는 순간은 또 얼마나 짜릿한데요…… 그러는 그쪽은, 의대생이라면서, 전공이 뭐예요?」

「신경 생리학자예요. 수면이 내 전공이에요.」

그녀는 깔깔거리다 하마터면 땅콩이 기도로 넘어갈 뻔

했다.

「농담도 심하네!」

「진짜예요! 중이 제 머리 못 깎는다잖아요.」

「멋지네요.」

「그렇지 않아요. 우리는 늘 자신에게 부족한 걸 갈구하죠. 그쪽은 지혜를 전공하는 학생인데, 얘길 들어 보니 그다지 지혜롭지는 못한 것 같아요. 나도 마찬가지예요. 잠을 전공하면서 정작 나는 잠을 못 자요. 이것저것 안 해본 게 없는데 말이죠.」

그녀가 뚫어져라 쳐다보자 그의 눈이 반짝거린다. 그녀가 눈을 깜빡인다.

「요즘은 강의에도 병원에도 가지 않고 혼자 빈둥빈둥 시간만 죽이고 있어요. 일종의 〈히키코모리〉 단계죠.」

「저기, 저 어리바리한 사람들이 얘기하지 않은 수면 비법을 내가 하나 알아요.」

그들은 입술이 맞닿을 듯 얼굴을 바짝 앞으로 내민다.

「시간이 늦었네.」

쥐스틴이 말한다.

「여기서 멀지 않은 곳에 사는데, 우리 집에 가서 서로 재워주기 해볼래요?」

쥐스틴과 자크는 즉시 몽루즈MJC의 문을 나선다.

악명 높은 골목길들을 지나고 미지근한 환풍구 격자에 누워 잠이 든 걸인들을 타 넘어 도착한 곳은 폐허나 다름없는 건물 앞이다. 쥐스틴이 큼지막한 맹꽁이자물쇠로 잠겨 있는 출입문을 열고 계단으로 자크를 안내한다. 그들은 5층을 걸어 올라가 지붕 밑에 있는 아담한 스튜디오로 들어간다. 잠

179

동사니를 넣어 두는 창고를 연상시키는 하나밖에 없는 방에는 옷가지와 태블릿 PC 등이 지저분하게 널려 있다. 자크는 불안해 보이는 바닥을 조심스럽게 걸어 검은색 소파 위에 앉는다. 벽에는 랭보, 보들레르, 프레베르 같은 시인들과 레드 제플린, 아이언 메이든, AC/DC, 딥 퍼플 같은 록 그룹들의 포스터가 붙어 있다.

「시와 옛날 하드 록 그룹을 좋아하나 봐?」

「요즘은 이걸 듣고 있어.」

그녀가 스마트폰으로 핑크 플로이드의 「위시 유 워 히어 Wish You Were Here」를 튼다.

「우리의 〈협동 수면〉 코스에 딱 어울리는 음악이야.」

그녀가 그에게 달려들어 키스를 하고 옷을 벗긴다. 한참을 깨물고 핥고 애무하고 꼬집더니 자기도 옷을 벗고 나서 반복 재생되게 노래를 맞춰 놓고 볼륨을 높인다. 그들은 온갖 복잡한 방식으로 사랑을 나눈다. 그녀가 갖가지 기구와 수상하게 생긴 플라스틱 장난감들, 크림, 연고, 파우더, 진동하면서 불이 들어오고 소리가 나는 물건들, 윤활유, 아로마 스팀을 꺼내 놓는다.

「이런 신기한 물건들이 있는 줄 몰랐어.」

「여자는 남자를 가르치기 위해 존재하는 거야. 남녀를 불문하고 상대방에게 새로운 영혼을 낳게 해주는 기술을 〈산파술〉이라고 하지.」

「강의 잘 들었어. 널 만나기 전에는 내가 〈평범한 클래식〉이었다는 걸 알게 됐어.」

「이제는 〈특별한 로큰롤〉이 됐네. 자기 성이 클라인이랬지? 유명 언론인 나오미 클라인이랑 친척이야?」

「아니, 그렇진 않아.」

그녀가 뱀처럼 혀를 날름거린다.

「여자들이 무서운가 봐?」

「물론. 똑똑한 남자라면 당연히 여자를 무서워하지.」

「하지만 우리는 굉장히 이해하기 쉬운 사람들이야. 내가 핵심적인 몇 단계로 나눠서 여자란 존재를 요약해 줄 테니까 들어 봐. 여자들은 말이야……. 20대에는 이랬다저랬다, 막연한 이상을 좇아 여기저기 기웃거리고, 과감히 도전해. 뭐든 빨리 이해하고 심리와 감정을 잘 조절해. 다들 자신만만하지. 30대에는 아이를 갖고 싶어 해. 그래서 좋은 아버지가 될 남자를 찾아 나서지. 이왕이면 잘생기고 돈 많고 유머 감각도 갖춘 사람으로(보통 이 순서대로야). 40대에는 이미 아이가 있지. 그런데 자신이 혹시 인생의 동반자를 잘못 고르지 않았나 하는 의문을 품게 돼. 남편이 코를 골고 방귀를 뀌어 대고 비서랑 바람을 피우거든. 50대가 되면 의문이 확신으로 변하지. 그러면서 완전히 실패한 인생을 살지 않았나 하는 고민에 빠져. 60대가 되면 잘못된 선택이었다는 결론을 내리지만 돌이킬 수 없다고 판단하지. 자포자기의 심정으로 자식들과 남편한테 분풀이를 해대면서(남편은 당연히 허리가 구부정해지고 자기도 모르게 머리를 자라목처럼 밀어넣고 다니게 돼) 초콜릿이나 집어 먹다 보니 살이 찌는 거야.」

자크 클라인이 씩 웃는다.

「그러는 넌 어떤데?」

「애당초 길들지 않는 여자들도 있어. 자유로운 걸 좋아해서 자신과 똑같이 자유로운 남자들을 찾지. 미래의 계획 따위 없이 그저 잠시 곁에 머물 사람을 말이야.」

「몇 시야?」

「시간은 신경 쓰지 마. 존재하지 않으니까.」

자크가 손목시계를 집어 들자 쥐스틴이 홱 낚아채 그가 숫자판을 읽기도 전에 멀리 던져 버린다.

「11시 몇 분쯤이겠네. 지금은 내가 스물일곱 살이지만 밤사이에 달라질 거야. 스물여덟이 될 테니까.」

「내일이 자기 생일이야?」

「난 정확히 자정에 태어났어.」

「시간은 중요하지 않지만 생일 축하는 신성해. 난 의식을 정말 좋아하거든.」

그녀가 냉동고에서 꺼낸 딱딱한 과자에 서랍을 뒤져 찾은 크기가 제각각인 초를 몇 개 꽂는다. 음악을 끄고 초에 불을 붙인 다음 전자 기타를 들고 흐느적거리는 리프를 넣으며 〈생일 축하합니다!〉를 열창한다. 자크가 촛불을 끈다.

「자, 이제 당신은 잠시 후, 아마 몇 분 뒤겠지, 스물여덟 살이 돼. 당신의 삶은 변하게 될 거야. 앞으론 잠을 잘 자게 될 거야. 서툴렀던 섹스의 요령도 터득하게 될 거야. 그동안은 시계와 달력을 쳐다보면서 시간을 쫓아갔지만 이제는 크로노스 신에게서 해방될 거야. 지금까지는 불쌍한 공부의 노예로 병원과 학교에 갇혀 살았지만 앞으로는 자유롭고 행복한 사람이 되어 온 세상을 누비게 될 거야.」

그들은 밤새 세 번이나 몸을 섞고 나서 지쳐 나가떨어진다.

「이게 최고의 수면제야. 즐겨! 잘 자.」

잠이 쏟아지는 자크가 간신히 스마트폰의 수면 분석 기능을 켠다. 쥐스틴이 그의 눈꺼풀에 손가락 두 개를 얹어 세상을 향해 열린 커튼을 강제로 닫게 한다. 그녀가 마지막으로 키스를 해주자 그는 안도감과 기대감 속에, 마침내 단잠을 자면서 꿈을 꿀 수 있으리라는 희망을 품고 잠이 든다.

31

자크 클라인은 붉은 모래섬에 와 있다.

어릴 적 꿈속의 풍경을 그리워하다 보니 자연스럽게 〈이어 꾸기〉가 된 것이다.

아빠가 만들고 엄마가 가꾼 꿈속에서 그는 행복감에 젖는다. 꿈속 깊은 곳, 안전한 자신의 섬에서 그는 문득 혼자라고 느낀다. 멀리 수평선에서 아침 하늘을 물들이는 선연한 노을이 모래사장의 붉은빛과 완벽한 조화를 이룬다. 모래밭에 박힌 조개들이 햇살을 받아 반짝거린다. 엄마의 붉은 나무들이 바람을 맞아 수런수런 잎을 흔든다. 도취경의 순간, 난데없이 실루엣이 하나 나타난다.

자신만의 꿈속 섬에 다른 사람이 있다는 사실이 도무지 믿기지 않는 자크가 눈을 비비며 움직이는 형체를 바라본다. 숲에 내려앉은 안개 속을 걸어 나오고 있는 남자는 어딘가 낯이 익다. 서릿발이 앉아 머리가 희끗희끗하다.

「이거 장난 아니네, 진짜 됐어!」

얼굴이 드러난 남자가 들입다 탄성을 지른다.

자크가 낯익은 얼굴을 찬찬히 뜯어본다. 흥분한 남자의 얼굴에는 만감이 교차하는 듯하다. 그의 온몸이 기쁨과 놀라움과 환희의 경연장이다.

「됐어……. 진짜 됐어! 내가 성공했어!」

그가 감격한 얼굴로 되뇐다.

붉은 모래를 한 줌 집어 손가락 사이로 흘려보내던 남자의 눈길이 자크에게로 향한다. 그의 눈에 물방울이 맺혀 있다.

「자네로선 다소 놀라운 일이라는 거 인정해. 하지만 절대 걱정할 일은 아니야.」

「걱정하진 않아요. 당신이 누군지는 몰라도 우리가 지금 내 꿈속에 있다는 사실은 알고 있으니까.」

「나는 단순히 꿈속의 인물에 그치지 않아. 우연히 여기 있는 것도 아니고.」

다시 한번 자크는 남자한테서 낯익은 느낌을 받는다. 어디서 자주 본 얼굴이 분명한데, 언제였지? 불현듯 머리를 스치는 깨달음. 남자는 코, 턱, 눈썹, 눈동자의 색깔, 심지어 이마에 난 Y 자 상처까지 그를 빼닮았다. 그렇다, 안개 속에서 등장한 이 남자는 당혹스러울 만큼 그와 닮았다. 주름이 조금 더 가고 여전히 새카만 그의 머리카락에 비해 색이 빠져 머리가 희끗희끗한 게 유일한 차이점이다.

〈나이를 먹은 자신〉이라는 표현이 딱 어울린다는 생각이 들자 자크가 흥미로운 표정을 지으며 남자에게 다가간다. 그는 자신과 상대의 얼굴을 번갈아 만지며 피붓결의 변화를 확인한다.

「자네한테 자초지종을 설명할 시간이 없어. 즉시 이 꿈에서 나가 행동을 취해야 해. 엄마가 위험에 처했어. 어서! 어서! 현실로 돌아가. 꿈에서 깨고 신속히 움직여.」

「당신은 누구시죠?」

「난 20년 후의 자네야. 다시 말해 마흔여덟 살의 자네야.」

「내 꿈에 들어와서 뭘 하는 거죠?」

「이상하게 들릴 수 있다는 거 인정해. 하지만 이 세 가지는 자네가 받아들여야 해. 첫째, 나는 실제로 존재해. 둘째, 나는 미래의 자네야. 셋째, 내가 지금 자네한테 말을 할 수 있는 건 미래에 내가 한(그러니까 〈자네〉가 하게 될) 발명 덕분이야. 하지만 지금은 이보다 더 급한 게 있어. 엄마가 엄청난 위험에 처했어! 꿈에서 깨! 어서 움직여! 내가 시키는 대로 해!」

「당신은 내 꿈속 인물에 불과한데, 내가 왜 당신이 시키는 대로 해야 하죠?」

「아니야, 내가 말했잖아, 난 단순히 꿈속에 등장하는 사람이 아니라 실제로 현실에 존재한다고. 나 말고는 아무도 줄 수 없는 정보를 자네한테 주는 게 그 증거야. 엄마가 죽음의 위험에 처했다는 거 말이야. 엄마를 구할 사람은 자네뿐이야. 그러니 꿈을 깨고 행동에 나서. 어서! 엄마를 구해!」

「당신이 실제로 존재한다고 믿을 만한 근거를 하나 대 봐요.」

「나는 엄마의 비밀 프로젝트의 산물이야. 수면 6단계, 〈솜누스 인코그니투스〉 말이야. 자넬 이렇게 보러 올 수 있는 것도 그 덕분이야! 의심이 들면 자네의 내밀한 직관을 믿어 봐. 자네 안에 있는 무언가가 틀림없이 내가 진실을 말하고 있다는 것을 알려 줄 테니까!」

자크가 한참 동안 상대방을 요리조리 뜯어본다.

「미안하지만 당신은 내 꿈속에 있어요. 당신은 실재 인물이 아니란 뜻이죠.」

남자가 땅이 꺼질 듯 한숨을 내쉰다.

「내가 이렇게 고집불통이었다는 걸 깜빡 잊고 있었네. 약속하지, 이어 꾸기를 통해 우리가 꿈에서 다시 만나면 그땐 꼭 자세한 얘기를 들려주겠네. 그러니 일단은 날 믿어 줘. 엄

마부터 구해야 해, 위험에 빠져 있어. 촌각을 다투는 일
이야.」

「우리 엄마가 살아 있다는 걸 어떻게 알아요? 엄마가 자취
를 감추려고 수단과 방법을 가리지 않았는데 당신은 엄마가
어디에 있는지 어떻게 알죠?」

남자가 그를 빤히 쳐다본다. 설득할 논거가 달리는 듯 한
동안 생각에 잠긴다.

「날 믿어 보게. 난 알고 있으니까.」

「엄마가 어디 있다는 거죠? 그렇게 똑똑한 양반이면 한번
얘기해 보시죠, 나이 든 나라고 우기는 내 꿈속의 신사
양반.」

「그게…… 말레이시아에 있어. 위험에 처한 엄마를 구하러
자네가 갈 곳이 바로 거기야.」

「엄마가 말레이시아에는 왜 갔죠?」

「기억을 되살려 봐. 엄마가 세노이족이라는 〈꿈의 부족〉
얘기를 한 적이 있을 테니까. 이 부족은 깨어 있는 시간보다
잠자는 시간에 훨씬 가치를 부여하는 사람들이야. 사고를 겪
고 주변의 반응에 환멸을 느낀 엄마가 도피처를 찾아 거기로
떠난 거야. 파리에서 도망치려는 목적도 있었지만 수면에 대
한 지식을 넓히기 위해서, 나아가 다음번 수면 6단계 탐사
실험에서는 꼭 성공하기 위해서 말이야.」

「그런데 왜 위험에 처했다는 거죠?」

「세노이족은 숲에 사는 부족이야. 위협에 직면한 이들을
엄마가 보호해 주고 있어. 하지만 정작 엄마를 지켜 주는 사
람은 없지. 지금 엄마가 어떤 위험에 ─」

「못 믿겠어요.」

「내 말 잘 들어! 자네는 지금 당장 잠에서 깨 행동에 나서거나 세상이 자네 없이 시나리오를 구현하는 동안 잠이나 자거나 둘 중 하나를 선택할 수 있어. 삶은 항상 이런 선택의 연속이지. 잘 생각해 봐. 지금 벌어지는 일이 사실이고, 나라는 사람이 내가 주장하는 사람이 맞고, 엄마가 정말로 위험에 처했는데도 자네가 아무것도 하지 않는다면 평생을 후회하게 될 거야. 이런 위험을 감수할 거야? 아빠가 했던 말을 떠올려 봐. 〈할 수 있는데도 하지 않은 사람은 정작 하고 싶을 때는 할 수 없을 것이다.〉」

두 남자는 서로 반응을 살피면서 날카롭게 노려본다.

몽루즈의 아파트에서 자크 클라인이 눈을 번쩍 뜬다. 수면의 단계를 차례로 밟지 않고 올라온 탓에 속이 메슥거린다.

그의 옆에서 알몸으로 잠든 쥐스틴이 요란하게 코를 곤다.

자크는 호주머니에서 꿈 일기장을 꺼내 조금 전의 일을 상세히 기록한다.

〈지금의 나보다 스무 살을 더 먹은 또 다른 내가 나타나 말레이시아의 세노이족에게 가 있는 엄마를 구하라고 말한다.〉

하지만 당장은 한 가지 생각뿐이다. 힘들게 되찾은 잠 속으로 다시 빠져드는 것, 이 생각뿐이다. 그는 다시 침대에 누워 최대한 살이 맞닿게 쥐스틴의 등에 몸을 밀착시키고 나서 잠을 청한다.

붉은 모래섬으로 돌아갈 마음이 없는 자크의 수면은 당연히 표면에 머물러 4단계를 넘지 못한다.

32

꿈과 현실은 때로 한 줄기 햇살에 의해 구분된다. 블라인드가 전부 내려진 방에서 자크는 해가 중천에 뜨도록 어둠에 잠겨 있다. 덧문 구멍으로 쏟아지는 흰 빛살이 겨우 그를 흔들어 깨운다.

「몇 시지?」

그가 웅얼웅얼 혼잣말을 한다.

그는 스마트폰까지 기어가 눈을 이리 찡그리고 저리 찡그리면서 시간을 확인한다. 〈15시 34분〉이 망막에 새겨지는 순간 그가 이맛살을 찌푸린다.

「일하러 가기엔 너무 늦었네.」

「나도 마찬가지야. 하지만 신경 안 써. 어젯밤은 참 좋았어.」

어느새 잠이 깬 쥐스틴이 옆에서 그를 쳐다보며 살짝 윙크를 한다.

「난 기억이 잘 안 나⋯⋯.」

「토한 게 기억이 안 난단 말이야?」

자크가 깜짝 놀란 표정을 짓는다.

「아니야, 농담이야. 우리가 섹스를 네 번 하는 동안 난 두 번 오르가슴을 느꼈고, 당신은 갓난아기처럼 잤어.」

「아기들은 잠을 잘 안 자. 수시로 일어나서 빽빽거리는걸. 그런데 오늘 정말 강의에 안 갈 거야?」

「이론만 가르치는 대학은 재미없어. 나한테는 실천이 중요해. 단 하나의 진정한 철학은 사랑하는 걸 배우는 거야.」

「무슨 꿈을 꿨어?」

그가 묻는다.

「해적들한테 포로로 잡히는 꿈이었어. 손목과 발목이 쓸려서 아릴 만큼 뻣뻣한 밧줄로 나를 돛대에 꽁꽁 묶어 놨더라. 내가 입고 있던 하얀 셔츠도 다 찢어 놨어. 하지만 나중에는 내가 밧줄을 풀고 배를 접수한 다음 해적선의 여두목이 돼서 다른 배들을 공격했지. 긴 머리칼을 날리면서 셔츠를 이렇게 벌린 채 뱃전에 서 있었어.」

그녀가 즉각 말을 행동에 옮긴다.

「넌 참 특이해. 네가 꿈꾼 장면들은 남자들의 환상과 비슷하거든…….」

「자긴 어떤 꿈을 꿨어? 하드코어한 꿈이라도 걱정 말고 얘기해 봐. 나 그런 거 진짜 좋아하니까. 〈정치적으로 올바르지 않은〉 꿈이나 〈변태적인〉 꿈도 대환영이야. 여간해선 눈도 깜짝하지 않거든.」

「미안해서 어쩌지? 날 찾아와서 이래라저래라 하는 미래의 나 자신을 만난 꿈밖에 못 꿨는데.」

「어, 그건, 〈아버지의 이미지〉야.」

「아니, 아버지 얼굴이 아니라 진짜 내 얼굴이었어. 실재하는 사람처럼 보였어. 정말로. 진짜 놀랍더라.」

「밥 먹기 전에 해적 두목이랑 한 번 할래?」

그들은 살을 섞는다. 잠시 쉬었다 또다시 한 몸이 된다. 새로운 양념을 가미해 더 짜릿한 순간으로 만들어 보자며 쥐스틴이 그에게 마리화나를 건넨다. 담배를 입에 무는 순간 자

190

크는 저도 모르게 자지러질 듯이 웃는다. 이내 눈이 가물가물하면서 주변이 흐려진다.

「생전 처음 맛보는데, 진짜…… 해롱해롱해지네.」

그가 인상을 쓰면서 캑캑거리고 몸을 소스라뜨린다.

「오후 3시에 일어나고, 대마초를 피우고, 진정한 여성 철학자와 사귀는 것. 당신이 지금껏 못 해본 이 세 가지 경험을 내가 동시에 제공해 줬지.」

쥐스틴이 갈라진 혀를 뱀처럼 휘두른다.

「두고 봐. 전보다 훨씬 다채롭고 환상적인 꿈을 꾸게 될 테니까.」

자크가 또 기침을 해대자 그녀는 연기가 목구멍의 방어 장벽에 막히지 않고 넘어가야 한다면서 제대로 피우는 방법을 몸소 보여 준다. 그녀를 따라 하는 순간 놀랍고 생경한 느낌이 그의 몸속으로 퍼진다.

「내가 나가서 저녁거리를 사 올까?」

「아니, 냉동고에 없는 게 없어.」

쥐스틴이 간이 주방으로 걸어가더니 파스타라면서 흰색과 붉은색이 섞인 보도블록 같은 요리를 들어 보인다.

자크가 정체불명의 물건을 보면서 마뜩잖은 표정을 짓는다.

「뭐가 마음에 안 들어? 파스타가 싫어? 파스타는 다들 좋아하는데.」

「친구였던 여자애와 엄마가 생각나는 나쁜 기억이 있어서 그래.」

「하여간 우리 세대의 엄마들은 걸어다니는 골칫덩이라니까. 혼자 고고한 척하는 우리 엄마는 쇼핑과 피부 관리, 머리

손질이 하루 일과야.」

「우리 엄마는 늘 날 응원하고 가르침을 줬어. 엄마 덕분에 책 읽는 재미를 알게 되고 의대 공부에 흥미를 느꼈어. 꿈을 꾸는 걸 가르쳐 준 사람도 엄마야. 정말 좋은 분이야……. 하루아침에 사라져서 그렇지.」

「자길 버렸어. 표현은 정확히 해야지.」

「잘 모르겠어. 너무 급작스럽게 일어난 일이라서. 분명히 무슨…….」

그가 말을 끝맺지 못하자 분위기가 갑자기 어색해진다. 쥐스틴이 빨간 양초에 불을 붙이더니 대뜸 자크의 배에 올라타 무릎으로 팔을 찍어 누른다.

「손목에 길게 나 있는 이 상처들은 뭐야?」

「면도칼로 자살을 시도한 흔적들이야.」

그녀가 그의 이마에 입을 맞춘다.

「사람이 많아서 그랬는지 어땠는지 지옥에서 날 받지 않더라. 천국이야 이미 내가 자격을 상실했고.」

「이건 뭐야?」

동그스름한 어깨 끝에 죽죽 그어져 문신으로도 가려지지 않는 자국들을 가리키며 자크가 묻는다.

「난절법 문신이야. 사냥용 칼로 나 혼자 했어.」

그녀가 몸을 일으켜 등에 새긴 문신을 보여 준다. 해골, 일본 정원, 주사위, 스페이드 에이스, 오토바이, 고딕체로 새긴 갖가지 문구들. 〈우리가 존재한다는 증거는 무엇인가?〉, 〈나를 죽이지 못하는 것은 나를 더욱 강하게 만든다〉, 〈꽃을 심다 보면 언젠가는 우리도 꽃이 된다〉.

「철학 강의를 피부에 받아 적었어?」

그가 비아냥거린다.

그녀의 배에도 문장들이 적혀 있다. 어설픈 타투 솜씨 때문에 한참을 들여다보아야 겨우 뜻이 들어온다. 자크가 암호를 해독하듯 한 글자 한 글자 읽어 내려간다.

오늘 해야 할 일
1) 위험에 뛰어든다.
2) 나 자신을 사랑한다.
3) 누군가를 사랑한다.
4) 오르가슴을 느낀다.

그들은 음악을 들으면서 함께 파스타를 먹는다. 자크는 시간 감각을 상실한다. 몸이 나른해지자 그녀가 벽장에서 마른 풀이 든 조그만 비닐봉지 몇 개를 새로 꺼내 온다. 그들은 대마초를 피우고 피자를 두 판 시켜 맥주와 함께 먹는다. 그녀가 다시 스마트폰으로 핑크 플로이드의 노래를 튼다. 「위 시 유 워 히어」 앨범의 노래들이 흘러나오는 동안 그들은 부둥켜안고 잠이 든다. 자크는 〈늙은 자신〉과의 재회가 두려워 수면 5단계까지 내려가지 않으려고 신경을 곤두세운다.

다음 날, 그들이 종일 만난 사람은 마약 딜러 한 명뿐이다. 앞머리가 훤히 벗겨진 금발의 사내는 턱수염을 길게 기른 배불뚝이다. 그의 몸도 고딕 스타일의 문신으로 뒤덮여 있다. 코에 한 피어싱은 쇠코뚜레를 연상시킨다. 쥐스틴과 막역한 사이로 보인다.

「두 사람, 분위기 좋은데!」

옷가지와 음식 쓰레기가 바닥에 흩어져 있는 지저분한 방을 둘러보며 그가 말한다.

「파트리크는 철학 교사야.」

쥐스틴이 그를 소개한다.

「니체 전공이에요. 〈파괴를 통해 느끼는 기쁨〉, 〈다른 사람을 억압하지 않고 자유로워질 수 있는가?〉 같은 주제들에 관심이 많죠.」

「……뭐랄까……아주 〈독창적〉이네요.」

「젊은 애들이 열광하죠. 하지만 성적에 대해선 아주 엄격하게 해요. 인성을 형성하는 중요한 문제들에 대해서는 적당주의를 허용하지 않죠. 애들이 논리적으로 사고하고 합당한 논거를 제시할 줄 알아야 하니까요.」

「그런데 딜러 일은 어쩌다?」

「공무원 봉급이 워낙 변변치 않거든요. 겨우 집세만 낼 수 있어요. 할리 데이비드슨 오토바이 할부를 갚으려면 투 잡을 뛰지 않으면 안 되죠. 센시밀라[17] 좀 갖다줄까요? 암스테르담에서 곧 기똥찬 게 들어와요.」

파트리크가 돌아가고 나서 그들은 초를 켜고 다시 피자로 저녁을 때운다.

「널 만나기 전에는 침대에서 웅크리고 지냈어. 혼자서. 뭘 몰랐던 거지. 둘이서 같이 지내면 이렇게 재밌는데 말이야.」

자크가 흐뭇한 표정을 짓는다.

「우리 집에 나이가 진짜 많은 고모가 한 분 계셨는데, 예순이 되던 해에 자진해서 자리에 누웠어. 그때부터 사촌 언니가 간호사 겸 가사 도우미가 돼서 집에서 고모를 모셨어. 그 고모는 자기 방과 침대를 떠나지 않고 105살까지 살다 돌아

17 씨가 없는 마리화나 암그루.

194

가셨어. 정말 부러운 인생이지.」

「그것도 나름 괜찮은 삶의 방식이네.」

「자, 지금부터 우리가 침대 생활의 신기록을 수립해 보는 거야. 현재까지 공인 기록이 세 달이래. 침대를 내려가 바닥에 발을 디디면 절대 안 돼. 물건을 다 가깝게 붙여 놓고 용무는 전화나 컴퓨터로 해결하는 거야. 블라인드를 전부 쳐놓고 음식이랑 마약은 배달시켜 먹으면서 섹스를 하고 음악을 듣고 술을 마시는 거지. 어쩔 수 없는 경우를 제외하곤 침대 밖으로 나가지 않는 거야. 블로그에다 사진을 찍어 올리면서 기네스북에 등재해 달라고 요구하는 거지.」

자크는 그녀의 제안을 흔쾌히 받아들인다. 시간이 가는지 날짜가 가는지도 모른다. 뒤늦게 확인한 음성 메시지에서 샤를로트의 목소리가 흘러나온다. 그녀가 다시는 만나고 싶지 않다고 말한다. 두 번째 메시지. 절대로 만나고 싶지 않다는 샤를로트의 목소리에 독기가 서려 있다. 세 번째 메시지. 그가 돌아와도 용서하지 않겠다면서 그녀가 살짝 울먹인다. 네 번째 메시지. 한번 시원하고 솔직하게 해명이나 들어 보자며 그녀가 만남을 제안한다. 다섯 번째 메시지. 절대 그를 원망해서가 아니라 이 상황을 〈납득하기〉 위해서 마지막으로 한 번 그의 해명이 필요하다고 그녀가 애원하듯 말한다.

여섯 번째 메시지는 결석하는 이유를 궁금해하는 의과 대학 동료의 전화다. 일곱 번째 메시지는 우편물이 쌓여 있으니 찾아가라는 아파트 관리인 아주머니의 목소리다.

신기하게도 이런 소리들이 그와 무관하게 느껴진다. 다른 인간들이 스스로 종의 개체 수를 조절하기 위해 저지르는 전쟁과 전염병, 사고, 광신주의, 공해…… 등의 뉴스에 관심이 없어진다.

어느 날 밤, 주먹을 꼭 쥔 채 잠이 든 자크는 얼결에 수면 5단계까지 내려간다. 그동안 용케 피해 왔던 붉은 모래섬의 모래사장이 그의 눈앞에 다시 펼쳐진다.

33

 새치가 희끗희끗하고 얼굴에 잔주름이 몇 개 잡혔을 뿐 그와 똑같이 생긴 남자가 하와이언 셔츠에 반바지 차림으로 샌들을 신고 흔들의자에 앉아 있다. 그의 손에는 파인애플이 한 조각이 꽂힌 피냐콜라다가 들려 있다. 의자가 앞뒤로 움직일 때마다 삐걱삐걱 소리가 난다.

 「이런! 또 당신이야!」

 「반갑군, 〈과거의 나〉.」

 「날 좀 가만히 내버려 둬요!」

 「미안하지만, 쥐스틴의 아파트 밖에서는 심각한 상황이 벌어지고 있어. 엄마가 여전히 위험에 처해 있어.」

 「그〈엄마〉란 소리 좀 그만해요. 그렇게 부를 수 있는 사람은 나뿐이란 말이에요.」

 「내 어머니이기도 해. 어쨌든, 내가 여기 있는 건 사안이 중대해서야. 그러니까 내 말 잘 들어. 엄마는 살아 있어. 말레이시아에 가서 숲의 부족인 세노이족과 함께 지내고 있어. 그런데 지금 심각한 위험에 직면해 있어. 자네가 가서 구해야 해!」

 「당신이 그걸 어떻게 알아요?」

 「이미 말했잖아, 내가 미래의 자네라고. 그러니 자네가 모르는 걸 나는 당연히 알 수밖에. 나는 20년 후에 자네가 살아갈 세상도 알지만 현재의 자네인 내 모습도 기억하고 있어.」

「잘 아신다니 이 세상이 미래에 어떻게 바뀔지 한번 얘기해 보시죠.」

「아니, 그건 안 돼. 나비효과 때문에 자네의 현재(그러니까 나의 과거)에 조그만 변화만 생겨도 자네의 미래(그러니까 나의 현재)가 근본적으로 달라질 테니 말이야. H. G. 웰스의 〈타임머신〉을 비롯한 수많은 SF 소설과 〈백 투 더 퓨처〉 같은 영화를 탄생시킨 것이 바로 이 시간의 역설이야. 내가 자네한테 한 가지 정보만 줘도, 자네가 그걸 사용하면 상황이 완전히 뒤바뀔 수 있어. 내 존재 자체가 사라질 수도 있어.」

「예를 들면?」

「내가 로또 당첨 번호를 가르쳐 줘서 자네가 부자가 된다고 가정해 봐. 그래서 자네가 돈을 노린 강도의 공격을 받는 거야. 그럼 지금의 나는 없어지는 거지. 내 발명도 존재하지 않게 되고. 내가 지금처럼 자네 앞에 이렇게 서 있을 수가 없지. 엄마가 도움을 받을 가능성이 사라지는 거야!」

「당신이 미래에서 온 사람이 아니니까, 아예 존재하지도 않으니까 구렁이 담 넘어가듯 하는 거잖아. 빌어먹을 마약 때문에 내가 지금 헛것을 보는 게 분명해!」

「젠장! 젊었을 때 내가 이렇게 아둔했는지는 미처 몰랐어. 하여간 이 대화가 〈우리의〉 발명 덕에 가능하다는 건 알아 둬.」

「무슨 〈발명〉? 또 그 6단계 타령이에요?」

「그래, 그것과 연관이 있긴 있어. 하지만 내가 발명한 건 아톤Aton,[18] 즉 자연적인 꿈속 시간 승강기야.」

---

18 Ascenseur temporel onirique naturel(자연적인 꿈속 시간 승강기)의 약칭.

「이집트의 파라오 아케나톤이 이름을 따온 태양신 아톤처럼요?」

「맞아. 아크엔-아톤Akhen-Aton은 〈아톤에게 바치다〉는 뜻이지.」

「아톤이 시간을 거슬러 올라가는 기계인가 보죠?」

「오늘날, 자네 입장에선 20년 후가 되겠지, 물질이 빛보다 빠른 속도로 움직일 수 없다는 것이 명백해졌어. 고작 몇백 분의 1초 뒤로 입자를 이동시킬 수 있을 뿐이야. 그러니 몇 년은 고사하고 단 몇 분도 과거로 돌아가기는 불가능해. 자신의 출생 순간을 지켜보는 건 상상도 할 수 없는 일이지.」

「그럼 아톤이라는 기계는 용도가 뭐죠?」

「우선, 아톤은 기계가 아니야. 뉴턴, 나아가 아인슈타인의 물리 법칙에서도 벗어나는 꿈의 차원에서만 작동 가능한 원리야. 꿈의 세계는 물질세계에서 불가능한 것이 가능해지는 전혀 새로운 시공간이라고 할 수 있어. 현실에서 우리를 제약하는 모든 것으로부터 벗어나 있지. 그 덕분에 내가 지금 자네와 마주할 수 있는 거야.」

「한마디로 아톤은…… 꿈속에서 시간을 되돌아가게 해주는 원리군요?」

「더 정확히 말해, 젊은 시절 자신의 꿈속에서만 시간을 거슬러 올라가게 해주지.」

남자가 흔들의자에서 일어나 걸음을 옮기며 자크에게 뒤따라오라는 손짓을 한다. 열대의 섬을 찾은 휴양객들처럼 나란히 해변을 걷는 동안 자크는 방금 들은 정보를 이해해서 자기 것으로 만들기 위해 혼잣말을 한다.

「젊은 시절 자신의 꿈속에서 시간을 되돌아가게 해주는

기계…… 물질의 물리학 법칙에서 벗어난다……. 나더러 이 걸 믿으라고요?」

「그 증거가 여기 있잖아. 바로 나 말이야.」

남자가 걸음을 멈추더니 자크를 마주 보고 선다. 정확히 같은 키다. 검은 머리 자크가 새치 머리 자크에게 다가가 얼굴을 어루만진다. 실제로 존재하는지 직접 확인할 태세다. 젊은 자크의 손끝이 윌프리드가 남긴 Y 자 모양 상처에 한동안 머무르다 턱과 얼굴에 파인 주름살을 따라 천천히 오르내린다.

「서로 구분이 쉽게 이니셜 뒤에 나이를 붙여 부르는 게 좋겠어. 자네는 스물여덟 살 자크 클라인이니까 〈JK 28〉, 나는 마흔여덟 살 자크 클라인이니까 〈JK 48〉, 이렇게 말이야.」

20대의 자크는 말없이 상대의 얼굴을 매만지고 있을 뿐이다. 노화가 진행 중인 입체 거울에서 눈을 떼지 못한다.

「제가 발명을 해서 오늘의 이런 만남이 가능해졌다는 거죠?」

「정확히 20년 뒤에.」

JK 28이 고개를 주억거리며 상대의 희끗희끗한 머리를 쓸어내린다. 가발인지 아닌지 손으로 만져 봐야겠다는 뜻이다.

「물론 굉장한 발명이 되겠죠……. 젊을 적 자신의 꿈속으로 돌아가 그 시절의 자신과 얘기를 나눌 수 있게 해주는 기계라면.」

「발명은 이미 〈기정사실〉이야.」

「못 믿겠어요. 당신은 내 무의식이 보낸 망상이 틀림없어요. 내 밖에 존재하는 것이 내 꿈속에 들어와 있을 리 없어요.

절대.」

「어차피 자네가 믿고 안 믿고는 중요하지 않아. 지금 중요한 건 내가 자네를 설득해서 엄마를 구하게 말레이시아로 보내는 거지.」

「내가 왜 꿈속 조언대로 해야 하죠? 왜 쥐스틴을 놔두고 내가 알지도 못하고 나와 아무 상관도 없는 나라로 날아가야 하죠? 내가 정말 당신 말대로 할 것 같아요?」

「그게 최선이야. 자네를 위해서, 나를 위해서, 그리고 엄마를 위해서.」

「내가 눈을 뜨는 순간 당신은 사라지고 모든 게 제자리를 찾을 거예요.」

JK48이 그를 바라보며 안타까운 표정을 짓는다.

「이것만은 피하고 싶었는데, 자네가 말을 들으려 하지 않으니 협박 카드를 쓸 수밖에 없겠어.」

「나 참! 꿈속에서 미래의 나 자신에게 협박을 당해? 살다 살다 별소릴 다 듣네!」

젊은 자크가 노골적으로 비아냥거린다.

「꿈의 세계에서도 자네한테 물리력을 행사할 방법이 있어. 고통스럽기 때문에 가급적이면 쓰지 않으려 했지만 자네가 이렇게 나오니…….」

「제가 겁먹을 것 같아요?」

「그래야 할 거야.」

「절대…… 꿈에도 그럴 일은 없어요. 이미 결정은 내려졌어요. 전 말레이시아에는 안 갑니다. 자, 그럼 이만, 안녕히!」

자크가 눈을 뜨려고 하지만 몸이 말을 듣지 않는다. 당황한 그가 다시 눈꺼풀을 들어 올리려고 애를 써보지만 소용이 없다. 꿈속에 갇히고 말았다. 이 순간, 여전히 딱한 표정을 짓고 있는 JK 48이 두 손가락을 가볍게 튕기자 파도와 새 소리, 나뭇잎을 흔드는 바람 소리가 일제히 멎는다. 쥐스틴이 코를 고는 소리가 들리기 시작한다.

「어떻게 된 일이죠?」

「의학 용어로 〈수면 마비〉라고 하지. 자다가 우연히 일어나는 현상인데, 이번은 자네가 내 뜻을 거역하지 못하게 일부러 만들었어. 자네한테 물리력을 행사하는 나름의 방식이지.」

「꿈속 인물이 어떻게…….」

「솔직히 나도 자네한테 이런 식으로 고통을 주기는 싫어. 하지만 자네는 즉시 말레이시아에 있는 세노이족한테로 가야 해. 이 상황을 정상으로 되돌릴 수 있는 사람은 자네뿐이야.」

그러자 또다시 당혹스러운 일이 벌어진다. 붉은 모래섬 위로 떠오르던 아침 해가 일순간에 빛을 잃더니 갈색 장막이 자크의 눈앞을 가린다. 유일하게 보이는 이것이 안쪽에서 내다보이는 자신의 눈꺼풀임을 인지하는 순간, 자크는 사지를 움직이려고 안간힘을 쓰지만 소용이 없다.

34

그는 움직임이 없는 뻣뻣한 몸에 갇혀 있다.

옆에 누운 쥐스틴이 부스럭거리는 소리가 난다. 도움을 기대했으나 그녀는 그의 이마에 뽀뽀를 해주고 나서 혼자 침대를 내려간다.

내가 자는 줄 알고 있어! 이름을 불러야겠어.

〈쥐스틴! 쥐스틴!〉

분명히 신경 임펄스를 전달했는데 목구멍과 입술과 혀는 소리를 내보내지 않는다. 이 모든 것이 악몽일지도 모른다고 생각하지만, 몸을 꼬집어 확인해 볼 수조차 없다!

정신과 육체의 연결이 되살아나길 간절히 기다리는 수밖에 없다.

그가 몸을 움직이지 못한다는 걸 쥐스틴이 눈치채 주길 기도하거나.

비정상적으로 오래 자고 있는 남자 친구가 걱정이 된 그녀가 역시 그를 살살 흔들어 깨운다. 점점 세게 붙잡고 흔들다가 갑자기 몸을 홱 젖혀 천장을 보게 눕혀 놓고 가슴에 손을 얹는다. 그녀가 날카로운 비명을 내지른다. 겁에 질린 그녀가 누군가에게 전화를 걸어 얘기하는 소리가 자크의 귀에 들리지만 내용은 들어오지 않는다. 전화를 끊은 쥐스틴이 다시 그를 마구 흔들어 깨워 보지만 소용이 없다.

　드디어 현관 초인종이 울린다.

　귀에 익은 목소리. 마약 딜러 겸 철학 교사인 파트리크가 틀림없다.

　「별일이야 정말! 어떻게 이런 일이 있어? 오늘 아침부터 이 상태로 꼼짝을 안 해.」

　파트리크가 손목의 맥을 짚어 보고 가슴을 만지고 목정맥을 눌러 보는 느낌이 그에게 전해진다.

　심장이 멎었거나 박동이 거의 없는 건가? 깊은 꿈을 꾸는 동안 뇌졸중이 일어난 것 같아. 몸이 마비되니까 아무것도 할 수 없는 거야. 눈을 뜨거나 입이라도 열 수 있으면 좋겠는데!

　자크는 마음을 진정하면서 냉정하게 상황을 분석하기 시작한다.

　엄마가 수면 마비에 대해 얘기해 준 적이 있어. 깊은 잠에서 표면으로 상승하는 과정이 너무 빨리 일어나서 생긴다고 했어. 그래, 수면 마비가 일어난 게 분명해. JK48이 수면 단계를 전부 건너뛰고 나를 5단계에서 0단계로 바로 올려 보내는 바람에 일종의 〈버그〉가 생긴 거야. 그래서 꿈의 세계와 현실 세계 사이에 끼어 오도 가도 못하게 된 거야. 자기 말을 듣지 않으면 가만두지 않겠다고 그가 경고했지.

　다시 꼬집고 만지고 잡고 흔드는 느낌이 온다. 몸을 마음대로 부리지 못하는 심정은 참담하기 그지없다. 두툼한 손가락이 그의 눈꺼풀을 벌린다. 동공아, 제발 좀 움직여다오! 그러나 여전히 꿈쩍을 하지 않는다.

「죽었어?」

쥐스틴이 묻는다.

「그런 것 같아.」

「과다 복용인가?」

「어제 뭘 먹었는데?」

「자기 물건이지. 나는 양이 좀 적었어.」

「알레르기인가?」

「마리화나 알레르기로 사람이 죽을 수도 있어?」

「글쎄, 난 의사가 아니니까. 하지만 나도 한번 새우를 먹고 급성 알레르기 반응으로 죽다 살아난 적이 있어. 암스테르담에서 애들이 효능을 높인답시고 스트리키니네나 모르핀 같은 걸 섞어 장난을 쳤을 수도 있지. 네덜란드 놈들이 풀을 가지고 무슨 짓을 하는지는 알 수가 없잖아. 요즘은 아무나 마약을 파니까 딜러를 믿을 수가 없어. 대마에 구두약을 섞지 않나 코카인에 화장실용 액체를 섞지 않나. 가공되지 않은 생약을 구하는 건 그야말로 하늘의 별 따기야!」

또다시 몸에 손을 대는 느낌이 온다. 파트리크가 그의 눈꺼풀을 쫙 벌려 놓고 얼굴을 들이민다. 두 홍채의 만남.

「네 남친, 숨 끊어졌어.」

철학 교사가 사망 진단을 내린다.

「고깃덩어리야. 부패는 시간문제 같아.」

「어떡하지? 의사를 부를까? 구조대에 연락할까?」

쥐스틴이 우왕좌왕한다.

쳐들렸던 눈꺼풀이 다시 내려오는 순간부터 자크는 소리에만 의존한다.

「경찰 수사가 당연히 시작되겠지. 형사들이 올 테고, 피를 뽑아서 마약을 했다는 사실을 밝혀내겠지. 드라마 CSI 봤지? 지문을 채취하고 DNA 검사를 하면 너랑 나는 골치 아프게 되는 거야. 그런 위험을 감수할 순 없지.」

「그럼 어쩌자고? 파트리크, 어떡해?」

쥐스틴은 이미 제정신이 아니다. 몸에 갇힌 답답한 느낌이 커져만 가자 자크가 다시 한번 팔을 움직여 보지만 아무 반응이 오지 않는다. 신경이 내리는 명령이 전혀 듣지 않는 상태에서 그는 73킬로그램의 무력한 육체에 갇힌 정신에 불과하다.

「시체를 없애야지. 이 사람이 여기 오는 걸 누가 봤어?」

「피자 배달원들은 문턱을 넘지 않았으니까 이 사람이 여기 있는 건 자기 말곤 아무도 몰라.」

「좋아. 선택의 여지가 없어. 〈처리〉하자.」

「어떻게 할 셈이야? 산성 물질로 녹여? 갈아 버려? 태우게?」

「아니. 어떻게 하든 이빨은 남잖아.」

「그럼 어떡해? 뭐든 좀 해봐! 이 상태로 그냥 가버리면 안 돼! 〈이걸〉 계속 방에 놔두긴 싫단 말이야.」

「잠깐 기다려 봐. 시체를 안전하게 처리할 좋은 방법이 하나 생각났어.」

가구를 이리저리 끄는 소리가 귀에 들린다. 어깨와 다리가 붙잡힌 자크가 카펫에 놓인다. 카펫이 둘둘 말려 철학 교사 겸 마약 딜러의 어깨에 얹힌다. 문이 열리는 소리가 난다.

「여기 엘리베이터가 너무 좁아서 계단으로 운반해야겠어. 발을 좀 잡고 있어.」

그의 몸이 아래쪽으로 기운다. 두 사람이 한 계단씩 내려갈 때마다 몸이 이리저리 쏠린다. 자크의 귀에 생경한 목소리가 들린다. 이웃이 등장한 모양이다.

「오랜만이에요, 마드무아젤.」

「안녕하세요, 카라 씨.」

「낡은 카펫을 중고로 내다 팔려나 보네요.」

「네.」

「무거워 보이는데 도와줄까요?」

「아니요, 괜찮아요.」

다시 걸음을 떼기 시작한 쥐스틴이 갑자기 카펫을 잡고 있던 손을 놓는 순간, 자크는 극심한 통증을 느낀다. 하지만 신경 신호는 몸에서 뇌로만 전달될 뿐 반대 방향으로는 전해지지 않는다. 쥐스틴과 파트리크는 움직임이 없는 자크를 파트리크의 비좁은 차 트렁크에 가까스로 집어넣는다.

자크는 절망감에 휩싸인다.

어떻게든 몸을 움직여야 하는데.

30분가량 달리자 차 트렁크가 다시 열린다. 그는 바닥으로 내동댕이쳐진다.

「매달 수 있는 걸 찾아야 해.」

파트리크가 전문가의 소견을 밝힌다.

「이만큼 큰 돌이면 되겠어?」

「아니. 훨씬 무거운 게 필요해. 여기 있다! 자, 넌 줄을 가지고 이 사람 발을 묶어. 그러면 내가 큰 시멘트 블록을 매달게. 이렇게 하면 가라앉힐 수 있을 거야.」

가라앉힌다고? 방금 가라앉힌다고 했지? 젠장! 날 물속에 던져 없애려는 거구나!

「나는 매듭을 잘 못 맺는데, 이 정도면 돼?」

쥐스틴이 묻는다.

「아니, 더 세게 묶어. 잘못하면 수면으로 다시 떠오를 거야. 익사체들이 다 그렇더라고.」

쥐스틴의 몸이 그 자리에 얼어붙는다.

「사람 소리가 났어!」

「그만 좀 떨어! 여기, 이 시간에 우리를 방해할 사람은 아무도 없어. 어차피 네 시체한테는 가족도 없고 엄마도 실종됐다면서. 자, 걱정 말고 아까처럼 발을 잡아. 운하로 멀리 던져 버리면 끝이야……. 잠깐만, 안 되겠다, 다시 내려놔 봐.」

「뭐가 문제야?」

「발에 단 거 말이야. 무게가 충분하지 않아. 세 번째 벽돌을 달아야겠어. 여기 있네!」

방법은 오직 한 가지뿐이라는 걸 깨달은 자크는 꿈의 세계로 다시 내려가기로 마음먹는다. 이어 꾸기 기술을 이미 터득한 그는 2단계, 3단계, 4단계를 차례로 지나 금세 역설수면에 도달해 붉은 모래섬을 찾는다. 하와이언 셔츠를 걸친 늙은 자크가 흔들의자에 앉아 피냐콜라다를 홀짝거리고 있다.

「JK 48! 어떻게 좀 해봐요!」

「지금 나더러 자네를 위해서 뭘 해달라는 거야? 부탁이 그거야?」

「빨리요. 저들이 날 물에 빠트려 죽이려고 해요!」

「내 조건이 뭔지는 알겠지?」

「아니요……. 그래요, 예…… 알아요…….」

「내가 이 민감한 상황에서 자넬 구해 주면 자네는 쥐스틴 과 침대에서의 삶, 마약을 뒤로하고 즉시 말레이시아에 있는 세노이족을 찾아가서 엄마를 구하는 거야. 약속하지?」

「빨리요!」

「맹세하지?」

「일단 구해 주고 나중에 다시 얘기해요. 날 살려 줘요, JK 48! 제발 부탁이에요!」

「내가 이 정도 힘을 행사할 만큼 실재하는 사람이라는 걸 이제 인정하나?」

「서둘러요!」

「자네가 나 몰라라 하면 내가 어차피 다시 수면 마비를 걸 거야. 경고했어.」

「말은 할 만큼 했으니 이제 날 좀 구해 줘요, 젠장!」

「위험을 해야 얘기가 먹히니 참 안타까워. 자네가 자발적 이고 적극적으로 나서 줬더라면 얼마나 좋았을까! 공포를 느껴야 바람직한 선택을 하니, 나 참. 눈 감아. 내가 〈제로〉 하 고 말하는 순간 눈이 떠질 거야. 다섯, 5단계를 이제 떠나. 넷, 깊은 잠 속에 있지만 계속해서 현실로 올라가고 있어. 셋, 올 라가면서 얕은 잠에 가까워지고 있어. 둘, 이제 얕은 잠이야. 하나, 조금 있다 잠이 깰 거야. 눈이 떠지고 정상적인 세상이 보일 거야. 자, 제로 하면 눈을 뜨는 거야. 준비…… 제로!」

하늘에 떠 있는 달이 제일 먼저 자크의 눈에 들어온다. 비 명 소리와 함께 네 개의 손이 일제히 그를 놓는다. 바닥에 떨 어지는 순간 자크는 허리가 두 동강 나는 듯한 통증을 느낀다.

쥐스틴이 자지러지게 비명을 지른다.

「아아악! 아직 살아 있어!」

파트리크가 사지를 벌벌 떨면서 뒷걸음질 친다.

주변을 빙 둘러본 자크는 자신이 운하를 바라보는 공터 같은 곳에 와 있다는 사실을 알게 된다. 그는 묵직한 시멘트 블록을 세 개 달고 다리에 감겨 있는 긴 줄을 풀어 버린다. 벌써 차에 오른 쥐스틴과 파트리크는 어둠 속으로 줄행랑을 치고 있다.

혼자 남겨진 자크는 넋이 나간 얼굴로 우르크 운하의 거무튀튀한 물을 바라보고 있다. 지금까지 벌어진 일과 하마터면 겪었을 불상사를 다시 떠올리는 순간 온몸에 소름이 오싹 끼친다.

툭툭 빗방울이 듣기 시작한다. 걷다 보니 차츰 정신이 맑아진다. 어느새 그는 엄마를 찾을 수 있다는 희망을 품고 있다.

제2막 **꿈과 동행하다**

35

파리 한 마리, 두 마리, 세 마리, 백 마리. 윙윙거리는 소리에 정신이 아득해진다.

자크 클라인은 쿠알라룸푸르 중앙 시장에 와 있다. 오랫동안 세계 최고층 빌딩으로 꼽힌 페트로나스 트윈 타워를 비롯한 초현대식 빌딩들을 마주 보고 있는 시장은 인파로 북적인다. 지나가는 차들은 쉴 새 없이 경적을 울려 댄다. 경적 소리에 아랑곳하지 않고 부자들이 탄 고급 승용차들 앞을 느적느적 지나가는 행인들은 운명의 저주를 받은 존재로 여겨지는 사람들이다. 욕지거리와 싸구려 물건을 파는 장사치들의 악다구니 소리가 시장을 가득 메운다. 고물 디젤 자동차들이 뿜어내는 배기가스가 튀김 냄새와 무더위 속에서 푹푹 썩는 쓰레기의 악취와 뒤섞인다.

이날 아침에 도착한 쿠알라룸푸르는 자크에게 무질서와 혼돈으로 다가온다. 현대성과 중세성, 서양과 극동, 이슬람교, 애니미즘까지 뒤섞여 탈 없이 공존하는 도시다. 행인들이 굴처럼 끈적끈적하고 누리끼리한 가래침을 연신 퉤퉤 뱉으며 걸어간다. 으흠으흠 하는 경고성 마른기침 뒤에는 어김없이 점액 분사가 따라온다. 가래침을 뱉어 마음속 울적한 기분을 내보내는 게 건강에 좋다고 현지 주민들은 생각한다.

대부분 히잡으로 얼굴을 가리고 외출하지만 여자들은 남자가 시야에 들어오면 시선부터 내리깐다. 올망졸망한 아이

213

들을 데리고 다니는 기혼 여성들의 불룩 솟은 배는 낯선 이의 접근을 막아 주는 보호막이다. 화교 여성들과 소수 불교 여신도들은 얼굴과 손을 드러내고 다니지만 사내들의 휘파람 소리를 피해 종종걸음을 걷는다. 결혼하기 전에는 여자 손도 잡지 못하게 하는 풍속 때문인 듯, 젊은 남자들이 자기들끼리 손을 꼭 잡고 다닌다.

우글거리는 인파 위에 대형 광고 전광판들이 구름처럼 떠 있다. 무설탕 탄산음료와 독일제 자동차, 미제 담배, 중국산 전자 제품, 프랑스 향수, 태국 드라마 광고, 도로 안전과 가족의 가치와 기도의 중요성을 강조하는 공익 광고들이 무질서하게 뒤섞여 있다. 긴축 재정과 엄격한 종교적 도덕성을 강조하는 듯한 정의와 자유당 출신 신임 총리의 국정 홍보 광고가 유독 눈길을 끈다. 초대형 해양 수족관 개장을 홍보하는 말레이시아 관광청 광고 속에서 운신도 힘들어 보이는 비좁은 수조를 헤엄치는 순한 돌고래들을 아이들이 쓰다듬어 주고 있다.

두 사람, 많게는 다섯 사람이 탄 전동 스쿠터들이 인파 사이를 지그재그로 빠져나간다. 암탉들을 넣은 철제 격자 바구니와 배가 불룩한 아이들의 책가방을 싣고 달리는 스쿠터들도 눈에 띈다. 마주치는 얼굴들마다 기쁨이 넘친다. 다들 성공의 상징인 금니를 드러내며 환한 미소를 짓는다.

자크 클라인은 잘란 암팡 196번지에 위치한 프랑스 대사관에 도착한다. 흰색 철문 앞에 서 있는 경비원에게 여권을 보여 주고 나서 여러 대의 감시 카메라를 향해 멋쩍은 미소를 날리면서 출입구를 통과한다. 지금은 벙커로 변한 옛 식민지 시대의 대저택에 설치된 보안 시스템을 지나갈 때마다 자크는 수시로 신분증을 제시한다. 한참을 기다려서야 안내를 받아 문화과로 향한다.

「카롤린 클라인이라고 했어요?」

서른 살가량 돼 보이는 담당자의 이름은 미셸 드 빌랑브뢰즈. 플라스틱 같은 광택이 나는 가발이 19세기 사람처럼 정갈하게 왁스를 바른 도톰한 콧수염과 잘 어울린다. 그가 컴퓨터 자판을 토닥거리고 나더니 아쉬운 표정을 짓는다.

「죄송하지만 없네요. 그런 이름을 가진 사람은 온 적이 없어요. 매년 수천 명의 프랑스 관광객이 말레이시아를 찾는데, 우리 전산에 다 등록되는 건 아니에요. 불안한 사람들만 찾아와 정보를 올리죠.」

「세노이족은 어떻게 찾아가야 하죠? 우리 어머니가 세노이 부족을 찾아 떠나셨거든요. 어머니는 수면을 전공하는 신경 생리학자셨, 아니 신경 생리학자세요. 그 부족을 꼭 만나 보고 싶어 하셨죠.」

문화 담당관이 돌연 흥미를 나타낸다.

「세노이족을 알고 계시다니 놀랍네요! 저도 관심이 있어 그 사람들 소재가 궁금했어요. 소설에서 그 부족 얘기를 읽고 논문을 써볼까도 했죠.」

「어디로 가면 찾을 수 있을까요?」

「지금은 알 수가 없어요. 유목 민족이라 수시로 옮겨 다니거든요. 기후에 따라 철마다 이동하죠. 사냥과 채집이 쉬운 곳을 찾아다녀요. 역사가 정말 오래된 부족이죠.」

미셸 드 빌랑브뢰즈가 자리에서 일어나더니 서류가 가득 든 목재 캐비닛을 뒤지기 시작한다.

「몇 달 전에 조심하는 차원에서 신고를 하고 간 기자가 한

명 있어요. 어디 보자…….」

한참 서류를 뒤지던 문화 담당관이 죽은 USB가 그랬듯이 콧수염을 매만지고 정돈하면서 뿌듯한 표정을 짓는다.

「아, 찾았다! 프리랜서 리포터예요. 6개월 전에 찾아 왔었죠. 세노이족을 찾아 중부 삼림 지대로 갈 계획이라고 했어요. 세노이족도 세노이족이지만 거친 벌목꾼들이나 밀렵꾼들과 마주칠까 봐 걱정을 하더군요. 이후로 소식이 없는 걸 보면 취재를 마치고 프랑스로 돌아갔거나 아예 포기했거나 둘 중 하나겠죠. 어쨌든 세노이 부족을 아주 잘 아는 사람으로 보였어요.」

「혹시라도 그 기자가 아직 쿠알라룸푸르에 있다면, 어딜 가야 만날 수 있을까요?」

상대가 공무원 특유의 조심스러운 태도를 보인다.

「통상적으로 그런 개인 정보는 제가 알려 드릴 수 없어요.」

가발을 쓴 콧수염 사내가 지금 비장의 카드를 꺼내 든 것이다. 자크는 〈자물쇠마다 맞는 열쇠가 다 달라서〉 진실보다는 상대방이 듣고 싶어 하는 얘기를 해주는 게 현명하다던 엄마의 조언을 떠올린다. 그는 자신의 특이한 수면 행태나 말레이시아에 올 수밖에 없었던 난처한 사정에 대해서는 말을 아끼기로 한다. 잠시 고민에 빠진 자크의 눈에 문화 담당관의 책상에 놓인 사진 한 장이 들어온다. 대가족이 함께 모여 찍은 가족사진이다. 하지만 지금 상황에서 가족이라는 소재가 돌파구가 될 것 같진 않다. 이때, 책이 빼곡히 꽂힌 큰 책장이 자크의 눈길을 끈다. 책상에도 펼쳐진 책이 여러 권 있다.

「소설을 쓰는 데 필요해서 그래요.」

문화 담당관의 표정이 돌변한다.

「아? 작가세요?」

「말씀을 안 드리려고 했는데, 괜히 제가…….」

「작가분들을 제가 정말 좋아해요! 사실 저도 글을 조금 끼적거리거든요. 지금은 시 한두 편 쓰는 정도지만……. 언젠가는 소설에 도전해 보고 싶어요.」

자크의 시선이 벽에 걸린 세계 전도로 향한다. 문화 담당관이 압정을 꽂아 지금까지 다녀온 지역들을 표시해 놓은 게 보인다.

「이국적인 나라들을 자주 여행하다 보면 흥미로운 일화도 참 많겠네요.」

미셸 드 빌랑브뢰즈의 태도가 한결 나긋해졌다.

「세노이족을 소재로 소설을 쓰려는 거군요?」

「네, 세노이족과 이들에게서 영감을 받아 저희 어머니가 하신 수면 연구에 대해 써볼 생각이에요. 대작을 구상하고 있어요.」

「그렇다면 제가 당연히 도와드려야죠. 혹시 어려운 부탁 하나 드려도 될까요? 윗분들이 프랑스 문화의 고양을 위해 제가 얼마나 애쓰는지 아실 수 있게 감사의 말에서 저를 좀 언급해 주셨으면 해요.」

「그래, 세노이족에 대해 잘 안다는 그 기자분 이름이 뭐죠?」

「모습을 감추기 전에 파라다이스라는 곳에 자주 나타났다고 들었어요. 도박장이죠. 거기 가면 혹시 찾을 수 있을지도 몰라요. 이름과 정확한 주소를 적어 드리죠. 가보면 알겠지만 기자들과 프랑스인들이 많이 드나드는 곳이에요.」

36

썩은 물에서 퀴퀴한 지린내가 올라오는 순가이 클랑강 지류에 누런 해초로 뒤덮인 구식 정크선들과, 시장과 절친한 마피아들이 소유한 흰색 플라스틱 소형 보트들이 나란히 떠 있다. 현대식 보트에서 나오는 마피아들 옆에는 검은 선글라스를 쓰고 귀에는 이어폰을 꽂고 무기가 들어 있음 직한 가슴팍에 한 손을 얹은 우람한 체구의 경호원들이 그림자처럼 붙어 있다.

꼬리를 움직여 방향을 잡고 목표물을 정하는 쥐들이 정크선들 사이를 후다닥후다닥 지나다닌다. 아가리를 벌린 물뱀에게 순식간에 목이 물려 탁한 강물 속으로 끌려 들어가는 쥐들도 간간이 눈에 띈다.

어느 순간 하천의 악취가 사라지고 캐러멜과 고추, 강황, 젓갈, 정향 같은 음식 냄새가 코를 찌른다.

자크의 목적지가 가까워져 오고 있다.

거리는 발 마사지사들, 걸인들, 점쟁이들로 북적거린다. 생김새가 특이하고 향이 강한 온갖 양념을 늘어놓은 노점들은 손님들로 북새통을 이루고 있다. 다닥다닥 밀집한 노점들 사이에 쭈그리고 앉은 사내들의 손에 들린 막대기에 몸을 휘감은 뱀들이 꿈틀꿈틀 움직이고 있다. 껍질을 벗기고 줄에 매달아 빨래집게로 고정해 놓은 뱀들의 거무튀튀한 피가 바닥으로 흘러내린다. 간이 짭짤한 보신탕용 고기를 만들기 위해 펄펄 끓는 물에서 산 채로 개를 삶고 있는 모습도 보인다. 짖지 못하도록 개들의 주둥이에 줄을 묶어 놓았다. 길거리 곳곳에서 사람들이 음식을 먹고 있다. 아이들은 핏물이 흐르는 동물 부산물을 들고 도랑에서 장난을 치고 있다.

노점상들이 정체를 알 수 없는 튀김을 권한다. 젊은 여자들이 그의 귀에 대고 가격을 말해 준다. 어린 소년 하나가 걸쭉한 기름이 끓고 있는 시커먼 튀김 냄비에서 튀긴 바퀴벌레를 꺼내 맛을 보라고 준다. 비슷하게 앳된 예쁘장한 소년이 완벽한 발음으로 〈저 프랑스어 할 줄 알아요, 사장님 I speak French, sir〉 하며 다가와 그에게 시내 관광을 시켜 주겠다고 한다.

사람을 취하게 하는 분위기와 풍경 속에서 자크는 목표를 잊지 않은 채 걸음을 옮긴다.

걸인들이 그의 바짓가랑이를 붙잡지만 그는 고개를 가로젓는다. 그는 검은 머리를 쓸어 넘기며 냉정을 유지하려고 애를 쓴다. 어느새 장사치들이 나타나 껍질이 벗겨진 채 죽어가는 뱀들과 철장에 갇힌 새들을 그의 눈앞에 대고 흔들어댄다. 한 사람이 적갈색 액체가 든 잔을 불쑥 내민다. 단숨에 들이켜면 원기 회복에 좋다는 뱀의 피다. 자크는 아랑곳하지 않고 걸음을 재촉한다. 이번에는 갖가지 희한한 튀김들과 함께 걸쭉한 갈색 튀김 기름 속에 잠겨 있는 도마뱀들과 거미들이 보인다.

자크 클라인은 잘란 페탈링 거리에서 한참을 헤맨 끝에 낡은 담벼락에 적힌 번지를 보고 파라다이스를 찾아낸다.

메뉴판만 없지 건물 외관을 보면 영락없는 식당이다. 거대한 검은 용이 여의주를 껴안은 그림이 그려진 빨간색 커튼

219

이 입구를 가리고 있다. 커튼을 젖히자 병원 침대를 연상시키는 침대들이 줄지어 놓여 있는 큰 방이 나온다. 회색과 황적색 무늬가 찍힌 검붉그스름한 시트들이 덮여 있다. 여기서는 고체나 액체가 아닌 기체를 팔고 있다. 대부분의 손님들이 긴 파이프를 입에 물고 침대에 누워 있다. 향이 강한 아편알이 대통에서 바작바작 타들어 가는 소리가 난다.

아편굴.

웃옷을 벗고 눈을 반쯤 감은 채 늘어져 있거나 누워서 자고 있는 사내들이 보인다. 면 사롱을 두른 날씬하고 젊은 여성들이 침대 사이를 돌아다니며 재로 변한 갈색 아편알을 갈아 끼워 주고 있다. 파이프를 문 입이 뻐끔하는 순간 대통 주변이 발그스름해지면서 사내들의 주름진 얼굴과 게슴츠레한 눈이 드러난다.

인터넷에서 미리 기자의 얼굴을 확인하고 왔지만 대부분이 팔로 얼굴을 가리고 있어 확인이 쉽지 않다. 자크는 방 안을 부지런히 오가는 아가씨 한 명에게 말을 붙인다.

「샤라 씨라는 분을 찾고 있어요. 프랑키 샤라.」

손님들의 이름이나 성은 모른다는 대답이 영어로 돌아온다. 자크는 하는 수 없이 방을 누비며 기자를 찾기 시작한다.

「샤라 씨? 혹시 프랑키 샤라 씨 아니에요?」

자크는 서양인으로 보이는 실루엣들에게 다가가 작은 소리로 묻는다.

눈을 뜨는 사람은 극히 드물고, 밭은기침을 뱉거나 구시렁대는 사람들이 대부분이다.

나이 지긋한 사람이 걸어오더니 영업에 방해가 된다며 자크에게 주의를 준다. 그가 아랑곳하지 않고 계속 이름을 부르며 방 안을 돌아다니자 손님들이 짜증을 내며 소리를 지른다. 사장이 험상궂게 생긴 덩치를 불러온다. 그가 자크의 앞을 가로막더니 만국 공용어로 한마디 내뱉는다.

「아웃Out!」

자크는 못 들은 척하고 침대 사이를 돌아다니며 줄기차게 이름을 부른다. 〈샤라 씨? 여기 혹시 프랑키 샤라 씨 계세요?〉 눈 깜짝할 사이에 우람한 사내가 그를 잡아 인도 바닥에 메다꽂는다.

자크는 포기하지 않고 파라다이스 출입구 앞에 진을 친다. 한 시간여 만에 드디어 손님 하나가 비틀거리며 가게를 나선다. 인터넷에서 확인한 사진과 똑같이 푸석푸석하게 부은 얼굴에 덥수룩한 턱수염, 파랗고 큰 눈을 가진 남자다. 자크는 일단 미행을 하기로 마음먹는다. 남자가 터덜터덜 걸음을 옮긴다. 수시로 비틀비틀하다가는 기운을 차리려는 듯 이따금 걸음을 멈추기도 한다. 그러다 큰길을 건너는 도중에 갑자기 길 한복판에서 쓰러진다. 달려오던 차 한 대가 간신히 그를 피해 지나간다. 두 번째 차 역시 그를 비켜 가면서 경적을 울리지만 그는 일어날 생각을 하지 않는다. 이 장면을 목격한 소년 하나가 달려가 그를 돕는 척하더니 슬쩍 주머니에 손을 찌른다. 자크가 뛰어가 소년을 쫓아 버리고 남자를 부축해 일으킨다. 그들은 신경질적으로 경적을 울려 대는 차들을 피해 간신히 인도에 올라선다. 무거운 몸뚱이가 바닥에 닿는 순간 남자는 코를 골기 시작한다. 흔들어 깨울까 하다가 자크는 일단 소매치기들이 다시 접근하지 못하게 곁에서 지켜보기로 한다. 10여 분쯤 지났을 무렵 샤라가 소스라치듯 눈을 뜬다.

「소매치기가 달려드는 걸 내가 쫓았어요.」

「흠…… 고마워요. 프랑스에서 온 관광객이세요?」

「당신을 찾아 파라다이스에 왔어요. 얘기 좀 할 수 있을까요? 당신이 세노이족을 잘 안다고 들었어요.」

남자가 몸을 더듬어 잃어버린 물건이 없는지 확인하다 지갑이 손에 잡히자 안도의 표정을 짓는다.

「누가 그래요?」

「대사관 문화 담당관인 미셸 드 빌랑브뢰즈한테 들었어요.」

「난 결국 그 르포는 시작도 못 했어요. 미안하지만 당신한테 별 도움이 안 될 것 같아요.」

「그래도 얘기나 한번 나눠 보고 싶은데, 어때요?」

「그렇다면 밥부터 사요. 배가 무지 고프네. 난 음식이 들어가야 생각이 정리되는 사람이에요.」

「기꺼이 사죠. 특별히 좋아하는 식당이 있어요?」

「링 식당으로 갑시다. 말레이시아 음식이 궁금한 사람은 꼭 한 번 가야 하는 이 도시의 〈대표적인〉 식당이죠.」

식당 앞에 도착하자 앞 유리창에 영어로 〈말레이시아의 진정한 미식을 선보이는 식당〉이라는 문구가 붙어 있다.

두 사람은 수족관 옆 테이블에 자리를 잡는다.

「메뉴 선정은 날 믿고 맡겨 볼래요?」

프랑키 샤라가 말레이어로 주문을 한 뒤 음식을 기다리면서 그간 살아온 얘기를 들려준다.

「외인부대에서 근무했어요. 아프리카 위험 지역에서의

작전을 앞두고 군에서 병사들한테 H1N1 독감 예방 백신을 접종했는데, 그걸 맞고 부작용이 생겼어요.」

「그런 사정이 있었군요. 제가 의산데, 그 백신을 맞은 사람 중 20퍼센트가 기면증 증세를 보였다고 알고 있어요.」

「설명서에 위험을 명시했기 때문에 제약 회사에 법적인 대응을 할 수가 없었어요. 그렇다고 우리들한테 백신 접종을 강제한 군에 책임을 물을 수도 없었죠.」

「그 병이 심각한 병이 아니라 〈불편한〉 병으로 인식되다 보니…….」

「하지만 군의 입장에서는 작전 수행 중에 잠이 들어 버릴지도 모르는 병사를 데리고 있을 순 없는 노릇이었죠.」

그들은 웨이터가 들고 온 종려주를 홀짝홀짝 마신다.

「문제는, 이 병에 걸렸다고 하면 사람들이 다 웃어요. 날건달이나 마약 중독자로 취급하죠. 공감을 얻기가 힘들어요. 시도 때도 없이 잠이 든다고 하면 사람들이 처음에는 〈흥미〉를 느끼지만 점점 〈코믹〉하다고 생각해요. 그러다 나중에는 〈한심하게〉 여기죠.」

「차들이 쌩쌩 달리는 대로 한복판에 쓰러져 당신 호주머니를 노리는 소매치기들의 표적이 되는 걸 보고 마음이 아팠어요. 그러다 정말 큰일 나겠어요.」

「당신이 어떻게 기면증 환자의 심정을 알겠어요? 운전도 못 하죠(여러 번 사고를 일으켜서 결국 면허가 취소됐어요), 전화 통화 중에 깜빡 잠들었다 일어나면 수화기 건너편에 누가 있는지도 기억나지 않아요. 아무 때나 잠이 쏟아지니 직업도 여기에 맞게 찾아야 했어요. 결국 하나 찾긴 찾았죠.」

「그래서 리포터가 됐군요?」

「이 직업이 군인과 퍽 비슷해요. 여행을 많이 해요. 하나는 총으로 다른 하나는 렌즈로 조준을 하죠. 방아쇠를 당기고 돈을 받는 거예요. 전직 군인이다 보니 총알을 무서워하지 않고 취재를 했어요. 덕분에 금세 이름이 알려지더군요. 솔직히 사고가 많이 나는 직업이기 때문에 그만큼 쉽게 자리가 나는 특성도 있긴 해요······.」

샤라가 손을 휘휘 휘두른다.

「총탄이 빗발치는 현장에 겁 없이 들어가는 사람은 나밖에 없었어요. 다른 기자들은 고급 호텔 바에 앉아서 수집한 공식 정보에 만족하죠. 군인들한테 술이나 사주면서 편안히 특종을 얻으려는 거죠······. 아, 이거! 서빙이 너무 느려. 음식은 언제 나와?」

프랑키 샤라가 종려주를 한 병 더 시키고 얘기를 계속 이어 간다.

「나는 사라져 가는 원주민들을 주로 취재했어요. 브라질에 가서 아마존 밀림에 사는 야노마미족을 만났고, 레바논에서는 헤즈볼라의 창궐에 저항하는 기독교 마론파 민병대들을 만났어요. 인도네시아인들에 맞서는 뉴기니의 파푸아족과 박해받는 미얀마의 카렌족도 취재했죠. 미얀마에서 한번은 섹스 중에 잠이 든 적이 있어요. 그 상태에서 깜빡 꿈까지 꿔버린 거야! 그런데 상대가 화를 내지 않고 세노이족 얘기를 들려줬어요. 내 기면증을 치료할 수 있는 건 그 부족밖에 없다고. 그래서 이 독특한 부족이 그들 못지않게 독특한 내 병을 고칠 방법을 찾아 줄 수 있지 않을까 하는 기대를 안고 말레이시아로 취재를 왔죠. 파리의 한 일간지에서 선뜻 기사를 사주겠다고 해서 취재에 들어갔어요. 그들이 말레이시아의 중부 삼림 지대에 있다는 걸 확인까지 했죠. 그런데 현장으로 떠나기 직전에 신문사에서 슬쩍 발을 빼는 거야. 그러고 나서는 기사를 사겠다고 약속하는 신문사나 방송국이 하나도 없었어요. 다들 결과를 보고 판단할 테니 일단 취재를 시작하라는 거야. 하지만 실속도 없는 일을 할 나이는 지났잖아요. 몇 군데서 구두 약속을 받긴 받았는데, 그럼 뭐해, 어차피 〈빛 좋은 개살구〉잖아.」

그가 너털웃음을 웃는다.

「그래서 지원을 약속하는 곳이 나타나길 기다리면서 지루함도 달랠 겸 현지 치료법을 써보게 됐죠.」

「아편 말이죠?」

「그걸로 기면증이 낫지는 않지만 자기가 환자라는 사실은 잊을 수 있어요. 게다가 거기서는 내가 자는 게 아무 문제가 안돼요. 날 판단하는 사람도 없고.」

「하지만 뇌가 망가지잖아요.」

「맞는 말이지만, 궤도를 이탈한 뇌가 망가지는 게 뭐 대수겠어요? 나는 도리어 그게 엔테오젠이라고 생각해요.」

「무슨 말이죠?」

「〈내면의 신성(神性)에 닿게 해주는〉 물질이라는 뜻이에요.」

이때, 식당 안에 느닷없이 어린아이의 비명이 울린다.

「어른들이 즐기는 음식을 주로 파는 식당인 줄 알았는데…….」

자크가 의아한 표정을 짓는다.

「애들 소리가 아니에요.」

프랑키 샤라가 자크를 옆방으로 데리고 간다. 새끼 마카

225

크 원숭이들의 목을 고정해 놓은 나무 틀 위에서 요리사들의 손이 분주하게 움직이고 있다. 요리사들이 두개골을 제거하고 나면 살아 있는 요리에서 나는 비명을 즐기는 듯한 손님들이 수저를 든다. 공포에 질린 원숭이들의 날카로운 울음소리가 공기를 뒤흔드는 동안 손님들은 반숙 계란을 먹듯이 조그만 티스푼을 들고 골을 떠먹는다.

「링 식당의 대표 요리예요. 새끼 원숭이의 비명이 멎으면 더 이상 신선하지 않다고 생각해서 다른 원숭이를 데려다 두개골을 제거하죠.」

그가 〈식탁에 오르기를〉 기다리는 불쌍한 동물들을 가둬 놓은 철제 우리들을 가리킨다.

「어, 저건, 오랑우탄이네! 멸종 위기의 오랑우탄은 보호 대상으로 지정된 동물이에요.」

「산림 보호 감시원들한테 돈만 찔러주면 아무 문제 없어요. 요리가 조금 비싸진다고 먹는 걸 포기할 말레이시아인들이 아니죠.」

「골을 먹는 거예요?」

「비타민이 많은 간도 먹고 정력에 좋다는 성기도 먹어요.」

테이블로 돌아온 샤라가 웨이터를 불러 주문을 취소하고 다른 요리를 시킨다.

원숭이 골 요리를 시켰던 게 분명해…….

「이 식당에 두리안도 있는데 한번 먹어 봐요. 아주 평범한 과일인데, 이 나라 특산품이에요.」

「껍질을 벗긴 뱀이나 새끼 오랑우탄의 골만 아니면 얼마든지······.」

웨이터가 기다리는 지루함을 달래 줄 종려주를 들고 온다.

「그런데 왜 세노이족을 만나고 싶어 하는지 궁금하네요, 미스터······.」

「클라인, 자크 클라인이에요.」

「혹시 물리학자 에티엔 클랭과 가족이에요?」

「아니요. 신경 생리학자인 카롤린 클라인이 우리 어머니예요. 내가 찾는 사람도 바로 우리 어머니예요. 세노이족을 찾아 떠난 후로 소식이 끊겼어요.」

「얼마나 됐는데요?」

「한참 됐어요.」

웨이터가 두리안을 들고 걸어온다. 그가 베이지색 가시로 뒤덮인 멜론 모양의 요리를 테이블에 내려놓는 순간, 역한 냄새가 코를 찌른다.

「이 썩는 냄새는 뭐죠?」

「냄새에 속지 말고 맛을 봐요. 기똥차니까. 이곳에선 과일의 왕으로 대접받아요. 두리안만 파는 시장이 있을 정도예요. 모두가 사랑하는 과일이죠.」

「이 냄새는······ 흠······ 죽은 쥐와 쓰레기가 섞인 쓰레기통을 엎어서 즙을 짠 걸 발효했다고 해야 하나! 하여튼 지독하네요.」

자크가 코를 틀어막는다.

「이 과일을 소지하면 출입을 못 하게 하는 기관들이 있기는 해요! 하지만 냄새가 없다 생각하고 맛을 봐요. 죽고 나서 후회하지 말고.」

「못 하겠어요. 토사물 같은 걸 어떻게 먹으라고!」

227

「그냥 과일이에요. 이걸 즐겨 먹는 말레이인들이 미친 사람들은 아니잖아요. 자, 먹어 봐요. 원숭이 골은 내가 억지로 권하지 않았지만, 이건 진짜 꼭 먹어 봐야 해요.」

기자가 자크에게 살이 팍팍하고 몰랑몰랑한 노란 두리안을 몇 조각 건넨다. 그가 마지못해 과육을 조금 뜯어 입에 넣는다. 지독한 냄새가 나는 과일에서 놀랍게도 아몬드 치즈와 달착지근한 양파 냄새가 어우러진 향이 난다. 술이나 차로는 도저히 지울 수 없는 강한 뒷맛이 입속을 가득 채운다. 혀와 입천장에 끈적끈적한 느낌이 남아 지워지지 않는다.

「느끼하네요.」

「열량이 높고 황이 많이 들어 있어요. 맛이 어때요?」

「오묘해요.」

「맛이 냄새를 배반하지 않는 치즈와 달리 이건 시궁창 냄새가 나도 맛은 부드럽죠. 인정해요.」

「난 금시초문인데요.」

「꼭 좋은 쪽으로는 아니지만 간과 장에 작용하고, 정력제의 특성도 있어요. 냄새는 가히 압도적이죠. 불길함과 매혹, 한 번 맛을 보면 헤어날 수 없는 아시아의 맨얼굴이라고 할까.」

한껏 감정이 고조된 상대를 보며 호기심이 당긴 자크가 썩은내 나는 과일을 한쪽 더 집어 입에 넣는다.

「난 이걸 즐기게 됐어요.」

프랑키 샤라가 뿌듯한 표정으로 트림을 올린다.

「참, 깜빡 잊고 말을 안 했는데, 이게 소화는 잘 안 돼요.」

「세노이족이 어디 있는지는 알아요?」

「나는 프로이기 때문에 가족 간의 일에 개입해서 문제를 해결하는 일은 안 해요.」

「당신 병을 고칠 수 있다면요?」

「그런 기대는 이제 버렸어요.」

「그럼 내가 어떻게 해야 당신의 관심을 다시 세노이족에 게로 돌릴 수 있을까요?」

프랑키 샤라가 커피를 두 잔 시킨다. 익숙한 음료가 나왔는데도 자크는 의심을 거두지 못해 선뜻 커피 잔을 들지 않는다.

「내 도움이 필요하면 돈을 내요.」

「얼마나?」

「3천 유로. 그리고 르포나 이와 관련된 책의 판매 수익에 대해선 내가 전적으로 권리를 갖는 조건으로 합시다. 이동 경비는 당신이 부담하는 걸로 하고.」

새끼 원숭이들의 비명이 한결 커진다. 살아 있는 요리를 즐기는 다른 손님들이 막 주문을 넣은 모양이다. 잠시도 식당에 있기가 싫어진 자크가 상대에게 다음 날 만나서 일에 착수하자고 제안한다.

「말레이시아가 놀라움이 가득한 나라라는 걸 알게 될 거예요.」

프랑키 샤라가 수염이 덥수룩한 턱을 긁으며 말한다.

37

그들은 냉방 시설도 없는 벌겋게 녹이 슨 만원 열차를 타고 곰박 시에 도착했다. 역에 내려 프랑키 샤라가 스쿠터를 빌리듯 코끼리 두 마리를 빌렸다. 그들은 코끼리 등에 가방을 매달고 길을 떠났다. 더딘 여정이 시작된다.

「이게 정말 최선의 이동 수단일까요?」

「밀림에 가기 위한 용도로 묻는 거라면 말이 필요 없어요.」

「지금은 눈을 씻고 봐도 밀림이 보이지 않아요. 고속도로를 가고 있잖아요!」

차들이 그들을 추월해 달리며 욕지거리를 퍼붓는다.

「경사가 험한 울퉁불퉁한 길에 들어서면 자동차 타이어 때문에 노심초사하지 않아도 되는 게 고마울 거예요. 코끼리는 심한 비탈도 올라가고 늪이든 호수든 척척 건너고 길을 가로막는 나무 둥치들까지 치우면서 지나가요. 현대식 자동차도 이런 엄청난 일을 해내진 못해요. 게다가 풀을 먹으니까 휘발유도 안 들죠.」

자크 클라인은 코끼리의 느림보 걸음이 답답하고 앉은 자리도 영 불편하기만 하다. 지독한 냄새도 냄새지만 코끼리가 한 발 내디딜 때마다 출렁하는 느낌 때문에 아래로 굴러떨어질 것 같다.

「무릎을 귀 쪽으로 바짝 당겨 앉아서 다리를 이렇게 놔봐요. 훨씬 안정감이 느껴질 테니까.」

「애용하는 교통수단인가 봐요?」

「될 수 있으면 이걸 타려고 해요.」

우람한 동물에 올라탄 프랑키 샤라의 모습에서 여유가 풍긴다.

「앉은 채 잠들어도 사고 날 위험이 없죠. 탈것으로서는 유일하게 풍경과 충돌 없이 혼자서도 앞으로 나갈 수 있죠. 그런데 선생은 탐탁지 않은 표정이네요?」

「이 녀석이 쉬지 않고 방귀를 꾸네요!」

「너무 부정적으로 보지 말아요. 이 녀석들은 이국적인 매력도 있지만 사륜구동이에요. 호랑이들의 공격은 물론 꼬리를 탁탁 쳐서 모기들의 접근까지 막아 주죠.」

「이 근방에 호랑이가 있어요?」

「많진 않아요.」

트럭이 지나가면서 요란하게 경적을 울려 대도 코끼리 두 마리는 전혀 동요하는 기색이 없다. 외려 인간종을 향한 환멸과 경멸의 표시로 똥 덩어리를 떨군다.

길동무가 전혀 독창적인 노정을 즐기는 것 같지 않자 프랑키 샤라가 가까이 다가와 말을 건다.

「카오디오는 없지만 내가 말벗은 돼줄 수 있어요.」

「세노이족에 대해 얘기 좀 해줘요.」

「말레이시아에는 열아홉 개의 원주민 부족이 존재한다고 알려져 있어요. 이 부족들은 말레이어로 〈태초의 인간들〉을 뜻하는 오랑 아슬리로 불리죠.」

「오랑우탄의 오랑 말이에요?」

「오랑은 〈인간〉, 오랑우탄은 〈숲속의 인간〉이란 뜻이에요.

231

오랑 아슬리들은 회교도의 침략과 말레이시아 탄생 이전부터 말레이반도에 살았는데, 대부분 애니미즘을 숭배해요. 최근 인구 조사에서 13만 명에 이르는 것으로 밝혀졌어요. 이들이 박해받고 학대당하고 강간당하면서 값싼 노동력으로 착취당하는 현실이지만 문제를 해결하겠다고 나서는 협회나 압력 단체는 없어요.」

「세노이족은 어떤 사람들이죠?」

「세노이족의 존재를 대중에게 알린 사람은 킬턴 스튜어트예요. 스튜어트는 1936년에 그들을 처음 만났죠.」

「인류학자였나요?」

「실패한 작가이자 어설픈 최면 전문가였죠. 소르본 대학에서 정신 분석학을 공부하기도 했어요. 파산 상태에서 재기를 모색하다가 세노이족의 존재를 발견한 영국 출신 민속학자 H. D. 눈을 만나게 됐죠. 스튜어트는 〈팻〉이라는 애칭으로 불리던 이 영국인과 함께 꼭 우리처럼 코끼리를 타고 세노이족을 찾아 나서요.」

신경질적인 경적 소리가 그의 말끝에 따라붙는다. 그들은 곧 샛길을 통해 고속도로를 벗어나 강줄기를 따라 길을 올라간다.

「이게 〈테미아르강〉이에요. 그 두 사람도 우리가 가게 될 길을 똑같이 따라가다가 세노이족을 발견하게 됐죠.」

여전히 숲은 보이지 않고 기름을 짜는 종려나무들이 심어진 넓은 들판이 강을 따라 끝없이 이어지고 있다.

「스튜어트는 세노이족을 처음 만났을 때 〈친쳄〉이라는 독특한 의식을 보고 충격을 받았다고 회고해요. 원주민 한 사람이 꾼 꿈을 주제로 의식이 펼쳐지는 동안 부족 전체가 트

랜스 상태에 빠진대요. 꿈의 공유를 통해 일종의 카타르시스를 경험하는 것이죠.」

「집단 역설수면과 비슷한 건가요?」

궁금증을 참지 못한 자크가 묻는다.

「원주민어를 할 줄 아는 팻 눈이 통역을 해주면 킬턴 스튜어트는 친쳄 의식의 소재가 된 꿈들을 기록했다가 프로이트적 관점에서 해석했죠. 이 경험을 바탕으로 스튜어트는 〈말레이시아 테미아르 세노이 부족의 종교에 나타난 꿈 체험과 영적 안내〉라는 책을 펴냈어요. 책을 읽어 보니 세노이족이 간밤에 꾼 꿈을 얘기하고 토론하는 장시간의 아침 회합 장면이 상세히 묘사돼 있더군요.」

「각성 상태가 아니라 잠에 토대한 문화를 가진 사회가 존재할 수 있어요?」

「스튜어트는 책에서 세노이 부모들이 청소년인 자식들에게 에로틱한 꿈을 권한다고 쓰고 있어요. 〈누구든지 주변의 도움을 받아 자신의 꿈속 세계에 등장한 존재들과 힘들에 맞서고, 이것들을 제압하고 활용할 수 있다고 세노이족은 생각한다〉고 그는 전하죠.」

자크는 넋을 놓고 기자의 얘기를 듣는다.

「깨는 순간 당장은 꿈속에서 벌어진 일의 의미를 깨닫지 못하더라도 반드시 시간을 갖고 해독해야 한다고 세노이족은 생각해요. 성행위를 하는 꿈을 꿨으면 오르가슴에 도달해야 한다고 믿죠. 전투를 하는 꿈을 꿨으면 승리를 쟁취해야 해요. 〈삶의 성공〉을 담지 않은 꿈은 실패한 꿈으로 간주되죠. 추락하는 꿈은 다음 날 비상하는 꿈으로 상쇄되어야 해요. 꿈에서 다른 사람의 파트너와 자는 꿈을 꿨으면 그 사람을 찾아가 선물을 줘야 하고, 꿈속에서 누군가에게 예의를 갖추지 않았거나 공격적으로 대했으면 이 행동에 대해 실제로 사과해야 하죠.」

「우리 어머니가 매료된 이유를 알겠네요.」

「스튜어트와 눈에 따르면 세노이족 사회는 즐겁고 평화롭고 안정된 공동체예요. 강간이나 범죄, 자살, 정신병이 없는 곳이죠. 존중의 개념이 가장 중요해요. 아이들은 가족과 타인과 자연을 존중하라는 교육을 받으며 자라죠.」

「이상적인 사회로 보이네요.」

「세노이족은 미래를 두려워하지 않아요. 꿈속에서 어렴풋이 접하기 때문이죠. 자연에 대한 두려움도 없어요. 꿈속에서 자연과 화해하니까요.」

코끼리 등에 올라탄 두 프랑스인은 악어들이 간간이 물 밖으로 고개를 내미는 고요한 테미아르강을 따라 여정을 계속한다.

「세노이족은 오랫동안 현대 세계와 단절돼 살았죠?」

자크가 묻는다.

「대일 전쟁 때 세노이족도 어쩔 수 없이 저항 세력에 가담했어요. 세노이족 여단까지 창설됐어요.」

「비폭력을 지향하는 부족이 아닌가요?」

「일본군과의 접촉으로 이 세계의 현실을 어느 정도 지각하게 됐을 거예요. 잔혹한 일들을 겪자 침략자들에게 맞서 싸우겠다고 결심했겠죠.」

「참전했어요?」

「대가를 톡톡히 치렀죠. 킬턴 스튜어트에 의하면 세노이족 여성과 결혼한 팻 눈이 일본군으로부터 아내를 보호하려다 목숨을 잃었대요. 세노이족은 2차 대전 말기에 말레이시아 공산 게릴라를 격퇴하는 데 동원되기도 했죠.」

「그 후에는요?」

「전쟁이 끝나고 한참이 지난 1985년에 미국 출신의 또 다른 학자가 세노이족의 현황을 파악하기 위해 찾아왔어요. 윌리엄 돔호프는 세노이족이 다른 오랑 아슬리처럼 평범하게 사는 모습을 확인한 뒤 허풍쟁이 킬턴 스튜어트가 책을 팔 속셈으로 〈꿈의 부족〉 이야기를 지어냈다는 결론에 도달하죠.」

「당신은 어떻게 생각해요?」

「스튜어트가 제시하는 상세하고 정확한 묘사를 보면 단순히 책을 팔기 위해 허언을 했다고 보기는 어려워요. 내 생각은⋯⋯.」

갑자기 눈이 감기며 샤라의 상반신이 앞으로 꺾인다. 등자 덕분에 간신히 떨어지지 않고 코끼리 등에 붙어 있다. 그들을 태운 코끼리들은 강줄기를 따라 쉬지 않고 느럭느럭 걸음을 옮긴다. 주위에는 온통 강물을 관개수로 끌어다 쓰는 종려나무 재배지뿐이다. 자크는 대화를 계속하기 위해 조용히 프랑키가 깨어나기를 기다린다. 그가 10분이 지나 눈을 뜨더니 아무 일도 없었다는 듯이 말을 이어 간다.

「참! 근방에 대규모 농장이 하나 있어요. 가면 정보를 좀 얻을 수 있을 거예요.」

일꾼들이 트랙터를 몰고 일을 하고 있다. 이들을 감독 중인 서양인 농업 엔지니어의 모습이 눈에 들어온다. 자크와 프랑키가 다가가 영어로 말을 붙이자 남자가 얘기를 들려준다.

「작년까지 여기서 오랑 아슬리 유목민들이 살다가 자기들 땅에서 쫓겨났어요. 물론 바리케이드를 치면서 저항했죠. 하지만 목재 기업들이 고용한 사내들이 밤에 들이닥치니까 깊은 밀림으로 밀려날 수밖에 없었죠. 벌목꾼들이 숲을 다 베어 내면 우리가 그 자리에 다시 나무를 심었어요.」

세노이족의 문제를 단순한 개발 문제로 인식하는 남자의 말에서는 감정이 느껴지지 않는다. 엔지니어는 길을 잃은 관광객에게 거리 이름을 알려 주듯 무심한 표정으로 질문에 답했다.

「오랑 아슬리가 어느 방향으로 갔죠?」

자크가 묻는다.

「동쪽으로 떠났어요. 삼림이 아직 남아 있는 곳은 거기뿐이에요.」

「삼림 파괴가 가장 극심하게 일어나는 나라가 말레이시아인 줄은 알았지만 이렇게 급속도로 진행되는 줄은 몰랐어요.」

프랑키가 끝없이 뻗어 나가는 종려나무숲을 바라보며 한숨을 짓는다.

그들의 머리 위를 나는 비행기가 나무들을 향해 살충제를 분사해 댄다.

「공식적으로 말레이시아 숲이 세계에서 가장 오래됐어요. 4천5백만 년〈밖에〉안 된 아마존 밀림에 비해 여기 나무들은 1억 3천5백만 년이나 됐죠.」

「〈공식적〉인 것과 〈실제적〉인 것은 차이가 있나 보네요.」

여전히 밀림의 흔적조차 보이지 않자 자크가 비아냥거리듯 말한다.

「당신이 말하는 숲은 이미 이쑤시개나 티슈가 된 게 분명해요. 이제는 여기서 슈퍼에서 팔리는 과자와 조리 식품을 만드는 식용유에 쓰일 작물만 재배되고 있는 것 같은데요.」

기분이 상한 프랑키가 금세 응수한다.

「삼림 보호 단체들이 숲의 파괴를 막기 위해 애를 썼지만 역부족이었어요. 정치인들과 벌목 회사들이 긴밀하게 유착되어 있기 때문이죠. 〈메이드 인 말레이시아〉 종려유와 고무의 품질을 찬양하고, 국제회의에 나가 자연과 원주민들을 보호하고 있다고 거짓 선전을 하는 관변 단체들에 말레이시아 정부가 돈을 대요.」

두 친구는 다시 코끼리 등에 오른다. 갈수록 널찍하게 닦인 길에 설치된 광고판이 그들의 눈길을 사로잡는다. TV와 자동차가 상징하는 현대적인 삶을 즐기는 행복한 표정의 말레이시아인들이 광고를 가득 메우고 있다.

「저건 집권당인 국민전선BN의 홍보물이에요.」

「야당은 어때요? 오랑 아슬리들의 권리에 신경을 좀 쓰나요?」

「국민연대PR라는 야당도 부패하긴 마찬가지예요.」

몇 킬로미터를 지났는데도 밀림이 나타날 기미가 보이지 않자 자크는 조바심을 내며 전전긍긍한다.

「아까 그 사람이 전진해 오는 벌목꾼들을 피해 세노이족이 동쪽으로 갔다고 했잖아요. 우리도 동쪽으로 가요. 가다 보면 숲이 나오고…… 주민들도 만날 수 있겠죠.」

한참을 가자 낡은 주유소가 하나 나온다. 수풀 속에 내팽개쳐진 자전거들을 보고 자크가 반색한다.

「여기서부터는 코끼리에서 내려 이 자전거를 타고 가는

게 어때요? 훨씬 빠를 것 같은데.」

프랑키가 동의의 표시로 바닥에 침을 퉤 뱉는다.

38

그들은 여러 시간 쉬지 않고 페달을 밟는다. 밤에 잠깐 눈을 붙이고 나서 다시 새벽길을 나선다. 끈질기게 달린 그들의 눈앞에 말레이시아의 동쪽 해안과 바다가 펼쳐진다.

샤라가 망연자실한 얼굴로 수평선을 바라본다.

「하! 어떻게 이럴 수가 있어! 숲을 깡그리 밀어 버렸어! 세상에서 제일 오래된 숲을!」

종려나무와 파라고무나무 재배지가 끝난 자리에 나무 밑동만 남은 노 맨스 랜드가 해안을 굽어보며 펼쳐져 있다.

프랑키가 나무 밑동을 유심히 들여다본다.

「이 나무는 벤 지 몇 달 안 됐어요. 미처 그루터기를 뽑을 시간도 없었나 봐요.」

「젠장! 세노이족이 숲과 함께 감쪽같이 사라졌네요. 오랑우탄들이 없어지듯이…….」

자크가 맥이 풀린 목소리로 말한다.

「나 참…… 이렇게 빨리 싹 밀어 버릴 줄은 몰랐어.」

멀리서 어부의 오두막을 한 채 발견한 두 사람이 급히 걸음을 옮긴다. 한 노인이 가족과 살고 있다. 아들로 보이는 청년들이 건들대는 나일론 해먹에 누워 있다. 벽에 예수 그리스도의 영광을 표현한 포스터들이 붙어 있는 걸로 보아 말레이시아 소수 종교인 기독교인들이 틀림없다. 가족들의 시선은 모두 투계를 중계 중인 TV에 쏠려 있다.

「안녕하세요.」

프랑키가 영어로 말을 걸어 보지만 반응이 없다. 그가 말레이어로 다시 인사를 건네고 나서야 이 빠진 노인이 고개를 돌리면서 반응을 보인다. 이때부터 이어지는 둘 간의 대화는 탁구 게임을 연상시킨다. 프랑키가 한마디 던지면 노인이 지체 없이 혀를 끌끌 차거나 비아냥거리거나 히히히 웃으면서 받아친다.

「뭐라는 거죠?」

자크가 궁금증을 참지 못해 묻는다.

「1년 전에 서쪽에서 원주민들이 짐을 싸 들고 도착했대요. 3백 명 정도 됐대요. 숲에서 쫓겨난 오랑 아슬리였다는군요. 기진맥진한 사람들이 해변에 임시 야영지를 세우고 며칠 자고 갔대요.」

「그들이 맞는 것 같아요! 어떻게 됐대요?」

「노인 말로는 사흘째 되던 날 큰 배가 한 척 와서 그들을 다 싣고 갔대요.」

「그래서요?」

「금발의 서양인이 무리를 이끌고 있었다는데, 아무래도 당신 어머니 같아요.」

다시 프랑키와 대화를 주고받던 노인이 갑자기 얼굴이 붉으락푸르락하더니 아내에게 다짜고짜 욕지거리를 한다. 그러자 그의 아내도 냅다 소리를 지른다. 이번에는 곁에 있던 청년들이 TV의 투계 해설이 들리지 않는다며 부부를 향해 조용히 하라고 악악댄다. 이 난리 중에 청년 하나가 어떤 단어를 내뱉자 사람들의 얼굴이 순식간에 활짝 펴진다. 같은 단어가 한 번 더 입에 오르자 청년이 담배꽁초가 든 통을 찾아 들고 온다. 그가 조금 전 단어를 한 번 더 뱉으면서 노인에게 꽁초를 하나 건넨다. 합죽이 노인이 꽁초를 받아 트로피처럼 흔들어 댄다. 그가 청년을 칭찬하더니 빠른 속도로 말하기 시작한다.

프랑키가 노인의 말을 통역한다.

「그 금발의 서양인이 이 시가릴로를 피웠다고 노인이 얘기하네요. 혹시 짚이는 바가 있어요?」

엄마가 좋아하는 담배 브랜드의 금색 필터를 확인한 자크는 감격무지해서 말을 잇지 못한다.

「정확히 무슨 일이 있었는지 알고 싶어요.」

그가 묻는다.

그러자 노인이 성경을 펼쳐 놓고 모세의 그림을 손으로 가리키면서 속사포처럼 말을 쏟아 낸다. 프랑키가 쩔쩔매며 그의 말을 통역해 준다.

「〈금색 필터가 달린 시가릴로를 피우던 금발의 서양인〉이 오랑 아슬리의 우두머리 같았대요. 그녀가 배를 불러서 모두 태우고 바다를 건넜다는군요. 마치 히브리인들의 이집트 대탈출을 보는 것 같았다면서 〈약속의 땅〉이란 표현도 쓰네요.」

노인이 입을 헤벌리고 웃으면서 다시 모세의 얼굴을 가리킨다.

「남자가 아니라 여자가 무리를 이끌었고, 노예 60만 명이 아니라 고작 원주민 몇백 명이었다는 게 차이라는군요…….」

말레이 노인이 실실 웃으면서 금발 머리와 그녀를 따르는 사람들이 배에 오르는 장면을 오랫동안 묘사한다.

「……커다란 현대식 배를 타고 물을 건넜으니 기적이라고 할 수는 없다고 하네요.」

「어느 방향으로 갔대요?」

프랑키와 이 빠진 노인 사이에 다시 대화가 오간다.

「훨씬 동쪽으로 갔대요.」

말레이 노인이 똑같은 말을 두 번 하면서 낄낄거리며 웃는다.

「다시는 그들을 못 만날 거래요.」

「왜요?」

「배가 출발하고 나서 태풍이 불어 다 죽었대요.」

노인이 시커먼 치근과 금이빨을 드러내며 또다시 키득키득 웃고 나더니 주저리주저리 말을 내뱉는다.

「우리더러 자기 집에서 먹고 자고 가래요. 그게 자신들이 손님을 접대하는 방식이래요.」

노인이 그들에게 수상하게 생긴 음식이 담긴 공기를 하나 내민다. 씹을 때마다 이빨 사이로 푸르스름한 즙이 터져 나오는 바삭바삭한 바퀴벌레들을 프랑키는 맛있게 먹는다. 자크는 도저히 먹을 자신이 없어 따뜻한 물만 한 잔 청해 마신 뒤 조용히 구석에 자리를 잡고 앉는다.

마침내 엄마의 흔적을 찾아낸 걸 기뻐해야 할지 사람들의 목숨을 앗아 갔다는 태풍 소식에 절망해야 할지 혼란스럽기만 하다. 그는 복잡한 마음을 정리하기 위해 이어 꾸기를 하기로 마음먹는다.

39

 입면. 얕은 잠. 깊은 잠. 솔방울샘 활성화. 역설수면. 이어 꾸기. 붉은 모래섬. 여전히 꽃무늬가 찍힌 하와이언 셔츠에 반바지, 샌들 차림으로 JK48이 흔들의자에 앉아 있다. 손에는 파인애플 한 쪽과 앙증맞은 장식용 파라솔 하나가 꽂힌 피냐콜라다가 들려 있다. 머리가 검은 자크가 머리에 서리가 내린 자크에게 다가간다.

 「잘 있었나, 〈젊은 자크〉.」

 JK48은 고개를 돌리지 않은 채 수평선만 바라보고 있다.

 「이렇게 차분해져서 오니 좋아. 지난번에는 스트레스가 많은 것 같아 보였거든.」

 「대답해 봐요. 엄마가 태풍에 휩쓸려 배와 함께 가라앉았다는 게 사실이에요?」

 잠시 머뭇거리던 JK48이 입술을 실룩하며 말한다.

 「아니.」

 그제야 마음이 놓인 JK28이 미래의 자신 옆에 놓여 있는 덱 체어에 자리를 잡는다.

 「엄마가 세노이족이 탄 배를 주문했어요?」

 「그래.」

 「엄마가 정말로 그들을 다 구해서 반도를 떠나 바다로 나갔단 말이에요?」

 「엄마답지. 자네도 엄마를 알잖아! 엄마는 정면 승부를 택

했어. 이건 여담인데, 그러느라 엄마가 돈을 꽤 썼어. 자네가 받을 유산이 그만큼 줄어든다는 얘기지. 물론 지금 그런 사소한 데 신경을 쓸 계제는 아니지만.」

「어디로 갔어요? 엄마가 3백 명의 사람들을 이끌고 어디로 가긴 갔을 거 아니에요?」

「맞혀 봐.」

「섬으로 갔어요?」

「브라보!」

「피난민들을 데리고 목재 기업들과 벌목꾼들의 위협이 없는 섬을 찾아 배를 타고 동쪽으로 떠났다 이 말이에요?」

「그래. 벌써 다 알고 있잖아! 내가 필요 없네.」

중년의 자크가 내미는 칵테일을 젊은 자크가 거절한다.

「그들이 배를 댄 섬이 어디죠? 약속의 땅이 대체 어디에요?」

상대는 말없이 빙그레 웃기만 한다.

「친애하는 JK 48, 내가 여기에 반드시 와야 한다고 주장한 사람은 바로 당신이에요. 그런 당신이 이제 와서 비밀주의를 고수하겠다니 앞뒤가 안 맞네요.」

「자네가 그렇게 나오니 하는 수 없군. 자, 자네가 원하는 정보야. 엄마는 여기 있어.」

그가 지도를 불러내 한 곳을 가리킨다.

「이 섬(말레이어로 〈섬〉은 풀라우라고 해)이야. 위도와 경도를 잘 기억해 둬.」

「군도에 속한 작은 섬이네요. 왜 하필 여기예요?」

「미개발 상태거든. 해변이 없어서 아직 관광객들의 발길이 닿지 않은 섬이야. 섬 중앙에 야트막한 언덕이 하나 있고,

담수가 솟는 샘이 있어. 엄마와 세노이족이 도착하기 전에는 사실상 무인도였지. 공식 지명조차 없어.」

「로빈슨 크루소식 섬이군요?」

「엄마가 현지 부동산 중개업체들에 수소문해서 찾아냈어. 가격도 비싸지 않게 샀어. 그러고 나서 세노이족, 정확히 360명이 살 부락으로 조성했지. 거기서 지금 엄마가 살고 있어. 이 정도면 궁금증이 풀렸나?」

「정보 고마워요, JK 48 씨.」

「위도와 경도를 꼭 기억해!」

「다른 건요?」

「거기에는 석유가 없어서 돛배가 유일한 운송 수단이야. 조그만 쌍동선을 하나 구입해. 바로 옆 해안 도시에 가면 살 수 있을 거야.」

두 남자의 시선이 맞부딪친다.

「어떻게 당신은 이 모든 걸 알아요? 대체 당신 정체는 뭐죠?」

젊은 자크가 발끈한다.

「내가 이미 말했잖아! 난 꿈속에서 자네와 소통하는 자네의 인생 코치야. 뭘 더 알고 싶어?」

「내가 정신 분열 증상을 일으키는 중에 만들어 낸 가상의 인물이 아니고요?」

「……마음대로 생각해. 하지만 그동안 내가 한 말이 다 사실이었다는 건 자네가 확인했잖아. 그건 인정해야지. 그런데도 왜 자꾸 따지고 날 판단하려 드는 거야? 왜 내가 실재하는지 가상의 인물인지, 정상인지 미치광이인지 알고 싶어 하냐고. 고민은 그만하고 나한테 받은 정보를 잘 쓰기만 해.」

「그게 잘 안 돼요! 당신이 나한테 말한 꿈속 시간 승강기니 어쩌니 하는 것도 그렇고…….」

「……〈자연적인〉이 빠졌어. 내가 발명한 시간 여행 방식에 는 기계 장치나 전자 장비가 필요 없거든.」

「그래요……. 자연적인 거라고 했죠. 말도 안 되는 소리야!」

「이거 봐! 또 날 판단해야 속이 시원하지. 자네 시대를 살 았던 내게는 말도 안 되는 것이 20년 후의 자네인 나에게는 자연스러울 수도 있어. 중세 사람들이 전기를 꿈이나 꿀 수 있었을까? 고대 사람들이 원자 폭탄을 상상이나 할 수 있었 을까? 선사 시대 사람들에게 달 착륙은 상상 밖의 일이 아니 었을까? 모든 것은 인식의 문을 여는 데 달렸어. 강아지 풍풍 처럼 말이야. 우리한테 보이지 않다가 장막을 걷는 순간 선 명하게 드러나는 세계가 있어. 윌리엄 블레이크의 시를 기억 해? 〈인식의 문을 깨끗이 닦는 순간 모든 것은 우리에게 있 는 그대로, 무한히 드러난다〉고 그는 말했지.」

「그룹 도어스에게 영감을 준 사람이죠?」

「맞아. 그는 올더스 헉슬리한테도 영향을 미쳤지. 지금 우 리가 자네 꿈속에서 만나 한가하게 문화를 논할 때는 아니 야! 자네는 내일 당장 해결할 일이 있는 사람이야. 자네 나이 에, 자네 시대에, 자네 동시대인들의 편협한 시각으로는 20년 뒤의 세상을 상상할 수 없다는 것만은 알아 둬. 역사의 바퀴는 빠르게 굴러가고 있어. 현재의 기술들은 더 이상 물 질로 만들어지지도 않는, 완전히 새로운 도구들로 대체될 거 야. 자크, 날 믿어. 그리고 날 자네에게로 데려온 시간의 숨결 에 몸을 맡기고 놀라움을 경험할 준비를 해.」

246

40

　쌍동선이 남중국해의 바람을 가르며 남동쪽을 향해 내달린다.

　먼바다로 나가자 휴양 섬들이 하나둘씩 모습을 드러낸다. 풀라우 세리 부앗, 풀라우 티오만(이 해역에서 가장 큰 섬), 그리고 조금 더 남쪽에 위치한 풀라우 페망길. 언제 나타날지 모르는 기면증 증상에 대비해 프랑키 샤라는 자크 클라인에게 범선 항해술의 기초를 간단히 가르쳐 준다.

　「침로를 유지하고 돛을 주시해요. 이물 돛은 당겨 놓고 야후 돛은 바람을 싸서 부풀어 오르게 유지해요. 돛대 끝에 달린 풍향계를 눈여겨보면서 바람의 방향과 세기도 살펴야 해요. 혹시 내가 기면증 증상을 보이거나 무슨 문제가 생기면 돛을 내려요. 그럼 속도가 줄다가 배가 결국에는 멈출 테니까. 알았죠? 그리고 또 한 가지 중요한 것, 꼭 명심해야 할 것은……」

　프랑키가 순식간에 잠이 들면서 앞으로 폭 고꾸라진다. 이런 상황에 익숙해지기 시작한 자크는 그가 쓰러지면서 갑판에 머리를 부딪치지 않게 재빨리 붙잡는다. 그리고 나서는 혀가 기도를 막지 않도록 안전하게 모로 누인 다음 척추가 반듯이 펴지게 머리에 수건을 한 장 받쳐 놓는다. 응급조치를 끝내고 나서 그는 키를 잡고 동료가 가르쳐 준 내용을 차근차근 떠올리려고 애를 쓴다.

세포 깊숙한 곳에서 생긴 기쁨이 금세 온몸으로 번진다. 그는 숨을 깊게 들이쉬면서 눈을 감는다.

지금 나는 아빠처럼 하고 있어. 아빠가 꿈속에서 가르쳐 준 걸 내가 현실에서 하고 있어. 내 의문들에 대한 해답을 가지고 있는 섬으로 가기 위해.

쌍동선이 바람을 안으며 가벼운 요동을 일으킨다. 자크의 가슴이 벅차오른다.

나는 쥐스틴이 몰아넣었던 타락과 죽음의 길에서 벗어났다. 샤를로트와 함께했을 평범한 삶에서도 도망쳤다. 나는 살아 있다! 나는 살아 움직이면서 JK48의 응원 속에 세상으로 뛰어들고 있다. 그는 내 무의식의 현현일까? 수호천사일까? 꿈속에서 시간을 거슬러 올라가는 기계를 발명한 미래에서 온 사람일까?

어느새 깊은 잠에 빠진 프랑키가 코를 골고 있다. 보통 그의 기면증 증세는 5분에서 10분을 넘기지 않는다. 그동안 자크는 길동무가 돼주려는 듯 배 주위를 돌며 점프를 하는 돌고래들을 구경하고 있다.

근시 상어나 식인 범고래가 아니라 돌고래들이야.

갑자기 수면으로 머리를 내민 산호초들이 시야에 잡힌다. 바로 눈앞에 넓게 퍼져 있는 바위들을 피해 뱃머리를 돌리기는 불가능하다. 이미 배는 산호초들을 향해 돌진하고 있다.

자크가 어쩔 줄을 몰라 쩔쩔매고 있을 때 마침 프랑키가 눈을 번쩍 뜬다. 그는 문제를 파악하고 즉시 야후 돛을 조금 풀어 쌍동선의 속도를 늦추며 위협적인 암초들을 요리조리 피해 나간다.

「자동차의 원리와 같아요. 장애물이 나타나면 속도를 줄여야죠.」

프랑키가 태연한 얼굴로 말한다.

「이제 배웠어요.」

동료가 대신 키를 잡자 마음이 놓인 자크가 대답한다.

「당신은 꿈을 기억해요?」

수평선을 바라보던 자크가 느닷없이 묻는다.

「나요? 전혀.」

「꿈을 기억하고 싶지 않아요?」

「굳이 그럴 이유를 모르겠는데.」

「우리는 지금 꿈의 부족인 세노이족을 만나러 가고 있어요.」

「나한테는 기면증을 치료하는 방법을 배우는 게 중요하지 나머지는…….」

「혹시 자각몽에 관심 있어요?」

「아니, 없어요. 내가 삶의 긴장에서 벗어날 수 있는 유일한 시간이 자는 시간이에요. 내가 모든 걸 통제해야겠다는 생각이 멈추기 때문에 그 시간이 좋아요. 꿈에서까지 선택을 하고 결정을 내리려고 잠을 자는 게 아니잖아요.」

뜻밖의 대답이지만 고개가 끄덕여지는 지적이다.

「앞으로 당신한테 벌어질 일을 다 알고 조언도 해줄 수 있는 미래의 당신과 꿈속에서 얘기를 나누게 된다면 뭘 물어보고 싶어요?」

「별 싱거운 질문을 다 듣겠네!」

「대답해 봐요!」

「글쎄, 뭘 물어보나……. 없어요. 그래, 없어요, 아무것도 묻지 않을 거예요. 그건 항상 나 대신 모든 걸 해주려는 아버지가 옆에 있는 거나 마찬가지니까. 나는 열여덟 살에 독립해서 군대에 들어가고, 세상을 돌아다니고, 내 힘으로 먹고 살았어요. 아버지가 계속 옆에 있었다면 성숙해지지 못했을 거예요.」

「그래도 당신 아버지가 도와주겠다고 고집을 피우면요?」

「나 혼자 실수도 해가면서 마음대로 살겠다고 얘기해야죠. 옆에서 정답을 다 귀띔해 주는 사람이 있으면 시험 보는 재미가 있을까요? 실패할 위험이 없으면 성공이 무슨 재미가 있겠어요? 죽음의 공포가 없는 삶이 무슨 의미가 있겠어요?」

프랑키가 어깨를 으쓱 추어올린다.

「그런 이상한 질문들을 왜 하는 거죠?」

「미래의 내가 꿈에 나타나서 말레이시아로 와야 하는 이유를 나한테 말했어요. 우리 어머니가 이 동쪽 섬에, 지금 우리가 향하고 있는 이 섬에 있다고 나한테 꿈속에서 알려 줬어요.」

「농담해요?」

「내 꿈에 나타나는 미래의 나는 줄곧 도움이 되는 조언만 해줬어요. 그래서 그의 조언을 따르는 거예요. 그는 내면의 인생 코치 같은 존재죠.」

「좀 더 일찍 말해 줬더라면 내가 이렇게 당신을 따라나서

지 않았을 거 아니요! 젠장! 꿈에서 본 것 때문에 지금 여기까지 와 있다니! 기가 찰 노릇이네!」

「어차피 나한테 돈을 받고 하는 일이면서 여기 온 이유가 뭐든 무슨 상관이에요?」

「시간 낭비잖아요.」

「종일 아편이나 뻐끔거리면서 뇌를 죽으로 만들던 사람이, 참!」

한참을 구시렁거리던 프랑키 샤라가 체념한 듯 태도를 바꿔 기이한 상황을 받아들인다.

「좋아요! 이제 당신도 침로를 유지할 줄 아니까 키를 맡아요. 나는 식사 준비를 할 테니. 고기를 구워서 배를 타고 나들이 나온 기분이라도 냅시다.」

그가 돛들을 팽팽히 당겨 속도를 높인다.

「음…… 혹시 꿈속에서 20년 후의 나를 보게 되더라도 조언은 구하지 않을 거예요. 전혀…… 아예 그를 내 삶에서 멀찌감치 떼어 놓겠어요. 그것도 그거지만 술과 마약과 여자로 망가진 내 모습을 도저히 못 볼 것 같아요. 〈이 인간아, 어쩌다 이렇게 됐어?〉 하고 안쓰럽게 말하겠죠. 그러고는 죄스러운 마음으로 〈이 지경으로 만들어서 미안해〉 하고 덧붙이겠죠.」

프랑키의 대답을 흥미진진하게 듣던 자크가 다시 묻는다.

「그러면 말이에요, 만약 20년 전의 당신과 다시 마주하게 되면 뭐라고 하겠어요?」

「20년 전이면 내가 열 살이었네. 꼬맹이한테 〈바보 같은 짓 하지 말고 공부나 열심히 해〉 하고 말하겠어요. 프랑스는 살기 좋은 나라니까 너무 여행에 목말라하지 않아도 된다고

얘기해 줄 거예요. 이래 봬도 난 학교 다닐 때 공부를 꽤 잘했
어요! 좀 더 분발할 수 있었는데, 공무원인 아버지의 삶에서
도망치고 싶었어요, 더 열정적으로 살고 싶었죠……. 그리
고…… 평범한 세계에서 벗어나 기상천외한 모험에 뛰어들
고 싶었어요.」

그가 군도의 제일 동남쪽에 위치한 풀라우 아우르 쪽을 향
해 선수를 돌린다. 쌍동선이 물결을 가르며 순항하는 바다
위의 하늘이 조금씩 어두워지기 시작한다.

「얘길 들어 보니 50대인 미래의 당신보다 어린아이였던
과거의 당신한테 할 말이 훨씬 많겠군요.」

「알았어요, 알았어! 당신 작전에 내가 말려들었어요. 어쨌
든 난 꿈은 기억 못 해요.」

「꿈은 반대로 당신을 기억할지도 몰라요.」

풀라우 아우르를 1킬로미터가량 남겨 두고 자크는
JK 48이 알려 준 위치 정보를 확인한다.

「이 섬이 틀림없어요. 이름이 없고 지도에도 표시돼 있지
않아요. 위성으로만 보이죠.」

프랑키가 망원경을 꺼내 들고 척박해 보이는 섬 주변을 면
밀히 관찰한다. 물 위로 솟은 산호초들이 제일 먼저 렌즈에
잡힌다.

「그 〈미래의 당신〉이 당신을 이곳으로 데려와 아주…… 골
탕을 먹일 작정을 했나 보군요.」

41

해안가의 갈매기들이 위험을 알려 주려는 듯 끼룩끼루룩 소리를 내며 하늘을 맴돈다. 포말에 실린 비릿한 해초 냄새가 공기 중에 떠 있다. 섬을 병풍처럼 두른 바위들에 파도가 밀려와 부딪친다. 자크와 프랑키는 상대적으로 경사가 완만한 동쪽 해안을 통해 섬에 접근한다. 그들은 쌍동선을 산호초에 묶어 놓고 암벽 등반을 하듯 절벽을 따라 위로 올라간다. 그들이 지나가면 게들이 바위에 다리를 딱딱거리며 허둥지둥 흩어진다. 절벽 위에서 섬 중앙에 있는 너른 평지가 내려다보인다. 집들이 둥그렇게 모여 있고, 가운데에는 불을 때는 아궁이가 있다.

「사람들이 정착해 사는 것 같아요. 목적지에 다 오긴 온 것 같은데…….」

자크가 중얼거린다.

「직접 가서 확인해 보는 수밖에요.」

프랑키가 카메라를 꺼내 촬영을 시작한다.

마을 가까이 도착하자 프랑키가 조금씩 걸음을 늦추며 평화의 제스처를 취한다. 두 사람을 본 여자들과 아이들이 깜짝 놀라 몸을 숨긴다. 그들은 순식간에 바람총을 겨누며 다가오는 사람들에게 둘러싸인다. 프랑키가 온갖 언어로 자신들이 적이 아니라고 설명한다.

건장한 사내들이 달려들어 그들의 팔을 낚아채듯 잡아 등

뒤에서 묶는다. 어정쩡한 조우의 순간은 짧게 끝이 난다. 프랑키와 자크는 결국 발목까지 결박돼 기둥에 묶이는 신세가 된다.

「이 사람들이 평화주의자가 맞아요?」

자크가 묻는다.

「그럼요. 다야크족한테 잡혔으면 일이 훨씬 꼬였을 거예요.」

「그래요? 왜요?」

「다야크족도 오랑 아슬리지만 세노이족과는 달리 식인 풍습이 〈약간〉 있거든요.」

젊은 청년 하나가 다가와 바람총으로 그들을 겨누면서 호주머니를 뒤지기 시작한다. 그가 자크의 호주머니에서 지갑을 꺼내 내용물을 보여 주자 원주민들이 술렁이며 머뭇거리는 낌새를 보인다. 이 손 저 손을 거친 지갑을 들고 청년이 총총걸음으로 한 오두막 안으로 사라진다.

「저기! 잠깐만요! 그건 내 여권이란 말이에요!」

자크가 소리를 지른다.

「괜찮을 거예요.」

프랑키가 한마디 하더니 고개를 꺾고 잠에 떨어진다.

자크는 눈으로 마을을 한 바퀴 둘러본다. 기둥으로 떠받친 나무집들이 완벽하게 둥근 고리 모양을 그리며 나 있는 좁은 통로를 통해 전부 하나로 이어져 있다. 지붕은 나뭇잎을 이어 엮었고, 벽은 대나무를 여러 겹 덧대 세웠다. 마을 한복판에 설치된 아궁이 불에서는 음식이 익고 있다. 불 옆으로 가죽을 걸어 말리는 틀들과 베틀들이 보인다. 들고양이들이 마을을 어슬렁거리고 있다. 한쪽에서는 사내들이 바람총에 끼울 화살을 만들고 다른 쪽에서는 대나무를 깎아 창을 만드느라 분주하다. 몸을 숨겼던 아이들과 여자들이 다시 하나둘씩 나타나 그들에게 다가온다. 여전히 조심스러운 모습이다.

「우리는 평화를 위해 왔어요…….」

재차 해명하는 자크의 옆에서 기둥에 몸이 묶인 채 곯아떨어진 동료가 코를 골기 시작한다.

42

옆에서 덩달아 잠들었던 자크 클라인은 얼굴에 닿는 감촉 때문에 잠이 깬다. 거미인 줄 알고 기겁하며 눈을 뜬다. 그런데 보여야 할 다리 대신 가느다란 손가락들이 보인다. 손가락 끝에 붙은 손, 손목에서 이어지는 팔, 그리고 얼굴. 자신의 얼굴을 더듬는 사람의 눈동자와 눈 전체가 하얀 걸 확인하는 순간 그는 공포에 질린다. 언뜻 악몽일지도 모른다고 생각한다. 하지만 몸이 느끼는 또렷한 감각들이 그가 깨어 있다는 사실을 일깨워 준다. 해가 벌써 하늘 높이 걸려 있는 걸 보니 기둥에 묶인 채 내리 열 시간 정도를 잔 게 분명하다. 손은 여전히 그의 머리카락과 턱, 입, 눈을 거리낌 없이 만진다. 앞을 보지 못하는 여자가 원주민어로 몇 마디 하자 자크의 지갑을 들고 사라졌던 청년이 칼을 가지고 돌아온다. 자크는 눈을 질끈 감는다. 하지만 청년은 줄을 끊어 그를 풀어 준다.

「고마워요.」

자크의 입에서 저절로 안도의 한숨이 나온다.

주름살과 피부의 굴곡이 신기한 듯, 여자가 그의 얼굴에서 손을 뗄 줄 모른다. 그녀는 그의 이마에 난 Y 자 모양의 상처에 각별히 관심을 보인다. 이런 촉각 놀이의 대상이 된 것이 편할 리 없지만 자크는 예의상 부동자세를 유지하면서 상대의 손놀림이 멈추길 기다린다. 이번에는 그녀가 자크의 눈을 억지로 감긴다. 아플 정도로 눈꺼풀을 지그시 누르지만 자크는 그녀의 손을 밀쳐 내지 못하고 있다.

이 사람이 설마 송아지를 잡으려는 푸주한처럼 나를 만지고 있는
건 아니겠지?

그는 불길한 생각을 떨치려고 안간힘을 쓴다. 텔레파시로
그녀에게 전달되길 바라면서 머릿속으로 자꾸 되뇐다.

나는 식용이 아니에요. 심줄이 많고 먹으면 콜레스테롤이 생겨요.
독성도 있어요. 그러니 날 먹지 말아요. 맛도 없어요.

주변에 모여든 여자들과 남자들이 야생 동물을 구경하듯
그를 멀리서 쳐다보고 서 있다.
그녀가 이번에는 가상의 선을 그리듯 그의 입술을 따라 손
가락을 움직인다.
「그분의 입매를 닮았네요.」
드디어 그녀가 입을 뗀다.
「당신은 누구예요? 프랑스어를 할 줄 알아요?」
「당신 어머니가 우리한테 당신들 말을 가르쳐 줬어요.」
「우리 어머니요? 당신은 내가 누군지 알아요?」
그녀는 아이처럼 왜소한 체구를 지녔다. 삼단 같은 검은
머리, 살짝 찢어진 눈꼬리와 흰색으로 뒤덮인 눈동자, 동그
스름하게 솟은 이마, 도톰한 입술, 구릿빛 피부. 손톱을 길게
기른 유난히 곱고 가냘픈 손이 시선을 끈다. 허리에 두른 푸
크시아빛 사롱에는 패물이 주렁주렁 달려 있다.
「그럼요, 클라인 씨. 당신 지갑에 이름이 적혀 있던걸요.」

그녀가 너무 천연덕스럽게 말하는 바람에 자크는 터져 나오려는 웃음을 간신히 참는다.

「우리 어머니는 어디 계시죠? 어머니랑 얘기를 해야겠어요.」

「불가능해요.」

　프랑키도 잠이 깬다. 앞 못 보는 여자가 그의 얼굴을 한참 만지고 나서 다른 사람들과 얘기를 나눈다. 이견이 있는지 말투가 퉁명하다.

「당신들이 세노이족이 맞아요?」

　프랑키가 묻는다.

「그렇게 불리죠.」

「어쩌다 이 섬으로 오게 됐죠?」

「마담 클라인이 와서 멀리, 아주 멀리, 여태까지 이동했던 것보다도 더 멀리 떠나야 한다고 우릴 설득했어요. 그리고 우리를 도와줬죠. 그런데 바다에 막혀 더는 갈 수 없게 되자 그녀가 우리를 배에 태워 여기로 데려왔어요. 우리 대부분은 바다를 한 번도 본 적이 없었죠.」

「우리 어머니는 어디 있어요? 어디 있냐고요? 말해요!」

　그녀가 자크의 손을 잡아 떼를 입힌 지 얼마 되지 않은 무덤으로 데려간다. 커다란 타원형 바위 묘석에 〈클라인〉이라는 이름이 새겨져 있다.

「그분을 여기 묻어 드렸어요.」

　자크가 맥없이 주저앉으며 중얼거린다.

「안 돼! 안 돼! 안 돼!」

　다들 어찌할 바를 몰라 지켜보고만 있다.

　그녀가 다가와 다시 자크의 얼굴을 만진다. 그녀의 손끝이 그의 턱에 한동안 머무른다.

「며칠 전에 이렇게 되셨어요.」

「무슨 일이 있었는데요?」

「무장한 남자들이 우리를 위협하러 왔어요. 소총을 든 직업 군인들이었죠.」

「말레이인들에게 매수된 용병들이죠?」

프랑키가 넘겨짚는다.

「엔진이 달린 배를 타고 와서 우리 부족 몇 사람을 죽이고 갔어요. 우리가 섬에서 떠나기만 하면 일이 해결된다고 하더 군요.」

더 일찍 JK48의 말을 들었더라면 늦지 않게 도착할 수 있었잖아. 왜 그렇게 고집을 피웠을까? 엄마를 충분히 구할 수 있었는데!

앞 못 보는 여자가 그의 아픔을 존중하려는 듯 뒤로 물러 나더니 부족어로 사람들과 얘기를 나눈다. 저마다 한마디씩 하는 중에 〈클라인〉이라는 단어가 여러 번 귀에 들린다.

자크는 미동도 하지 않은 채 눈을 크게 뜨고 보드라운 흙 밑에 아직 남아 있을지 모를 엄마의 존재를 느끼려고 애 쓴다.

「엄마…… 아이고, 엄마……. 어쩌다가? 어쩌다가요?」

그가 혼잣말을 하며 울먹인다.

원주민들이 일을 하기 위해 하나둘씩 자리를 뜬다. 용병 들의 공격으로 무너진 마을을 복구하는 작업이 한창이다. 프 랑키도 무덤에 엎드려 있는 자크를 뒤로하고 현장으로 가서 일손을 보탠다.

한동안 비탄에 젖어 있던 자크가 자리를 털고 일어나 사람들의 저녁 식사 자리에 합류한다.

두 프랑스인은 세노이족과 함께 밥상에 둘러앉는다.

「우리 어머니를 살해한 군인들이 대체 누구예요?」

「섬을 차지하려는 사람들이 보낸 자들이에요.」

여자가 대답한다.

「자초지종을 알아야겠어요! 내가 온 것도 그 때문이에요. 프랑스어를 할 줄 아는 당신이 상세히 얘기해 줘요!」

「내 이름은 샴바야, 이 마을 족장의 딸이에요. 부족 내에서 〈해몽현녀(解夢賢女)〉라는 아주 구체적인 역할을 맡고 있죠. 당신이 궁금해하는 몇 가지에 대답은 해줄 수 있지만 나도 세세히 다 알지는 못해요.」

「이쪽은 누구예요?」

프랑키가 그들을 기둥에서 풀어 준 원주민 청년을 가리키며 묻는다.

「내 동생 슈키예요. 나처럼 프랑스어를 할 줄 알죠. 당신 어머니가 가르쳐 줬어요.」

「진실을 알아야겠어요!」

자크가 조바심을 내며 언성을 높인다.

샴바야가 막대기를 집어 모래에 동그라미를 그리며 운을 뗀다.

「당신 어머니가 작년에 우리 부족의 풍속과 문화를 연구하기 위해 오셨어요. 그분한테 우리가 알고 있는 잠에 대한 지식을 가르쳐 드리고 우리는 프랑스어를 배웠죠. 그러던 중에 문제가 터졌어요.」

그녀가 가는 한숨을 내쉰다.

「우리 부족이 테미아르 강가의 숲에서 지낼 때였어요. 말레이 벌목꾼들이 마을에 들이닥쳤어요. 우리의 신들이 깃들어 있는 신성한 나무들이니 베지 말아 달라고 간곡히 호소했지만 그들은 듣지 않았어요. 하늘에 있기 때문에 눈으로 직접 볼 수도 해악을 끼칠 수도 없는 그들의 신이 우리 신들보다 더 위대하다고 말하더군요. 우리의 신들은 약하고 자신들의 신은 무소불위하다는 것을 증명하기 위해 그들이 나무를 베기 시작했어요. 우리는 바리케이드를 치고 저항했죠. 하지만 그들이 밤중에 쳐들어와 남자들을 죽이고 여자들을 범했어요. 생전 처음 겪는 일이었어요. 그런 몰지각한 행동이 당혹스럽기만 했죠. 나무를 베어 내고 밤중에 사람을 죽이는 자들과는 대화가 불가능하다는 것을 깨닫자 떠나는 방법밖에 없었어요. 벌목꾼들한테 진 거죠. 나무가 사라진 땅은 농지로 변했어요.」

「우리 눈으로 봤어요.」

프랑키가 대화를 녹화하기 위해 카메라를 켠다.

「숲을 파괴하는 자들이 전진해 올수록 우리는 야생 동물들과 함께 뒤로 점점 밀려났죠. 그러다 바다에까지 이르게 된 거예요. 시야를 구분해 주는 수직선들이 모두 사라진 푸른빛의 광막한 풍경을 마주하는 순간 정신이 아득했어요. 우리들에게 그것은 세상의 끝이었으니까요. 그때까지 아무도 바다를 본 사람이 없었으니까요. 신성한 나무들로부터 멀리 떠나온 우리들은 절망감에 빠졌죠. 당신 어머니가 방법을 찾아보기 시작했어요. 반도를 떠나기로 결심한 후 은행과 부동산 중개업소에 전화를 돌렸어요. 결국 육지에서 가장 멀고 사람의 발길도 닿지 않은 이 섬을 구입했어요. 자신의 재산을 털어서 말이죠.」

「해직 위로금일 거예요.」

자크가 혼잣말을 하듯 나지막이 말한다.

「그리고 나서 배를 한 척 빌렸어요. 우리 모두, 360명이 그
배를 타고 이곳에 도착했어요. 당신 어머니가 이 섬을 선택
한 건 무인도인 데다 고운 모래사장이 없어서 부동산 개발업
자들한테 인기가 없었기 때문이에요.」

「우리도 봤어요. 섬 전체가 가파른 절벽으로 둘러싸여 있
더군요.」

프랑키 샤라가 고개를 끄덕인다.

「결국 당신 어머니 돈으로 우리가 여기로 도망쳐 정착할
수 있게 된 거예요. 마침내 벌목꾼들과 숲을 파괴하는 자들
을 피해 안전한 곳으로 오게 된 거죠. 그런데 어느 날 잠수부
들을 실은 배가 나타났어요. 해저 동굴 탐사 스포츠를 위한
장소를 물색하던 그들이 〈블루 홀〉을 찾아냈어요.」

「〈블루 홀〉이요?」

「섬 근해에 있는 일종의 천연 동굴이죠. 수심이 깊고 수질
이 깨끗해서 프리 다이빙을 즐기는 사람들한테 인기가 많아
요. 하지만 이 자연의 보석이 우리에겐 저주가 됐어요. 블루
홀의 존재가 알려지기 무섭게 그동안 이 섬을 거들떠도 보지
않던 관광업체들이 눈독을 들이기 시작했죠. 당연히 잠수 시
설을 갖춘 호텔을 건축해서 아마추어 수중 탐사가들을 유치
하겠다는 욕심이 생겼을 거예요. 그중 한 업체가 당신 어머
니한테 값을 두 배로 줄 테니 섬을 팔라고 제안했다가 거절
당했어요. 돈이 통하지 않자 협박 카드를 쓰더군요. 그래도
당신 어머니는 요지부동이었어요. 그러던 중에 이전에 봤던

배들보다 훨씬 큰 배가 와서 연안에 정박했어요. 처음에는 유람선이려니 했는데, 얼마 후 야간 공격을 당했어요. 그 배에 우리를 섬에서 내쫓기 위해 고용한 용병들이 스무 명가량 타고 있었던 거예요.」

「대충 짐작이 가네요. 아프리카에서 한번 비슷한 경험을 한 적이 있거든요.」

프랑키가 끼어든다.

「처음에는 밤에 들이닥쳐 불을 지르고 가는 정도였어요. 우리도 바람총을 들고 맞서 싸웠죠. 그러다 한 달 전에 처음으로 사망자가 발생했어요. 그자들이 기관총을 난사했죠. 한 오두막에 말레이어로 〈첫 번째 경고. 떠날지 죽을지 선택하라〉고 써놓고 돌아갔어요. 하지만 당신 어머니는 포기하면 안 된다고 했어요. 그때부터 우리도 무장 방어 태세를 갖추기 시작했어요.」

「바람총으로 기관총에 맞섰단 말이죠?」

「우린 지형지물을 이용할 수 있잖아요. 나무에 올라가서 몸을 숨기는 데도 능하고요. 여러 번 놈들의 공격을 막아 냈어요. 그런데 바로 사흘 전에, 야만적인 공격을 당하던 중에 당신 어머니가 살해당하셨어요.」

자크가 두 주먹을 불끈 쥔다.

「하지만 우리는 끝내 그들을 격퇴했어요.」

「놈들은 지금 어디 있어요?」

「서쪽 근해에 배를 정박해 놓고 있어요.」

이번에는 슈키가 누나 대신 말을 받는다.

「말레이시아 해역에서 유행하는 해저 잠수가 우리에겐 저주가 됐어요. 인근의 섬들 중에 다이빙 시설을 갖춘 호텔이

들어서지 않은 곳이 없어요. 우리한테는 블루 홀이 재앙이에요. 물이 깨끗해서 돌고래들이 번식지로 삼는 이 바다가 최고의 관광지가 됐으니까요.」

「경찰은 뭐래요?」

「한 명의 사상자가 발생한 공격이 있고 나서 당신 어머니가 가장 가까운, 옆 섬에 있는 경찰서에 신고했어요.」

샴바야가 상황을 설명한다.

「그분은 〈우리 경찰〉이 어떤 사람들인지 몰랐던 거예요.」

슈키가 즉각 거들고 나선다.

「경찰이 와서 피해 상황을 사진으로 찍고 현장 조사도 하는 척했어요. 그러고 나서는 해적들의 소행이라는 결론을 내리더니, 허리케인이나 태풍처럼 살다 보면 예기치 않게 일어나는 일이라고 말하더군요. 용병들이 있었다고 얘기해 줘도 믿지 않았어요. 그때야 당신 어머니는 공권력이 관광업체, 부동산 개발업자들과 한통속이라는 사실을 알게 됐죠. 우리가 벌목꾼들을 막으려고 바리케이드를 쳤을 때와 똑같았어요. 경찰들은 〈질서 유지〉를 들먹이며 용병들의 편을 들었죠.」

「장관들이 목재 판매로 수익을 올리고 호텔 부지를 거래하는 회사들에 지분을 갖고 있으니까요.」

기자로서 이 문제에 빠삭한 샤라가 덧붙인다.

「말레이시아의 정부는 오래전부터 썩었어요. 당신들 손에 죽은 사람들은 부수입이 필요했던 현직 경찰들일지도 몰라요.」

「앞으로 어떻게 할 생각이죠?」

자크가 걱정스러운 얼굴로 묻는다.

「우리를 대변해 주던 당신 어머니가 이제 안 계시니 더 힘들어지겠죠. 우리는 어떻게 법률적인 대응을 해야 하는지 모르잖아요. 그저 최대한 오래 버티는 수밖에요.」

「우리가 마침맞게 왔네요!」

프랑키가 반갑게 말을 받는다.

「내가 군인 출신이니까 당신들을 도와 함께 방어책을 강구해 보죠. 방어 체계부터 갖춥시다. 사람들을 다 불러 모아서 일단 진지부터 구축해요. 빙 둘러 참호를 파고 방벽을 세웁시다. 진지 밖에는 외호를 파고, 외호 바로 앞에 함정을 설치하는 거예요. 미얀마에서 카렌족의 편에 서서 싸울 때 배운 방법이에요.」

슈키가 프랑키의 말을 통역해 주자 좌중은 아연 생기가 돈다.

그동안 입에 넣고 있던 음식(닭인가?)에 그다지 신경을 쓰지 않던 자크는 퍼뜩 닭고기가 아닐지도 모른다는 의심이 들어 슬쩍 접시를 바닥에 내려놓는다. 그는 삶은 카사바로 끼니를 때운다.

식사가 끝난 뒤 둥근 고리 모양으로 형성된 마을의 오두막 한 채가 프랑키와 자크의 거처로 정해진다. 그들은 쌍동선으로 가서 짐을 들고 와 자신들의 오두막에 풀어놓는다.

남은 하루는 세노이족의 생활을 구경하면서 조용히 지나간다. 그럭저럭 쓸 만한 프랑스어를 구사하는 슈키가 마을 구경을 시켜 주겠다고 나선다.

「현재 우리 공동체의 구성원은 83가족, 358명이에요. 이 원형 구조의 마을에 모두 모여 살고 있죠.」

고리 모양의 주거지 바깥으로 나가자 세노이족이 개간해

놓은 땅에 카사바와 옥수수가 자라고 있고, 채소밭과 과수원도 눈에 띈다. 멀리 고지대에는 조그만 논도 보인다.

하지만 세노이족은 농사에 크게 관심이 있어 보이지 않는다. 이들은 밭을 갈고 벼를 심는 것보다 바람총에 끼울 화살을 깎고 사냥을 하는 데 더 많은 시간을 보낸다.

이들에게 단백질 공급원이 되는 동물은 다람쥐와 박쥐, 원숭이, 그리고 가정 쓰레기 냄새를 맡고 마을에 내려오는 작은 야생 멧돼지다.

섬에 갓 정착한 세노이족은 카누나 돛배도 없지만 아직은 고기를 잡으러 바다로 나갈 엄두를 내지 못한다.

마을 여자들은 카사바를 빻아 타피오카를 만들어 죽을 끓이거나 전분을 요리에 넣는다. 그들은 삼삼오오 모여 바구니를 엮고 베틀에서 가리개를 짠다.

마을에서 사용하는 대부분의 물건들, 가령 그릇, 가구, 무기, 악기, 심지어 장식품까지도 대나무로 만든다. 아이 엄마들은 아이를 돌보고 놀아 주는 데 많은 시간을 할애한다. 그들은 품이 넉넉한 원피스를 입고 지낸다. 이 마을에는 일의 분업이 존재하지 않는 대신 누구나 내킬 때 하고 싶은 일을 하는 것 같다. 노령의 족장인 샴바야의 아버지는 구성원들에게 지시를 내리기보다 조언을 준다. 선조들의 역사를 지키는 수호자로서 그는 길잡이 〈현자〉 역할을 하고 있다.

샴바야는 사제와 비슷한 역할을 맡고 있지만 주술적 권위는 행사하지 않는다. 다만 부족민들이 꿈을 잘 꾸게 도와주고 해몽 방법을 가르쳐 줄 뿐이다.

「사실, 우리들의 밤은 당신들의 낮보다 더 중요해요.」

슈키가 세노이족의 문화를 설명한다.

「그 개념은 나도 이제 조금은 감이 잡혀요. 당신들은 부엉이나 박쥐, 올빼미, 들쥐……와 비슷한 사람들 아닌가요?」

「아니에요. 우린 당신들과 똑같은 사람들이에요. 문화가 다를 뿐이죠. 당신은 우리 부족 여자들을 어떻게 생각해요?」

「참 이상한 질문을 하네요.」

자크가 난처해하며 대답한다.

「우리 부족은 성생활에 관심이 많아요. 밤의 활동에 속하니까요. 말레이 사람들과는 달리 우리 부족 사람들이 해박한 〈성 지식〉을 가진 걸 알고 말레이 벌목꾼들이 고까워하더군요. 집들이 다 가까이 붙어 있기 때문에 밤이 되면 커플들이 사랑을 나누는 소리가 사방에서 들릴 거예요.」

세노이 청년은 활발한 성생활이야말로 자신의 공동체가 정신적으로 건강하다는 증거라고 여기는 듯하다.

「세노이족 사회는 아주 관대하고 자유방임적이에요. 성생활을 권장하고, 금기 같은 건 사실상 존재하지 않아요. 다소 망측한 행동을 해도 다들 기분 좋게 웃어넘겨 주죠. 우리가 보기엔 성관계가 없는 게 더 걱정스러워요. 우리한테도 부부 관계와 결혼이 존재하지만 지나치게 규격화돼 있지는 않아요. 자식의 교육을 함께 책임지고, 아내가 가정을 돌보는 대신 남편이 본처의 부양자 역할만 충실히 수행한다면 부부지간이라도 서로에게 구속되지 않죠. 아이들 교육도 엄격하게 이루어지기보다는 〈알면 알수록 세상살이가 편해진다〉는 큰 원칙에 기초해요. 젊은이들은 당연히 나이 든 세대에게 정보를 구하죠.」

「부족이 믿는 종교가 있어요?」

「종교라기보다는 서로 연결되는 방식, 우리들끼리, 더 나아가 우리들과 자연이 연결되는 방식이 있죠. 그래서 우리는 사제가 없어요. 우리 부족의 교육은 오직 관용과 존중이라는 두 가지 개념에 기초하고 있어요. 갈등이 생기면 마을의 우두머리가 중재에 나서는 집단 토론을 통해 해결하죠. 아이들한테는 잘못을 인정해서 용서를 받고 무거운 대가가 따르더라도 반드시 진실을 말하라고 가르치죠. 두려움을 솔직히 밝히고 주변에 도움을 청해 극복하라고 얘기해요.」

「화를 내는 사람이 아무도 없어요?」

「있죠. 하지만 토론 중에만 화를 내고, 절대 과하게 언성을 높이는 법은 없어요. 우리 부족은 토론을 즐기죠. 어떤 문제든 토론의 대상으로 삼아요. 한창 설전을 벌이다가 논거가 달리면 친구들한테 도움을 요청할 수도 있어요. 우리가 제일 중요하게 여기는 건 겸손이에요. 〈결국 내가 잘못 판단한 거네요, 내가 틀렸어요, 당신이 옳아요〉 하고 말하는 세노이족을 심심치 않게 볼 수 있죠.」

「우리가 딱 본보기로 삼아야겠네요! 정치 토론에서 이런 말이 자연스럽게 나올 수 있으면 얼마나 좋을까!」

프랑키가 핏대를 세운다.

마을 구경에 나선 세 남자가 지나갈 때마다 어린아이들은 몸을 숨기느라 바쁘다.

「젊은 사람들 상당수는 아직 당신들에게 두려움을 느껴요. 하지만 당신들이 용병들과 다르다는 사실을 깨달으면 달라질 거예요.」

프랑키는 즉시 마을 장정들과 함께 섬을 방어하기 위한 준비에 돌입한다. 화살촉마다 쿠라레 독을 바르고, 비스듬히

깎은 대나무 창에 쿠라레를 칠해 구덩이에 꽂아 놓고 용병들이 디디면 빠지도록 위를 풀로 얽어 덮어 놓는다. 더디고 힘든 작업이다. 프랑키는 성벽을 빙 둘러 외호를 파는 데 수일이 걸릴 것으로 내다본다.

「그동안 용병들이 잠잠해야 할 텐데…….」

그가 잠이 들면서 앞으로 고꾸라지자 외호에 파놓은 함정으로 떨어져 몸이 찔리지 않게 자크가 재빨리 붙잡아 세운다. 두 명의 세노이가 그의 팔다리를 양쪽에서 붙잡아 오두막으로 데려간다.

「사람들이 모여 있는 곳으로 가요. 식사 시간이에요.」

슈키가 자크를 안내한다.

여자들이 세노이 요리법에 따라 음식을 만드느라 분주하다. 대나무 통에 고기와 채소를 넣어 마을 중앙에 있는 아궁이 속 불에 올려 찐다. 재료가 익으면서 채소에 육즙이 배고 대나무 향이 스며들자 흰 살에 회색 털이 달린 체절과 고추를 더한다. 체절은 거미 다리처럼 보이지만 자크는 차마 물어서 확인할 엄두를 내지 못한다. 그가 벤치 대용으로 쓰이는 나뭇등걸을 찾아서 앉자 방금 잠이 깬 프랑키가 옆으로 온다. 샴바야도 다가와 앉으며 말을 건다.

「당신 어머니는 당신들 말도 가르쳐 줬지만 바깥세상에 대해서도 많이 알려 줬어요. 가만, 당신이 사는 마을의 이름이 뭐였더라?」

「파리요?」

「그래요, 파리. 언젠가 꼭 한번 가보고 싶어요. 아주 멋진 곳인 것 같아요.」

샴바야가 몸을 앞으로 숙여 뜨거운 고기채소찜이 든 대나

269

무 통 두 개를 집어 프랑키에게 하나를 건넨다. 그들은 맛있게 음식을 먹기 시작한다.

「음식이 마음에 들어요?」

자크와 프랑키는 말없이 고개를 끄덕인다.

「우리 엄마 얘기를 조금만 더 해줘요. 여기선 어떻게 지냈어요?」

자크가 아련한 목소리로 묻는다.

「우리는 특별한 관계였어요. 다른 사람들에 비해 내가 언어를 쉽게 배웠기 때문에 둘이서 얘기할 기회가 많았죠.」

「엄마가 혹시…… 내 얘기를 하던가요?」

「당신 얘기도 하고 당신 아버지 얘기도 했어요.」

「왜 나한테 한 번도 연락을 취할 생각을 하지 않았을까요?」

「비밀로 간직하고 싶은 어떤 것을 당신이 알게 될까 봐 두려워하는 듯한 인상을 받았어요. 부끄럽기도 하고 무섭기도 한 어떤 것 말이에요.」

자크가 머리를 주억거린다.

「엄마는 비밀스러운 프로젝트, 비밀스러운 사생활, 비밀스러운 성격에 가끔은…… 이해할 수 없는 행동을 했어요. 자초지종을 설명하는 편지 한 장, 작별 인사를 대신하는 편지한 장 남기지 않고 떠났죠. 엄마를 원망하게 됐어요. 그래서 따져 묻고 싶었던 거죠. 그런데 얼굴을 보고 얘기조차 할 수 없게 됐다니 기가 막히네요.」

「어머니를 꿈에서 만나면 되잖아요. 자는 동안 궁금했던 걸 물어보면 되잖아요.」

「엄마는 한 번도 내 꿈에 나타나지 않았어요. 꿈에서조차

270

묵묵부답이네요.」

샴바야가 희미한 미소를 짓는다.

「어머니가 당신한테 잠을 잘 자고 꿈을 잘 꾸는 방법을 가르쳐 줬다고 하시던데요.」

「그래요. 하지만 당신들의 지식에 비하면 아무것도 아니에요. 프랑스인 요가 강사가 티베트에 도착해서 달라이 라마로부터 직접 불교의 가르침을 받는 격이라고나 할까요? 차원이 전혀 달라요.」

「〈요가〉와 〈티베트〉는 내가 모르는 단어들이네요. 당신들 말만 할 수 있지 문화와 역사, 지리에 대해선 부족한 게 많다는 증거죠. 앞으로 부지런히 따라잡아야 해요.」

「당신은 해몽현녀(解夢賢女)라고 했는데, 그게 대체 뭐죠?」

「당신 어머니는 내가 〈자각몽〉을 꾼다고 〈꿈 여행자〉[19]라고 불렀어요.」

「어머니가 잠에 대한 지식을 넓히기 위해 당신들을 만나려고 했던 데는 이유가 있었네요.」

샴바야는 음식을 오랫동안 우물거린다.

「이 외진 섬에 와 있는 우리를 어떻게 찾아냈어요?」

그녀가 묻는다.

「미래의 내가 꿈에 나타나 알려 줬어요. 당신은 젊었을 적 자신이나 나이 든 자신을 꿈에서 만난 적 없어요?」

전문가인 그녀가 눈을 동그랗게 뜨면서 놀라자 자크는 뿌듯해한다.

---

19 Onironaute. 그리스어에서 꿈을 뜻하는 〈oneiroi〉와 항해사를 뜻하는 〈nautês〉를 결합해서 만든 단어.

「그러니까 〈미래의 당신〉이 당신을 여기로, 바로 이 섬으로 오라고 했단 말이에요?」

슈키가 두리안을 들고 와 한 쪽씩 나눠 준다.

자크는 코를 틀어막고 마지못해 과일을 받아먹는다. 썩은 쓰레기 냄새 속에 감춰진 달콤한 양파와 아몬드 치즈의 맛이 혀를 감싼다.

「나중에는 좋아하게 될지도 모르겠어요. 어릴 때 카망베르 치즈를 처음 먹어 봤을 때도 마찬가지였거든요. 그때는 토할 뻔했지만 지금은 사족을 못 쓰죠.」

「당신네 카망베르를 꼭 한번 먹어 보고 싶어요.」

샴바야의 어조에서 호기심과 기대감이 느껴진다.

식사를 마친 장정들은 일터로 돌아간다.

「우리가 기둥 위에 집을 짓는 이유는 뱀이나 쥐, 큰 거미 같은 동물로부터 안전하게 지내기 위해서예요.」

샴바야가 자크에게 설명한다.

「집들을 원처럼 둥그렇게 연결해 짓는 것은 우리 부족이 하나라는 사실을 잊지 않기 위해서예요. 마을 가운데 커다란 아궁이를 놓아 불을 피우는 것은 우주가 하나의 축을 중심으로 돈다는 사실을 기억하기 위해서죠. 차차 우리 부족의 문화를 소개해 드릴게요. 대신 당신은 당신네 문화를 우리한테 가르쳐 줘요. 당신 어머니께서 시작하신 일을 당신과 이어 나갔으면 좋겠어요.」

「난 자각몽을 배우고 싶어요.」

샴바야가 바다를 향해 몸을 틀며 두 팔을 벌려 든다.

「당분간은 방어와 재건, 전쟁에 매진해야 할 것 같아요. 그러고 나면 당신이 원하는 걸 배울 때가 올 거예요.」

그녀가 다정히 그의 손을 잡는다.

「하지만 지금 당장 당신한테 줄 선물이 하나 있어요. 음과 가사를 잘 기억해 두면 모기를 쫓는 데 유용하게 쓸 수 있는 노래예요. 여긴 모기가 아주 많아요. 그냥 자면 내일 아침에 모기한테 뜯겨 만신창이가 돼 있을 거예요.」

그녀가 숨을 크게 들이쉬고 노래를 부르기 시작한다. 자크가 조금씩 따라 부르면 그녀가 음과 가사를 바로잡아 준다.

낮잠을 잔 뒤 외호를 파고 함정을 설치하고 나서 저녁 식사까지 마친 세노이족이 불 주위로 모여들어 노래를 부르고 춤을 춘다.

세노이 음악에 주로 쓰이는 악기는 흰개미가 속을 파먹은 나무를 관 모양으로 잘라 만든 악기인데, 연주자들이 뽑아내는 장중한 소리가 듣는 이의 가슴에 고동을 울린다. 취구에 밀랍을 바른 〈물루〉는 호주 원주민들의 디제리두나 티베트의 둥첸과 비슷해, 연주자가 계속 숨을 불어 넣어 소리를 낸다. 물루 대여섯 대가 동시에 연주하면서 내는 소리는 마치 최면을 거는 듯하다. 텅 빈 그루터기들을 두드려 대는 소리와 깊고 탁한 노랫소리가 악기 소리와 어우러진다. 기묘하고 이국적인 음악을 낯설어하던 두 프랑스인은 이내 멜로디에 빠져든다.

세노이족과 함께 하루를 보내고 자신의 오두막으로 돌아온 자크는 겨우 손바닥만 한 두께의 매트리스에 쓰러지듯 누워 잠이 든다. 그는 아까 배운 노래를 기억해 흥얼거리기 시작한다. 모기떼와 함께 찾아온 밤이 깊어져 간다.

제2권에 계속

옮긴이 **전미연** 서울대학교 불어불문학과와 한국외국어대학교 통번역대학원 한불과를 졸업했다. 파리 제3대학 통번역대학원 번역 과정과 오타와 통번역대학원 번역학 박사 과정을 마쳤다. 한국외국어대학교 통번역대학원 겸임 교수를 지냈으며 현재 전문 번역가로 활동 중이다. 옮긴 책으로는 베르나르 베르베르의 『퀸의 대각선』, 『꿀벌의 예언』, 『베르베르 씨, 오늘은 뭘 쓰세요?』, 『상대적이며 절대적인 고양이 백과사전』, 『행성』, 『문명』, 『심판』, 『기억』, 『죽음』, 『고양이』, 『제3인류』(공역), 『파피용』, 『상대적이며 절대적인 지식의 백과사전』(공역), 『만화 타나토노트』, 에마뉘엘 카레르의 『리모노프』, 『나 아닌 다른 삶』, 『콧수염』, 『겨울 아이』, 카롤 마르티네즈의 『페맨 심장』, 아멜리 노통브의 『두려움과 떨림』, 『배고픔의 자서전』, 『이토록 아름다운 세 살』, 기욤 뮈소의 『당신, 거기 있어 줄래요?』, 『사랑하기 때문에』, 『그 후에』, 『천사의 부름』, 『종이 여자』, 발렝탕 뮈소의 『완벽한 계획』, 다비드 카라의 『새벽의 흔적』, 로맹 사르두의 『최후의 알리바이』, 『크리스마스 1초 전』, 『크리스마스를 구해 줘』, 알렉시 제니 외의 『22세기 세계』(공역) 등이 있다. 〈작은 철학자 시리즈〉를 비롯한 어린이책도 여러 권 번역했다.

잠 1

발행일	2017년 5월 30일 초판 1쇄
	2024년 1월 5일 초판 49쇄
	2024년 7월 25일 신판 1쇄

지은이	베르나르 베르베르
옮긴이	전미연
발행인	홍예빈·홍유진
발행처	주식회사 열린책들

경기도 파주시 문발로 253 파주출판도시
전화 031-955-4000 팩스 031-955-4004
www.openbooks.co.kr